Veröffentlicht von
DREAMSPINNER PRESS

5032 Capital Circle SW, Suite 2, PMB# 279, Tallahassee, FL 32305-7886 USA
www.dreamspinnerpress.com

Dies ist eine erfundene Geschichte. Namen, Figuren, Plätze, und Vorfälle entstammen entweder der Fantasie des Autors oder werden fiktiv verwendet. Ähnlichkeiten mit lebenden oder verstorbenen Personen, Firmen, Ereignissen oder Schauplätzen sind vollkommen zufällig.

Alles nur für dich
Urheberrecht der deutschen Ausgabe © 2018 Dreamspinner Press.
Originaltitel: All for You
Urheberrecht © 2018 Andrew Grey.
Original Erstausgabe. September 2018
Übersetzt von Florentina Hellmas.

Umschlagillustration
© 2018 L.C. Chase.
http://www.lcchase.com
Die Illustrationen auf dem Einband bzw. Titelseite werden nur für darstellerische Zwecke genutzt. Jede abgebildete Person ist ein Model.

Deutsche ISBN. 978-1-64405-031-6
Deutsche eBook Ausgabe. 978-1-64405-030-9
Deutsche Erstausgabe. September 2018
v 1.0

Gedruckt in den Vereinigten Staaten von Amerika.

ALLES NUR FÜR DICH

ANDREW GREY

Für Holly und Mike: Ihr seid Teil meiner
Familie und dafür bin ich jeden Tag dankbar.

1

„WIE IST der neue Job?", fragte Casey, als Reggie Barnett, der neu ernannte Sheriff von Sierra Pines, Kalifornien, bei Barney's auf seine Freunde zukam. Reggie rollte mit den Augen und ließ sich mit einem erleichterten Seufzen auf den einzigen freien Stuhl fallen. „Kann ich wenigstens ein Bier haben, bevor du hier einen auf spanische Inquisition machst?", fragte er und fuhr sich über die Augen, um den Staub wegzuwischen und die lange Liste von Problemen auf dem Revier für ein paar Stunden aus dem Kopf zu bekommen.

„Niemand erwartet die spanische Inquisition", imitierten seine Freunde den perfekten Monty Python Stil.

Reggie kicherte und entspannte sich etwas. Er hätte wissen müssen, dass es ihm guttun würde, die Jungs zu sehen. Sie waren zusammen auf dem College gewesen. Casey war jetzt Anwalt und dabei, sich einen guten Ruf zu erarbeiten. Vick war Pharmazeut in einem Krankenhaus. Und Bobby, der intelligenteste von ihnen, der in Davis als Jahrgangsbester abgeschlossen hatte, war jetzt in Berkeley, machte gerade seinen Master und plante seinen PhD in Mathematik. Er hatte einfach eine gute Beziehung zu Zahlen. Sie hatten während der gesamten Studienzeit eine Wohngemeinschaft gebildet. Reggie lächelte bei dem Gedanken, was sich alles in dieser Zeit in ihrer kleinen Dreizimmerwohnung abgespielt hatte.

Bobby stellte ihm ein Bier hin, Reggie nahm einen großen Schluck und seufzte.

„So schlimm?", fragte Casey über die Geräuschkulisse von dutzenden überlappenden Unterhaltungen, sich anbahnenden Bekanntschaften und Musik, die vergeblich versuchte, dem Lokal Atmosphäre zu verleihen. Schönen Dank auch, das hier war eine Bar und kein Tanzclub. Schließlich schien jemand das zu bemerken und stellte die Musik ab.

„Schlimmer", antwortete Reggie. „Viel schlimmer."

„Deshalb haben sie dich ernannt", sagte Bobby und klopfte ihm sanft auf die Schulter. Bobby war eine Bohnenstange mit Streberbrille und einem hinreißenden Lächeln. „Du bist der Beste und deshalb brauchen sie dich hier."

Sie alle waren gewohnt, einander aufzuziehen, aber in Bobbys Augen fand sich kein Hinweis, dass es ein Scherz war.

„Was ist denn so schlimm?", fragte Casey und drehte sein Glas mit Vodka Soda in seiner Hand. Er hatte immer schon mehr Energie als alle anderen gehabt, die sich ständig in kleinen Bewegungen ein Ventil zu suchen schien.

Reggie nahm noch einen Schluck. „Zunächst einmal, dass ich drei Hilfssheriffs habe." Er hielt drei Finger hoch und zählte ab. „Einer ist ein Säufer. Ich habe ihn noch nicht dabei erwischt, dass er im Dienst alkoholisiert war, aber das ist nur eine Frage der Zeit. Ich habe gesehen, wie er nach Hause getorkelt ist, nachdem er den ganzen Abend in einer Bar verbracht hat. Der zweite ist erst so kurz dabei, dass er den ganzen Tag eine Million Fragen stellt. Mein Vorgänger hat ihm nichts beigebracht, außer Strafzettel für zu schnelles Fahren auszustellen. Und der Dritte …" Reggie rollte dramatisch mit den Augen. „Der hält sich für Gottes Geschenk an das Dezernat und sieht nicht ein, warum ich zum Sheriff ernannt wurde. Ich habe den Verdacht, dass der Typ mächtig Dreck am Stecken hat. Keine Beweise, nur ein Gefühl." Er leerte sein Bier und Bobby brachte ihm ein neues.

„Ich schätze, du fährst heute nicht mehr?", fragte Vick über den Rand seiner zuckerfreien Cola. Er war der ruhigste in der Gruppe und trank nie. Er hasste den Geschmack von Alkohol und meinte, für ihn würde er wie Batteriesäure schmecken. Sie bezahlten gemeinsam seine Drinks und er sorgte dafür, dass sie am Ende des Abends alle sicher nach Hause kamen.

„Nein, das Auto steht auf dem Parkplatz. Ich kann es später holen. Ich muss erst Montag um acht zurück sein, also kann ich morgen Nachmittag zurückfahren." Reggie nahm noch einen Schluck. Zumindest für ein paar Stunden war das Leben in Ordnung.

„Prima." Bobby legte einen Arm um Reggie. „Ich übernachte bei Casey."

„Du kommst zu mir", bot Vick an und lächelte. „Ich habe jetzt sogar ein ordentliches Gästebett, damit du nicht auf dem Sofa schlafen musst."

„Mein Rücken und mein Arsch werden es dir danken", erwiderte Reggie. „Manchmal glaube ich, ich werde alt."

Die anderen stöhnten einstimmig. „Bitte", sagte Bobby mit seinem tuntigsten Akzent. „Noch ist keiner von uns über dreißig. Also werden wir nicht alt. Ich für meinen Teil würde die letzten Jahre meines Twink-Daseins gerne genießen."

„Du bist kein Twink und du warst nie einer", schnaubte Reggie. Er drehte sich zur Tür, durch die gerade ein Mann Anfang zwanzig hereinkam. „Siehst du? Das ist ein Twink", sagte er und deutete auf den Typen, der ein paar Schritte ins Lokal machte, sich umsah und dabei so dicht an der Wand klebte, als fürchtete er, es könnte sich jeden Moment von hinten jemand nähern und ihm seine Unschuld rauben wollen.

„Nein, das ist ein verängstigtes kleines Häschen", sagte Casey grinsend. „Erinnerst du dich, als wir das erste Mal in einer Gay Bar waren? Ich glaube, wir haben alle so ausgesehen, nur dass wir zu viert waren, uns flüsternd zusammengedrängt und dabei auf alle wie Frischfleisch für die Wölfe gewirkt haben. Aber wir hatten einander und eine große Klappe."

„Das hat sich nicht geändert", warf Vick ein, machte eine ausladende Handbewegung und rutschte fast von seinem Stuhl. Er musste gar nicht erst trinken, um ein Tollpatsch zu sein.

Bobby hob Vicks Glas auf, zog die Nase kraus und schnupperte daran. Dann probierte er und stellte das Glas wieder ab. „Nur Limo." Alle lachten und Reggie sah wieder zurück, wo der Junge mit tellergroßen Augen an der Wand stand.

Gott, er erinnerte sich, wie sich das anfühlte. Die Freiheit, jene ersten Schritte in eine Welt zu machen, die einem vielleicht erlaubte zu sein, wer man ist, aber voller Angst, gesehen zu werden. Oder noch schlimmer, wenn niemand etwas sagen würde. Dann, nach einer kleinen Weile, wich das Zittern den ursprünglicheren Instinkten und man hoffte, dass ein netter Typ stehenbleiben und einen ansprechen würde. Denn der wahre Grund, warum man allen Mut zusammengenommen hatte, war der Wunsch, gevögelt zu werden.

„Und wie sieht dein Plan aus, das Revier auf den Kopf zu stellen?", fragte Casey.

Reggie grunzte undefinierbar und beobachtete weiterhin den Jungen. Er hatte sandfarbenes Haar und selbst vom anderen Ende des Raumes konnte Reggie sehen, dass seine Augen so blau waren wie der Lake Tahoe an einem sonnigen Tag. Kurz gesagt, er war umwerfend und ihn umgab ein Hauch von Unschuld, der ihn noch anziehender machte.

„Ich glaube, Reggie ist nicht hergekommen, um über die Arbeit zu reden", stellte Bobby fest. „Gib ihm eine Chance, sich zu entspannen und den Jungen dort drüben mit den Augen zu vernaschen."

„Das habe ich nicht", knurrte Reggie und drehte sich wieder zur Gruppe.

„Er ist aber wirklich süß", sagte Casey und machte Anstalten, von seinem Stuhl aufzustehen.

„Lass ihn in Ruhe. Er braucht keinen von deinen miesen Sprüchen und auch nichts von deinem schleimigen Anwaltsgehabe." Reggie schickte *Pfoten weg* Schwingungen in die Runde und alle waren plötzlich auffällig an ihren Drinks interessiert. Nicht dass er etwas vorhatte. Der Typ war zu jung und Reggie wollte nicht die halbe Nacht damit verbringen, dem Jungen Nachhilfe zu geben.

Reggie hatte eine strikte Regel, nie ein Verhältnis in einer Stadt zu beginnen, in der er arbeitete. Keine Dates, kein Sex, kein Drama, keine Intrigen. Er hatte immer in kleineren Städten gearbeitet und war nach Sacramento oder San Francisco gefahren, wenn er Gesellschaft wollte und das Bedürfnis hatte, einen heißen Typen flachzulegen. Er hatte nicht oft Gelegenheit dazu und würde sie wahrscheinlich auch in Zukunft nicht haben, also wollte er aus jedem Abend möglichst viel herausholen.

Reggie drehte sich wieder zu dem Blondschopf um, der weiter in den Club vorgedrungen war und sich an einen der kleinen Tische gesetzt hatte. Er war bezaubernd. Er hatte seinen Stuhl an die Wand gerückt und den Tisch wie einen Schild vor sich.

Ach, noch einmal so jung und unschuldig sein.

„Hör auf zu gucken. Ich glaube nicht, dass für dich heute Küken auf der Speisekarte steht", neckte Casey.

„Auf keinen Fall." Reggie sah sich im Raum um und entdeckte am übernächsten Tisch einen Mann seines Alters. Er lächelte und Reggie erwiderte das Lächeln. Breite Brust, kräftige Arme, stark – ein richtiger Mann.

Einer der Kellner, die herumgingen, hielt am Tisch. Für einen Moment war es im Raum ruhig genug, um den Typen reden zu hören.

Fantasien waren wie Seifenblasen und es war so leicht, einen Mann zu sehen und sich augenblicklich ein Bild von ihm zu machen. Reggie stellte sich einen Holzfäller Typ vor. Er trug ein kariertes Hemd, das aus allen Nähten platzte und hatte die intensive Sonnenbräune eines Mannes, der im Freien arbeitete. Aber die Seifenblase platzte, als er den Mund aufmachte und mit einer beinahe Falsett-hohen Stimme einen Martini bestellte. Die Attraktivität löste sich auf der Stelle in Luft auf. *Sieh Tarzan und höre Jane* war ein sicheres Zeichen, dass der Kerl seine Tage im Fitnessstudio verbrachte und abends überlegte, welche Steroide ihm zu kräftigeren Waden verhelfen würden. Nein danke.

Reggie drehte sich weg, nahm einen weiteren Schluck Bier und schnappte sich einen der Salami- und Brezel-Snacks, die der Kellner gerade gebracht hatte. Essen war eine gute Idee und er schob ein Stück in den Mund und nahm das nächste, als Vick sich entschuldigte und zur Toilette ging.

„Bleib nicht zu lange weg, sonst wissen wir, was du gemacht hast", neckte Casey. Das war ein lahmer Scherz und Vick zeigte Casey den Vogel.

„Oh-oh", sagte Bobby und Reggie sah ihn an. Er deutete mit dem Kopf zur Wand und Reggie drehte sich um. Der Junge war noch immer am Tisch, aber nun waren rechts und links von ihm zwei Typen. Sie waren groß, stark und belagerten den Jungen. Das war eine klassische Einschüchterungstaktik und die Augen des Jungen erinnerten an ein Reh im Scheinwerferlicht eines Autos. Er stand auf, versuchte offenbar wegzukommen und einer der Männer legte die Hand auf seine Schulter. Auch eine Taktik. Der Junge setzte sich wieder und seine Augen spiegelten Furcht.

„Da sind wieder mal die bösen Trolle unterwegs", kommentierte Casey. „Warum können solche Arschlöcher die Leute nicht zufriedenlassen? Um Himmels willen. Sie erreichen damit höchstens, dass sie den Jungen so verschrecken, dass er sich wieder im Schrank verkriecht und es Jahre dauert, ehe er sich traut, den nächsten Schritt zu machen."

Reggie verstand. Er rutschte von seinem Stuhl. Er hasste brutale, aufdringliche Typen und würde nicht zulassen, dass der Junge verletzt wurde.

„Reggie, ist das eine gute Idee?", fragte Bobby und legte ihm sanft eine Hand auf den Arm.

„Erinnerst du dich an Arschloch-Art?", fragte Reggie.

Bobby zog die Hand weg, sein Blick wurde düster und er nickte. „Schnapp sie dir."

Reggie richtete sich zu seiner vollen Größe auf und schlenderte zu dem Tisch hinüber, als wäre es sein Lokal. „Gibt es hier ein Problem?" Er richtete die Frage an den verängstigten Jungen, der die Tischkante umklammerte wie einen Rettungsring. „Belästigen sie dich?"

„Wir wollten mit ihm etwas trinken."

Einer der großen Typen stand langsam auf und versuchte einschüchternd zu wirken, aber Reggie kannte das Spiel. „Verzieh dich, wenn du weißt, was gut für dich ist". Die Meldung kam von der ersten Ratte mit den gelben Zähnen. Sein Atem roch, als hätte er sein Abendessen aus dem Mülleimer bezogen. Reggie hielt den Atem an. Beide Kerle rochen, als hätten sie schon länger nicht mehr geduscht.

„Wie wäre es, wenn ihr ihn selbst antworten lasst?", sagte Reggie.

„Ich … sie … ich", stammelte der Junge und umklammerte den Tisch, dass seine Fingerknöchel weiß waren.

„Ich verstehe." Reggie wandte sich den beiden Typen zu. „Ich schlage vor, ihr beide haut ab. Jetzt!" Er griff in die Tasche und zog seine Dienstmarke hervor, ohne dass sie eine Chance hatten, sie genau zu sehen. „Ihr habt zehn Sekunden, um aufzustehen und euch vom Acker zu machen. Sonst rufe ich ein paar Freunde und wir nehmen uns eure Autos vor und sehen uns an, was ihr dort versteckt. Abschaum wie ihr hat immer was versteckt." Er lächelte. Die beiden Typen sahen sich an und hatten es plötzlich sehr eilig, zu verschwinden.

„Was willst du?", fragte der Junge.

Reggie schüttelte den Kopf. „Von dir gar nichts. Aber ich kenne die Sorte."

Der junge Mann griff nach seinem Drink, aber Reggie hielt seine Hand fest. „Haben die dir das gebracht?", fragte Reggie. Der Junge nickte. „Dann schütte es weg. Da ist wahrscheinlich was drin." Reggie nahm das Glas und stellte es auf das Tablett eines Kellners zum Abservieren. „Ihr Plan war wahrscheinlich, dich unter Drogen zu setzen und dich dann an einen Ort zu bringen, wo sie mit dir machen können, was sie wollen und du hättest sie nicht stoppen können." Er trat einen Schritt zurück, um dem Jungen Raum zu lassen und ihm nicht das Gefühl zu vermitteln, dass er eine Gefahr gegen eine andere getauscht hatte. „Ich bin Reggie."

„Willy." Er schluckte. „War die Marke echt?"

„Ja. Ich bin Sheriff in einer Kleinstadt ein paar Stunden von hier entfernt. Ich wollte sie nur abschrecken." Reggie klopfte sanft auf die Tischplatte. „Ich gehe dann mal wieder zu meinen Freunden, aber sei vorsichtig. Bist du zum ersten Mal an einem Ort wie diesem?"

„Ja." Der ängstliche Blick war wieder da.

„Die meisten Leute sind sehr nett und nicht wie diese Typen. Sprich Leute an, sei freundlich und sie werden sich mit dir unterhalten, das kann ich dir versprechen. Nimm keine Getränke von Menschen, die du nicht kennst, aber das ist nur eine Sicherheitsvorkehrung. Also geh es locker an und hab Spaß. Okay?"

Es tat Reggie leid, dass die erste Erfahrung des Jungen so beängstigend gewesen war. Er drehte sich um und ging zurück zum Tisch, wo ein Teller mit gefüllten Ofenkartoffeln auf seinem Platz stand und ein frisches Bier auf ihn wartete.

„Die Belohnung für den Helden", sagte Bobby grinsend. „Das war wirklich nett von dir."

Manchmal dachte Reggie, dass das Gefühl für Recht und Unrecht tief in ihm verwurzelt war. Er hasste Ungerechtigkeit und er hatte schon Unmengen davon erlebt. „Danke." Er stürzte sich auf das Essen und verschlang die erste Kartoffel in drei Bissen.

Als jemand ihm sanft auf die Schulter tippte, drehte Reggie sich um. Willy stand mit einem Bierglas hinter ihm. „Kann ich mit dir reden?"

Reggie brauchte einen Moment, um zu erfassen, was der Junge meinte. Dann lächelte er. „Klar, nimm dir einen Stuhl." Reggie stellte rasch alle vor.

„Ich bin zum ersten Mal ... an einem Ort wie diesem ... und ..."

Reggie nickte. „Es ist eine Gay Bar und wenn du die Worte nicht aussprechen kannst, dann wirst du nie damit umgehen können, dass du hier bist und dass du tatsächlich – schwul bist." Er schob den Teller näher und Willy nahm zaghaft eine Kartoffel. Er aß sie beinahe so schnell wie Reggie. Reggie kicherte. „Langsam, niemand nimmt sie dir weg."

„Ich war zu nervös, um etwas zu essen, bevor ich hierhergekommen bin", gab Willy zu.

„Wie süß", witzelte Vick.

„Hör auf damit. Erinnerst du dich, als du zum ersten Mal in einem solchen Lokal warst? Du hast auf deine Schuhe gekotzt und hättest dir beinahe in die Hosen gemacht, weil du solche Angst hattest." Reggie grinste.

„Das war eine verdorbene Pizza und das weißt du!", protestierte Vick.

Das war jahrelang seine Ausrede gewesen, aber sie hatten alle dasselbe gegessen und niemandem sonst war übel geworden. Reggie ging nicht darauf ein.

„Kommt ihr oft her?", fragte Willy.

Bobby schüttelte den Kopf. „Nein, Süßer. Wir waren alle zusammen auf dem College. Ich lebe in Berkeley. Casey und Vick wohnen hier in Sacramento und Reggie sitzt irgendwo am Arsch der Welt in den Hügeln der Sierra. Wenn es möglich ist, treffen wir uns, um etwas zu trinken, zu quatschen und über alte Zeiten zu plaudern."

„Ihr seid nicht zusammen?"

„Nein", antwortete Reggie. „Ich hatte mal was mit Vick für etwa drei Tage und auch mit Casey für eine Woche. Aber dann wurde uns klar, dass wir als Freunde viel besser dran sind und das sind wir schon ziemlich lange. Brüder von verschiedenen Müttern, sozusagen."

Er hob sein Glas und alle stießen an und tranken.

„Wie hast du …? Wissen es deine Eltern?" Willy zitterte und Reggie hatte den Verdacht, dass dies seine allerersten Schritte aus dem Gefängnis waren, das der Schrank sein konnte.

„Wir sind alle in unseren Familien geoutet und haben auch die Eltern der anderen getroffen."

„Caseys Schwester Lila ist meine beste Freundin und ich war Trauzeuge bei ihrer Hochzeit", erklärte Vick. „Wir wissen alles voneinander. Hast du irgendwelche engen Freunde?"

Willy nickte. „Aber keiner von ihnen ist … ihr wisst schon … schwul."

„Nun, dann such dir schwule Freunde", riet Casey.

Reggie war froh, dass Casey nicht mit dem Auto fuhr, denn er hatte bereits genug getrunken und wurde sehr gesprächig. Vick reichte das Essen herum und Willy nahm etwas davon.

„Hör nicht auf den Betrunkenen dort drüben. Mach einfach einen Schritt nach dem anderen. Das haben wir alle so gemacht. Nur hatten wir das Glück, einander zu finden und jemanden zu haben, auf den wir uns verlassen konnten. Reggie deutete auf den Teller, nahm noch ein Stück und bot Willy eines an. Nun, da er nicht mehr so ängstlich aussah, war er noch niedlicher als zuvor. Seine Augen waren von einem hellen Himmelblau und seine üppigen Lippen waren voll und rot. Er hatte eine kleine Nase mit einem kleinen Grübchen, das wahrscheinlich daher stammte, dass sie einmal gebrochen gewesen war.

„Ich möchte euch nicht belästigen. Das ist nur alles so neu." Als er lächelte, kam eine perfekte Zahnreihe zum Vorschein und seine Augen funkelten. Er war wirklich hübsch und süß wie alle Frischlinge. So verschämt, wie er immer wieder wegsah, vermutete Reggie, dass da wohl jemand Sternchen in den Augen hatte. Es kam Reggie komisch vor, es in Gedanken so zu formulieren, aber er hatte das Gefühl, dass Willy sich vielleicht ein wenig in ihn verguckt hatte.

Reggie bestellte eine weitere Runde Drinks und Willy entschied sich für Limonade wie Vick. Sie unterhielten sich eine Weile und die Zeit verflog. Bald war es Mitternacht und Reggie begann zu spüren, dass es ein langer Tag gewesen war.

„Ich glaube …", setzte er an und stand auf. „Ich bin gleich zurück."
Reggie ging zur Toilette und erledigte sein Geschäft, ohne groß darauf zu
achten, was sich in den Kabinen abspielte. Wäre er auf Streife gewesen,
hätte er sie getrennt und verscheucht, aber es war nicht sein Lokal und nicht
sein Problem. Als er zurückkam, waren die Jungs bereit zu gehen und auch
Willy war aufgestanden.

Willy schien auf ihn zu warten und folgte ihm nach draußen. „Ähm …
Reggie?", sagte Willy. Reggie stoppte und ging ein paar Schritte zurück zum
Eingang, wo Willy nervös von einem Fuß auf den anderen trat. „Möchtest
du vielleicht noch irgendwo hingehen?"

Reggie schloss für einen Moment die Augen und dachte zurück an
die Zeit, als er so jung gewesen war – ängstlich, unerfahren und geil. Es war
dreimal passiert, dass er das Gefühl gehabt hatte, er würde sterben, wenn er
keinen Sex hätte. Als er die Augen wieder öffnete, sah Willy ihn mit einer
Mischung aus Nervosität und Verlangen an. Der Junge war entzückend und
es wäre ganz leicht gewesen, Vick zu sagen, dass er nicht warten sollte. Er
würde Willy mit in ein Hotelzimmer nehmen und sehen, was sich unter
der schlecht sitzenden Kleidung verbarg. Er konnte sich leicht seinen
schlanken, festen, hübschen Körper vorstellen. Er musste diese Gedanken
stoppen, sonst würde er Willy geben, worum er bat, denn in seiner Hose
wurde es eng.

„Das würde ich gerne", sagte Reggie und Willy lächelte. „Aber ist es
wirklich das, was du willst? Es ist dein erstes Mal, richtig?"

Willy biss sich auf die Lippe und nickte. „Ich meine, ich … einmal …"
Er machte eine Geste mit der Hand.

„Ich möchte nicht, dass dein erstes Mal mit jemandem passiert, den
du ein paar Stunden zuvor in einer Bar getroffen hast, und es sollte mit
Sicherheit nicht in einem billigen Hotel sein." Reggie wünschte, jemand
hätte mit ihm so geredet, als er jung und dumm war. „Geh aus, finde
Freunde, lerne Leute kennen. Geh mit Jungs aus und entscheide dann, wer
dein Erster sein soll. Jemand, der sich die Zeit nimmt, um sicherzustellen,
dass es so besonders und liebevoll ist wie nur möglich. Du hast nur ein
erstes Mal, also verschwende es nicht an jemanden, der zu viel getrunken
hat oder jemanden, den du kaum kennst."

Er klopfte Willy auf die Schulter. „Ich weiß, du denkst jetzt, dass ich
hier eine Moralpredigt halte und so, aber ich spreche aus Erfahrung. Du
hast einen großen Schritt gemacht, indem du aus dem Schrank gekommen
bist und dabei bist herauszufinden, wer du bist. Jetzt such dir jemanden, der

dir mit dem nächsten Schritt der Reise helfen kann … und dir helfen kann, dabei glücklich zu sein. Jemand, der sich um dich sorgt und der dir wichtig ist. Okay?"

Reggie wäre nicht überrascht gewesen, wenn Willy ihm gesagt hätte, dass er sich verpissen sollte. Ja, er hatte wahrscheinlich verdammt selbstgerecht geklungen und sein innerer Zensor war nicht auf der Höhe.

Willy trat gegen den Boden und weigerte sich aufzusehen. „Okay, schätze ich. Aber da ist niemand …" Er sah so verloren aus.

„Es wird jemand kommen. Mach nicht denselben Fehler wie ich, es zu überstürzen. Ich bin ziemlich schlimm verletzt worden." Reggie hatte keine Ahnung, warum er das jemandem erzählte, den er kaum kannte. Nur die Jungs kannten die Wahrheit, was mit ihm geschehen war. Nicht einmal seine Eltern kannten alle Details. „Nicht dass ich dir wehtun würde. Aber du kennst mich überhaupt nicht. Du verdienst etwas besseres als das." Mit etwas, das hoffentlich ein aufmunterndes Lächeln war, drehte Reggie sich um und ging zu Vicks Auto. Die anderen beiden waren auf dem Rücksitz, also zwängte er sich auf den Beifahrersitz des kleinen Wagens, schnallte sich an und schloss die Augen.

„Hast du die Angel ausgeworfen?", neckte Casey.

„Nein. Er wollte, aber … ich bin zurückgewichen."

Casey stöhnte und Bobby kicherte. Nur Vick sagte nichts, parkte aus und fuhr auf die Schnellstraße.

„Warum nicht? Du hättest ihn doch gut behandelt, oder?"

„Natürlich hätte ich das", knurrte Reggie. „Aber er war so verängstigt und es war sein erstes Abenteuer da draußen. Ich sagte ihm, er solle warten und das erste Mal zu etwas Besonderem machen, mit jemandem, der ihm etwas bedeutet." Er drehte sich zum Rücksitz um, wo die beiden einander ansahen. „Erinnert ihr euch noch an euer erstes Mal? War es etwas Besonderes oder etwas Unsicheres, Lächerliches?" Er kannte die Antwort bereits, denn sie hatten die Geschichten über ihre ersten Erfahrungen schon vor Jahren ausgetauscht.

„Aber du hättest es für ihn zu etwas Besonderem gemacht. Und jetzt wird irgendein Typ kommen und ihn wahrscheinlich furchtbar enttäuschen", meldete sich Bobby zu Wort.

„Halt die Klappe", sagte Vick. „Sei kein Arsch. Reggie war nett und hat das Richtige getan. Die Hälfte der Typen in der Bar hat den Jungen angesehen wie ein Stück Fleisch." Er tätschelte Reggies Bein. „Ich bin stolz auf dich. Ja, du hättest landen können, aber du warst ein Gentleman und hast dem Jungen nicht nur geholfen, sondern ihm auch was zum Nachdenken gegeben. Das war ziemlich cool."

„Ja, Reggie war nett. Der perfekte Held. Und zur Belohnung geht er mit seiner rechten Hand nach Hause, statt mit dem heißen, straffen Körper, der sich genau jetzt an ihn schmiegen könnte. Au!", jammerte Casey, als Bobby ihm einen Schlag auf den Hinterkopf verpasste. „Wofür war das?"

„Dafür, dass du ein Arsch bist", sagte Bobby. „Und jetzt hör auf." Er klopfte Reggie auf die Schulter. „Du hast recht. Du warst nett zu ihm. Es wäre gut gewesen, wenn wir damals auch so jemanden gehabt hätten, als wir versucht haben, uns zurechtzufinden. Mann, haben wir manchmal Scheiße gebaut. Es ist ein Wunder, dass wir nicht alle an gebrochenen Herzen gestorben oder in der Klapsmühle gelandet sind."

Ja, Reggie wusste, dass er das Richtige getan hatte. Aber Casey hatte trotzdem recht und es wurmte ihn, dass in seinem Kopf Bilder davon aufblitzten, was er vielleicht gerade versäumt hatte.

2

„ICH HABE Sie gestern gar nicht in der Kirche gesehen", sagte Sam Glade, als Reggie auf dem Weg zu seinem Büro an seinem Schreibtisch vorbeiging. „Ich war nicht in der Stadt." Davon abgesehen hatte Reggie seit mindestens zehn Jahren keine Kirche mehr betreten und auch nicht die Absicht, nun damit zu beginnen.

„Pastor Gabriel hat nach Ihnen gefragt", insistierte Sam und Reggie hielt die Luft an. Sam roch immer leicht nach Fusel und das machte Reggie misstrauisch. Er hatte ihn noch nie auf der Arbeit trinken sehen und diesmal roch auch sein Atem nicht. Aber ein Hauch war immer da, gerade genug, dass Reggie es wahrnehmen konnte. Als würde es aus seinen Poren dringen.

„Ich sagte ihm, man sollte Sie vielleicht in der Gemeinde willkommen heißen." Sam rollte seinen Stuhl das kleine Stück bis zur offenen Tür von Reggies Büro. „Er meinte, er würde vorbeikommen und Sie besuchen."

Das fehlte ihm gerade noch – ein Pfaffe auf der Dienststelle, der seine unsterbliche Seele retten wollte. „Dann richten Sie ihm bitte aus, dass er sich die Mühe sparen kann. Ich fühle mich so wohl und ich habe eine Menge Arbeit, die mich auch weiterhin beschäftigt halten wird." Reggie trat hinter seinen Schreibtisch, setzte sich und sah Sam an. „Haben Sie nichts zu tun?", fragte er nachdrücklich.

„Nichts wichtigeres als Gottes Werk", konterte Sam.

Reggie stand wieder auf, ging zu ihm hinüber und fixierte ihn. Der gesamte Betrieb auf dem Stützpunkt war lasch und alle taten so wenig wie möglich. Er musste sich behaupten. „Die Bewohner von Sierra Pines bezahlen uns dafür, dass wir für ihre Sicherheit sorgen. Das hier ist ein Arbeitsplatz und unsere Arbeit ist der Gesetzesvollzug. Punkt. Wenn Sie nichts zu tun haben, dann werde ich etwas für Sie finden." Er beugte sich näher zu Sam. „Und wenn Sie sich mehr um meine Seele sorgen als um die Arbeit, dann schlage ich vor, Sie wechseln ins Priesterseminar und ich engagiere einen Hilfssheriff, der daran interessiert ist, seinen Job zu machen."

„Sheriff ... Ich ..."

„Wie wäre es, wenn Sie sich jetzt an die Arbeit machen", knurrte Reggie und Sam kehrte an seinen Schreibtisch zurück. „Und bringen Sie Ihre Uniform in Ordnung, bevor Sie gehen." Reggie war schon bald zur Einsicht gelangt, dass er einen Hilfssheriff feuern musste, nur um klarzumachen, dass mit ihm nicht zu spaßen war. Dafür boten sich zwei Kandidaten an.

„Marie", rief er quer durch den Raum und deutete zur Stationssekretärin. Sie eilte herüber und kam in sein Büro.

„Sie müssen ein paar Dinge für mich erledigen. Bitte sehen Sie nach, wie die Kleidungsvorschriften für das Revier und den Bundesstaat allgemein lauten und stellen Sie sicher, dass alle Hilfssheriffs heute eine Kopie erhalten. Ich werde die Einhaltung ab morgen kontrollieren." Sein Revier würde nicht mehr aussehen wie ein bunt zusammengewürfelter Haufen von Landeiern, die Polizisten spielten.

„Ja, Sheriff", sagte sie mit einem zaghaften Lächeln.

„Außerdem wird sich das gesamte Personal regelmäßigen Drogentests unterziehen." Reggie war die ganze Nacht auf gewesen und hatte herausgefunden, dass der Staat ihm das erlaubte. Sie werden unangekündigt dann stattfinden, wenn ich es für angebracht halte. Ein auffälliges Resultat zieht eine sofortige Kündigung nach sich." Das sollte zumindest einen der Männer in Angst und Schrecken versetzen.

Marie machte sich Notizen. „Sonst noch etwas?"

„Schreiben Sie bitte dazu, dass jeder, der Fragen hat, sich direkt an mich wenden soll." Er lächelte, denn mit ihr hatte er kein Problem. Marie war eine gute, effiziente Sekretärin, die ihre Arbeit ordentlich machte.

„Das werde ich und ich sollte Ihnen die Memos noch vor der Mittagspause zur Ansicht geben können."

„Perfekt, vielen Dank. Gab es Anrufe?"

Sie schüttelte den Kopf.

„Gut, dann schicken Sie Jasper zu mir, wenn er kommt." Reggie hoffte sehr, dass er aus ihm einen guten Mitarbeiter machen konnte, dem er vertrauen konnte. Jasper wollte lernen. Er hatte nur einfach keine ordentliche Ausbildung bekommen und verbrachte normalerweise seine Tage in oder außerhalb der Stadt an der Hauptstraße und hielt nach Temposündern Ausschau. Er verdiente etwas Besseres.

„Wird gemacht", sagte Marie fröhlich und verließ das Büro.

Reggie setzte sich wieder und ging seine E-Mails durch, ehe er sich Berichten und anderem Papierkram zuwandte, der auch zum Job gehörte. Er hatte ein Chaos vorgefunden und erst Regeln einführen und ein ordentliches

Ablagesystem schaffen müssen. Zum Glück hatte Marie sich gleich darauf gestürzt. Alles würde besser werden ... er musste nur dafür sorgen.

Eine Stunde später klopfte Jasper an seine Tür und Reggie bat ihn, sich zu setzen.

Er hatte eine kleine Beschwerde vorliegen, die eingegangen war. Er ging sie mit Jasper durch und schickte ihn dann los, um sich darum zu kümmern.

„Sie meinen, heute keine Verkehrsüberwachung?"

„Genau. Gehen Sie und sehen Sie, was passiert. Geben Sie Bescheid, wenn Sie Hilfe oder Verstärkung benötigen. Zögern Sie nicht, das ist keine Schande."

Jasper stürmte praktisch aus der Station und Reggie machte sich wieder an die Arbeit, bis ein weiteres Klopfen seine Konzentration unterbrach. Die Tür ging auf und ein schwarz gekleideter Mann mit einem weißen Kragen betrat das Büro.

„Sheriff Barnett?", fragte er und Reggie stand auf. „Pastor Gabriel Thomas."

„Freut mich, Sie kennenzulernen." Reggie schüttelte seine Hand und beschloss, sich dumm zu stellen. „Wie kann ich Ihnen helfen? Hat es in der Kirche irgendwelche Probleme gegeben?"

„Nein." Pastor Gabriel schien überrascht. „Mir ist aufgefallen, dass Sie am Sonntag nicht in der Kirche waren und ..."

Reggie entschied, dass es das Beste wäre, ehrlich zu sein. „Ich gehe nicht in die Kirche und zwar seit vielen Jahren nicht."

„Das ist aber schade. Darf ich fragen, warum nicht?" Der Pastor setzte sich. Er mochte vielleicht Anfang oder Mitte fünfzig sein. Sein schwarzes Haar wurde an den Schläfen grau.

„Eigentlich nicht", sagte Reggie. Er wollte seine Gründe nicht öffentlich machen und er traute dem Pastor nicht so ganz.

Der Pastor richtete sich in seinem Stuhl auf. „Dies ist eine sehr christliche Gemeinde und beinahe jeder geht regelmäßig zur Kirche, einschließlich des Bürgermeisters und der Mitglieder des Stadtrates." Er beugte sich vor und sein Ausdruck veränderte sich ein wenig. „Ich denke, es ist immer das Beste, wenn die Leiter unserer Gemeinde allen ein gutes Beispiel geben. Wir müssen an die Kinder denken und welches Vorbild wir für sie sind."

Reggie verschränkte die Hände auf dem Schreibtisch. „Ich stimme Ihnen zu. Wir sollten darüber nachdenken, welches Beispiel wir geben.

Und ich finde es immer gut, wenn Menschen die Wahl gegeben wird, was sie mit ihrer Zeit anfangen. Freiheit ist eine wunderbare Tugend." Er stand auf und wandte sich der Flagge zu, die in der Ecke seines Büros stand. „Zu garantieren, dass in unserer Gemeinde das Gesetz eingehalten wird und dass alle sicher sind, ist ein hervorragendes Vorbild, finden Sie nicht?" Reggie umrundete den Schreibtisch, lehnte sich dagegen und verschränkte die Arme vor der Brust. Er konnte verdammt einschüchternd sein, wenn er es wollte und in diesem Moment wollte er.

„Wie ich schon sagte, der Bürgermeister und der Stadtrat gehen regelmäßig zur Kirche."

Die Haltung des Pastors drückte eine unterschwellige Drohung aus.

„Gut für Sie. Führen Sie die Stadtväter ruhig auf den schmalen Pfad." Reggie lächelte und beugte sich ein wenig weiter vor, als der Pastor schluckte.

„Kann ich also darauf zählen, dass Sie sich ihnen anschließen werden?"

Reggie überlegte. „Wie ich bereits sagte, ich habe meine Gründe und werde Ihr Angebot sehr wahrscheinlich ablehnen. Aber ich wünsche Ihnen alles Gute und lassen Sie mich bitte wissen, wenn es Probleme geben sollte, die meine Unterstützung erfordern. Meine Hilfssheriffs und ich sind immer so schnell wie möglich zur Stelle. Und ich werde mich selbstverständlich an Sie wenden, sollte ich es mit einem Problem zu tun haben, das spiritueller Natur ist." Reggie öffnete die Tür des Büros. „Es hat mich sehr gefreut, Sie kennenzulernen und ich weiß Ihren Besuch zu schätzen."

Pastor Gabriel schien nicht zu wissen, wie ihm geschah. Er stand auf und verließ das Büro. „Sind Sie sicher, dass Sie es sich nicht noch einmal überlegen wollen? Wäre es nicht viel leichter, Ihrer Arbeit mit den Leitern unserer Gemeinde nachzukommen, wenn Sie ihnen in einem weniger formellen Rahmen auf neutralem Boden begegnen könnten?"

„Wir werden sehen. Nachdem der Staat die früheren Ordnungshüter dieser Stadt als nicht adäquat und nicht effizient eingestuft hat, wurde das vorgesehene Budget zurückgezogen. Dieses Revier untersteht nicht dem Bürgermeister oder dem Stadtrat. Ich wurde von der Justizbehörde von Kalifornien eingesetzt und ich werde als Teil meiner Routinearbeit hinlänglich mit dem Bürgermeister und den Ratsmitgliedern zu tun haben. Ich muss mich nicht auch noch aufdrängen, wenn sie in der Kirche sind." Reggie war ziemlich stolz auf sich. Er hatte es tatsächlich durch die Begegnung geschafft, ohne den Ausdruck *zur Hölle* zu benutzen. Er hatte von organisierten Religionen genug für mindestens zwei Leben. Aber es konnte nicht schaden, nett zu sein. „Bitte kontaktieren Sie mich jederzeit, wenn ich Ihnen helfen kann."

Der Pastor richtete sich auf und sah Reggie an. „Dasselbe gilt auch für Sie. Mein Büro und meine Kirche sind immer offen."

„Das ist gut zu wissen." Reggie wartete, während der Pastor nach links sah, wo ein Mann auf einer der Bänke auf ihn gewartet hatte und nun zu ihm kam.

Willy. Es war Willy von der Bar. Reggie öffnete den Mund, um etwas zu sagen, als der Pastor sich wieder zu ihm drehte.

„Sheriff, das ist mein Sohn William."

Willy sah noch ängstlicher aus als in der Bar zwischen den zwei üblen Gestalten. Er war blass, hatte den Blick gesenkt und seine rechte Hand zitterte ein wenig. Großer Gott, er war Pastor Gabriels Sohn. Reggie war sicher, dass der Pastor nicht zu diesen erleuchteten New Age Geistlichen gehörte. Irgendwie konnte er sich nicht vorstellen, dass Gabriel gegenüber Homosexuellen eine Haltung von leben und leben lassen vertrat.

„Nett dich kennenzulernen." Reggie streckte die Hand aus und Willy blinzelte. Er schien zu merken, dass sein Leben doch nicht gleich zu Ende sein würde.

„Gleichfalls, Sir." Ein Händedruck.

„Was machst du so?", fragte Reggie.

Pastor Gabriel räusperte sich. „William wird in meine Fußstapfen treten. Er und ich haben ausführlich über seine Zukunft gesprochen und wir haben uns geeinigt."

William widersprach nicht, aber er stimmte auch nicht zu.

„Einen guten Tag, Sheriff." Vater und Sohn verließen die Station und Reggie wandte sich zu seinen Mitarbeitern, die ihn alle mit großen Augen beobachteten.

„Ist etwas nicht in Ordnung?", fragte er in den Raum und alle wandten sich sofort wieder ihrer Arbeit zu, worauf Reggie in sein Büro zurückkehrte. Ein nervöses Räuspern ließ ihn von seinem Schreibtisch aufblicken. „Ja, Marie?"

„Ähm." Nun hatte sie den ängstlichen Kaninchen-Blick. „Ich habe die Memos fertig." Sie gab sie ihm und sah aus dem Zimmer. „Sie ... Ich ... nun ... Ich werde Sie vermissen."

Reggies Augen wurden schmal. „Wohin gehe ich denn?"

„Er ... der Pastor ... nun, er entscheidet, was hier geschieht. Die Leute hören auf ihn und die Stadtväter tun das auch. Wenn er es so will, werden die Sie feuern." Sie zitterte wie ein Blatt. „Und dabei haben Sie jetzt schon so viele gute Dinge getan."

„Keine Sorge, Marie. Nichts dergleichen wird passieren. Erstens bin ich ziemlich gut in meinem Job und ich werde ein kompetentes, gut geführtes Sheriffbüro aufbauen, auch wenn ich es von Grund auf tun muss. Und zweitens habe ich eine Schwester, die mit dem Sohn des Gouverneurs verheiratet ist. Ich kann eine Nachricht nach Sacramento schicken, die im Kapitol schneller gehört wird, als der Pastor die Kommunion austeilen kann. Das ist einer der Gründe, warum ich hier bin." Reggie lehnte sich zurück. „Ich mache von dieser Verbindung niemals Gebrauch, wenn ich nicht unbedingt muss. Unter anderem deshalb ist es sehr wirkungsvoll, wenn ich es doch tue. Also machen Sie sich keine Sorgen." Er sah die Memos durch, genehmigte sie und gab sie ihr zurück. „Bitte sorgen Sie dafür, dass heute noch jeder eines bekommt. Danke."

Eines stand fest. Niemand würde damit durchkommen, ihn unter Druck zu setzen.

„Das werde ich und da kam gerade ein Anruf rein." Sie gab ihm die Details und er verließ das Büro, um sich auf den Weg zu einem Ort zu machen, der offenbar Schauplatz eines Motorradrennens war.

DAS AUFHEULEN von Motoren drang an seine Ohren, noch ehe er die Kuppe des Hügels erreicht hatte. Zwei Motorräder rasten auf ihn zu und belegten beide Fahrspuren. Er schaltete sein Blinklicht ein, die Räder kamen schlitternd zum Stehen, wendeten und fuhren in die andere Richtung davon.

„Jasper", rief er über Funk. „Wo sind Sie?"

„Auf dem Rückweg zum Revier auf dem Sierra Drive."

„Zwei Motorräder fahren in Ihre Richtung. Blockieren Sie die Straße. Ich komme von der Stadt. Sie dürfen nicht davonkommen, halten Sie Ihre Waffe bereit. Schießen Sie nicht, wenn Sie nicht in Gefahr sind, aber halten Sie sich bereit."

Reggie drückte das Gaspedal durch und fuhr einen weiteren Hügel hinauf, als den Motorradfahrern klar wurde, dass ihnen der Fluchtweg abgeschnitten war. Reggie hielt an und stieg aus.

Jasper stand hinter der Tür seines Wagens, die Waffe im Anschlag. „Runter auf den Boden, jetzt!"

Reggie war so stolz auf ihn.

„Wissen Sie, wer ich bin?", fragte einer der maskierten Männer, als er vom Bike stieg und sich auf den Boden legte. „Wer wir sind?"

„Ja, weiß ich. Ihr seid die Arschlöcher, die die Straße entlangrasen und alle in Gefahr bringen, die euch entgegenkommen. Und nun bleib da."

Reggie hatte keine Ahnung, was die beiden vorhatten und band ihnen zur Sicherheit die Hände auf dem Rücken zusammen, ehe er sie nach ihren Namen fragte.

Jasper räusperte sich. „Das sind Clay und Jamie Fullerton."

„Wie in Bürgermeister Fullerton?", fragte Reggie grinsend.

Jasper nickte, offensichtlich aufgeregt.

„Na eben, da sehen Sie es", sagte einer.

„Wie alt seid ihr, Jungs", fragte Reggie und kniete sich neben den größeren der beiden.

Der Junge verstummte und Reggie packte ihn an den Fesseln und zog seine Arme hoch. Er wollte ihm nicht wehtun, aber ein wenig Angst konnte nicht schaden.

„Ich bin achtzehn und er ist siebzehn", antwortete Jamie.

„Guter Junge. Dann erkläre ich euch mal, was jetzt passiert. Mein Assistent Jasper wird euch jetzt eure Rechte verlesen und euch in den Streifenwagen packen. Wir stecken euch auf dem Revier in eine Zelle und dann wird Jasper euch erkennungsdienstlich behandeln und eure Aussagen aufnehmen. Ihr werdet wegen rücksichtsloser Gefährdung angezeigt und morgen – ja, ihr werdet die Nacht im Knast verbringen – stellen wir euch dem Richter vor und hören uns an, was er zu sagen hat."

„Aber ..."

„Nein. Sieh mal, das ist kein Strafmandat. Ihr habt nicht nur das Tempolimit um vierzig Meilen überschritten, ihr habt euch der Verhaftung widersetzt und seid abgehauen."

Clay zitterte, aber Jamie kicherte. Der Junge wusste nicht, wann er aufgeben sollte.

„Ich werde meinen Dad anrufen und ..."

„Der kann auch nichts tun. Ich arbeite nicht für ihn und er hat keinen Einfluss auf die Polizeistation mehr. Dein Dad wird also warten, bis der Richter entschieden hat, was er mit euch machen will. Und dann kann euer Dad die Kaution bezahlen."

Jasper verlas ihnen ihre Rechte und packte Jamie in seinen Wagen, während Reggie Clay mitnahm. Nachdem ein Abschleppwagen gekommen war und die Motorräder verladen hatte, die Reggie beschlagnahmt hatte, und sie zum Parkplatz hinter dem Revier bringen ließ, fuhren sie in die Stadt. Reggie sprach die ganze Fahrt kein Wort mit dem Jungen auf dem Rücksitz und ließ ihn schmoren. Sobald sie angekommen waren, steckte er die Jungs wie angekündigt in eine Zelle.

„Was machen Sie denn?", fragte Shawn und stürzte sich auf Reggie, kaum dass er die Station betreten hatte. „Die Söhne des Bürgermeisters? Wirklich?" Er stemmte die Hände in die Hüften. „Sie legen es wirklich auf Ärger an." In seiner Stimme schwang Genugtuung.

„Sie haben sich selbst und andere in Gefahr gebracht. Machen sie das öfter? Ich nehme es an, aber damit ist Schluss. Sie terrorisieren die Leute. Wir hatten Beschwerden, dass sie versucht haben, da draußen Hunde zu überfahren. So etwas wird nicht mehr passieren." Reggie knirschte mit den Zähnen. „Und es ist mir egal, wessen Kinder sie sind." Reggie kam einen Schritt näher. „Und das sollten Sie schnellstens kapieren und wissen, dass ich Sie mit Argusaugen beobachte. Wenn Sie sich noch mal so benehmen wie vorhin, werfe ich Sie raus. Und es ist mir egal, wer ihre Mama ist. Wir werden unsere Arbeit machen, so gut wir können. Und diese Sonderbehandlung für Leute in Machtpositionen hört augenblicklich auf. So – er sah auf die Uhr – Sie machen für den Rest Ihrer Schicht Verkehrsüberwachung. Fahren Sie zum Willkommensschild an der Stadteinfahrt und beziehen Sie dort Posten."

„Ich bin Ihr dienstältester Hilfssheriff", sagte Shawn wütend.

„Dann verhalten Sie sich auch so, sonst bekommen Sie Anfängeraufgaben. Und ich schlage vor, Sie setzen sich jetzt in Bewegung, bevor ich Ihnen einen negativen Bericht schreibe." Reggie hätte gern gewusst, was genau Shawn da abzog. Reggie war bei ihm zu Hause gewesen und es war eine kleine Villa außerhalb der Stadt. Er kannte sein Familieneinkommen und es war unmöglich, dass er sich als Hilfssheriff so ein Haus leisten konnte. Etwas war da faul und er würde dahinterkommen.

Reggie wartete, bis Shawn weg war, nahm dann mit Jasper die Aussagen der Jungs auf und ließ sie ihren Anruf machen.

Das Feuerwerk ging schneller los als erwartet.

„Wo sind meine Söhne?", schnaubte der Bürgermeister, als er in die Station stürmte. Er ging auf Sam zu, der den Kopf schüttelte und sich zu Reggie drehte. „Wo sind sie? Ich möchte sie sehen und ich nehme sie mit nach Hause." Er fuchtelte mit hochrotem Kopf herum.

„Sie können sie sehen, aber das ist alles. Sie sind wegen rücksichtslosen Fahrverhaltens angezeigt und werden morgen angeklagt. Wir habe Aussagen von anderen Fahrern, dass sie von der Fahrbahn gedrängt wurden und von Leuten aus der Gegend, die beinahe ihren Hund verloren hätten."

„Das ist doch lächerlich", fauchte der Bürgermeister.

Reggie verschränkte die Arme vor der Brust. „Tatsächlich ist es das Gesetz."

Ein weiterer Mann kam herein und stellte sich als Zeitungsreporter aus Sacramento vor.

„Sie müssen draußen warten."

„Ist es wahr, dass Sie es auf den Bürgermeister abgesehen haben?", fragte er unbeirrt.

„Tatsächlich sind es seine Kinder, die es auf den Bürgermeister und seine Karriere abgesehen haben. Sie sind es, die sich danebenbenommen haben. Es wird bald genug ein Urteil geben und dann können Sie über die Fakten berichten." Er wandte sich an den Bürgermeister, dessen Wangen feuerrot waren und der kurz vor einem Herzanfall zu stehen schien. „Führen Sie den Herrn Bürgermeister nach hinten, damit er seine Söhne sehen kann", sagte Reggie zu Jasper. „Aber sie bleiben in ihren Zellen. Und Sie" – er wandte sich an den Reporter – „können draußen in der Lobby sitzen."

Als er hinausging, rauschte der Pastor mit Willy im Schlepptau herein.

„Sheriff, ich bin sicher, es gibt etwas, was wir tun können, um all das auf eine christliche Weise und ohne all die Aufregung zu lösen."

Was für ein Heuchler.

Reggie fing Willys Blick auf, der hinter dem Rücken seines Vaters mit den Augen rollte.

„Ich kann Ihnen versichern, dass die Jungs ordentlich und gerecht behandelt werden." Er schüttelte den Kopf. „Es tut mir leid, Pastor. Die Leute, die an der Straße leben, haben Anzeige erstattet und es gibt nichts, was ich dagegen tun kann. Ich weiß, dass es sich um die Söhne des Bürgermeisters und Ihre Gemeindemitglieder handelt, aber sie haben gegen das Gesetz verstoßen und Leben gefährdet. Ich schlage also vor, dass Sie und der Bürgermeister sich entweder beruhigen, bevor Sie die Jungs sehen oder dass Sie nach Hause gehen. Die Jungs sind hier sicher und es wird ihnen nichts passieren." Er deutete auf sein Büro, folgte dem Pastor und Willy nach drinnen und schloss die Tür.

„Diese Jungs zeigen solches Verhalten nicht zum ersten Mal, nicht wahr?", fragte Reggie und war zufrieden, als der Pastor nickte. Zumindest log er nicht. „Die beiden brauchen eine Lektion und es wird eine harte sein. Ich nehme nicht an, dass der Richter sie verurteilt, aber eine Nacht in der Zelle zu verbringen und bei Gericht erscheinen zu müssen, wird ihnen guttun. Sie müssen erwachsen werden und lernen, dass ihre Handlungen Konsequenzen haben. Ich bin sicher, persönliche Verantwortung ist eine sehr christliche Tugend."

„Aber die Zukunft dieser Jungs steht auf dem Spiel. Sie spielen beide Baseball und Jamie hat für den Herbst ein Stipendium in Aussicht."

Reggie schüttelte den Kopf. „Das hätten sie sich überlegen sollen, bevor sie sich selbst und andere in Gefahr bringen." Er lehnte sich gegen den Schreibtisch und verschränkte die Arme. „Was wenn sie jemandem Schaden zugefügt hätten, als sie ihn von der Straße gedrängt haben? Was wenn jemand verletzt oder getötet worden wäre? Würden wir dieses Gespräch dann führen oder wären Sie im Haus von jemandem, den Sie kennen, und würden ihm in seiner Trauer beistehen?" Er legte nach. „Wir stehen auf derselben Seite, Sie und ich. Ich habe unterschiedliche Methoden und andere Werkzeuge als Sie, aber ich möchte diese Jungs und den Rest der Gemeinde in Sicherheit wissen. Und ich bin sicher, das wollen Sie auch." Er hob die Augenbrauen und wartete auf eine Antwort, erntete stattdessen aber nur Resignation. „Warum sehen Sie nicht, ob Sie den Herrn Bürgermeister beruhigen können und ihn dazu zu bringen, nach Hause zu gehen? Hier passiert heute nichts mehr."

Der Pastor nickte und ging zur Tür. „Sind Sie sicher, dass Sie nichts tun können?"

Reggie nickte. Die Anzeige und die Beschwerden waren aufgenommen und weitergeleitet worden. Er hatte es nicht mehr in der Hand.

„Hm …", sagte Willy, als der Pastor gegangen war.

Reggie war ein wenig überrascht, dass er noch da war, aber dankbar dafür. Er hatte mit ihm reden wollen und nicht gewusst, wie er das anstellen sollte.

Reggie stellte sicher, dass der Pastor nicht mehr in der Nähe war und schloss die Tür.

„Nicht viele Leute können es mit meinem Dad aufnehmen und ihm ein Schnippchen schlagen und du hast es schon zweimal getan." Willy schielte zur Tür und da war nicht der Anflug eines Lächelns.

„Du bist also Pastor Gabriels Sohn." Reggie verschränkte die Arme vor der Brust.

21

Willy rollte mit den Augen. „Zieh hier keine Show ab, okay? Jeder tut das. Außerdem ist es ein bisschen zu spät, den harten Kerl raushängen zu lassen, nachdem du mich neulich gerettet hast. Ich weiß bereits, dass du ein netter Typ bist."

Reggie ließ die Arme sinken. „Na schön. Ich nehme an, dein Vater weiß nicht Bescheid?"

Willy schüttelte den Kopf. „Mein Dad denkt, er hat alles unter Kontrolle und meistens hat er recht. Der Bürgermeister und der Stadtrat tun gewöhnlich, was er ihnen sagt. Alle lieben und fürchten ihn in gewisser Weise."

„Und wie ist das mit dir?", fragte Reggie.

Willy trat wieder von einem Fuß auf den anderen. Er war für Reggie so leicht zu lesen. Er mochte das. Die meisten Leute gaben sich aus den verschiedensten Gründen große Mühe, irgendetwas vor ihm zu verbergen. Er wirkte oft einschüchternd auf Menschen, was er nach Möglichkeit zu seinem beruflichen Vorteil nutzte.

„Mein Vater ist … Er möchte, dass ich so bin wie er." Das Selbstvertrauen, das Willy zuvor gezeigt hatte, war verschwunden, was eine Menge über die Beziehung zwischen Vater und Sohn aussagte. „Weißt du, es war immer schon hart, mit ihm zu leben. Alle erwarten von mir, dass ich perfekt bin, genau der Sohn, den mein Vater verdient. Aber das bin ich nicht. Ich bin ich und ich will nicht ein Klon meines Vaters sein." Er sah wieder zur Tür, als würde er erwarten, dass sie jederzeit aufging.

„Lass mich raten. Er würde niemals akzeptieren, dass du …", begann Reggie.

„Schwul bist?", flüsterte Willy und schüttelte den Kopf. „Mein Vater würde …" Er zitterte am ganzen Körper. „Ich weiß nicht, was mein Vater tun würde. Er hat uns immer gesagt, dass es besser wäre, den Teufel aus den Menschen herauszuprügeln, als die Schwächen des Fleisches zu pflegen."

Reggies Mund wurde trocken. „Schlägt er dich?"

„Ich komme ihm nicht in die Quere." Willy wandte sich zum Gehen. „Ich möchte dir danken, dass du mich vorhin nicht geoutet hast …"

„Natürlich." Großer Gott, zumindest wusste Reggie, dass er die richtige Entscheidung getroffen hatte. „Aber du weißt, dass du dich irgendwann gegen ihn wirst behaupten müssen."

„Na ja." Willy seufzte. „Du bist gut darin, dich über ihn hinwegzusetzen – vielleicht kannst du mir etwas beibringen." Er schielte zur Tür, lief herüber und überrumpelte Reggie. Er umarmte ihn, was gegen alle

Regeln professionellen Verhaltens war. Reggie erwiderte die Umarmung für einen Augenblick. Dann ließ Willy los und ging hinaus.

Reggie folgte ihm einige Sekunden später. Willy schloss sich seinem Vater an und sie begleiteten den Bürgermeister, der ihn anfunkelte.

„Sie …"

„Geben Sie nicht mir die Schuld an dem, was Ihre Jungs getan haben", sagte Reggie ruhig.

„Sie haben Angst …", sagte der Bürgermeister leise. Es war klar, dass auch er sich fürchtete. Eine gesunde Portion Angst war vielleicht genau das, was sie alle brauchten.

„Ihnen wird heute Nacht nichts geschehen. Ich verspreche Ihnen, dass sie hier in Sicherheit sind. Und nun gehen Sie nach Hause und besorgen Sie ihnen – auch um Ihrer selbst Willen – einen Anwalt. Sie werden Menschen brauchen, die ihnen zur Seite stehen. Besonders Sie." Reggie öffnete die Tür und hielt sie auf, als die kleine Gruppe hinausging.

Er fing Willys Blick auf und ihm wurde verdammt heiß. Das war das Schlimmste, was passieren konnte; für ihn selbst und auch für Willy. Er war so jung und hatte offenbar insgesamt wenig Lebenserfahrung. Willy hatte wahrscheinlich sein ganzes Leben in Sierra Pines verbracht, das zwar eine nette Kleinstadt, aber auch eine sehr geschützte Umgebung war – besonders für den Sohn eines Pastors.

Als Willy durch die Tür ging, sah er noch einmal zurück und sein Ausdruck erinnerte an einen verlorenen Welpen. Reggies Herz zog sich zusammen. Er konnte nur wenig tun, um Willy zu helfen und viel, um ihn zu verletzen, und das war das Letzte, was Reggie wollte.

3

WILLY GING geradewegs in sein Zimmer und schloss die Tür. Seine Mutter war in der Küche gewesen und zum Glück so beschäftigt, dass sie ihn nicht gehört hatte. Sein Vater hatte noch zu tun, also war Willy allein zu Fuß nach Hause gegangen und hatte auf dem ganzen Weg an den Sheriff gedacht. Nur in seiner Nähe zu sein bewirkte schon, dass sein Herz schneller schlug, und seine Hände waren so feucht geworden, dass er sie ein paar Mal an seiner Hose hatte abwischen müssen. Der Sheriff ihrer Stadt war schwul. Willy lächelte bei dem Gedanken, wie sein Vater darauf reagieren würde. Zumal es schien, als wäre Sheriff Barnett weder ihm noch den Mächtigen der Stadt verpflichtet. Da würde sein Vater aus der Schockstarre gar nicht mehr herauskommen.

„Liebling." Seine Mutter steckte eine halbe Stunde später den Kopf in sein Zimmer. „Wo ist dein Vater?"

„Er kümmert sich um den Bürgermeister. Clay und Jamie sind verhaftet worden und sitzen im Knast."

Sie schnappte nach Luft und presste die Hand vor den Mund. „Das ist ja schrecklich. Die armen Jungs."

„Sie sind ein Motorradrennen gefahren und haben jemanden von der Straße gedrängt. Sie hätten Leute verletzen können." Willy konnte Jamie nicht ausstehen, während Clay ganz nett war, solange sein Bruder nicht in der Nähe war. Aber Jamie war ein Tyrann der schlimmsten Sorte und konnte seinen Bruder zu so ziemlich allem überreden oder zwingen. Gemeinsam waren sie Terror auf Rädern. „Sie haben bekommen, was sie verdient haben."

Sein Bruder Ezekiel kam ins Zimmer geschossen, umrundete ihre Mutter und sprang auf das Bett. „Ich habe einen Zahn verloren", sagte er, lächelte Willy mit seiner neuen Zahnlücke an und hielt den Zahn hoch. „Was soll ich damit machen?"

„Ich nehme ihn, mein Schatz", sagte seine Mutter und Ezekiel reichte ihn ihr.

„Ich habe gar nicht geweint, Willy." Er hüpfte über das Bett und ließ sich neben ihn fallen. Willy schnappte seinen Bruder, zog ihn auf seinen Schoß und kitzelte ihn, bis er sich kichernd krümmte.

„Das Abendessen ist fast fertig", sagte seine Mutter und ging hinaus.

„Hast du Hunger?", fragte Willy und stemmte Ezekiel hoch, der vor Vergnügen quietschte. „Es ist Essenszeit. Du musst dir die Hände waschen."

Willy setzte ihn ab und Ezekiel sauste ins Badezimmer. Er ging fast nie irgendwohin. Laufen war seine normale Geschwindigkeit. Und er war immer aufgeregt und fröhlich. Willy wünschte, er könnte mehr so sein wie er.

„Ruthie", jammerte Ezekiel vor der Badezimmertür. „Ich war zuerst hier!" Er drehte sich zu Willy, der ihn wieder schwungvoll hochhob. „Das ist nicht fair."

„Nein, ist es nicht."

Ruthie war dreizehn und hatte beschlossen, dass sie so eine Art Prinzessin war und alle sich hinter ihr anzustellen hatten. Willy hatte seinen Vater darüber sprechen hören und glaubte nicht, dass das noch lange gut gehen würde. So etwas duldete sein Vater nicht.

Die Badezimmertür ging auf und seine Schwester versuchte unschuldig dreinzusehen.

„Du musst netter sein", sagte Willy zu ihr und Ezekiel streckte ihr die Zunge heraus. „Das war aber auch nicht nett", schalt Willy sanft.

„Aber sie ist gemein zu mir." Er verschränkte die Arme über der Brust, genau wie Willy es bei Reggie schon mehrmals gesehen hatte.

„Sie ist einfach ein bisschen egoistisch." Willy setzte Ezekiel ab und er lief hinein, um sich die Hände zu waschen. Willy tat dasselbe, trocknete sich ab und führte die beiden zum Tisch.

Sein Vater kam durch die Hintertür herein. Er begrüßte leise ihre Mutter und setzte sich. Die drei Kinder nahmen ihre Plätze ein und sobald sie saßen, faltete sein Vater die Hände und sprach ein Gebet. Dann und erst dann wurde das Essen herumgereicht, wobei sein Vater von jedem Gericht zuerst nahm. Es war ein altes Ritual und Willy hatte sich nie etwas dabei gedacht, bis er zur Schule ging und sah, wie andere Kinder sich verhielten.

„Ist alles in Ordnung?", fragte seine Mutter.

Alle drei Kinder aßen schweigend, so sie nicht angesprochen wurden, einschließlich Ezekiel, für den das manchmal schwer war.

„Es wird wieder." Sein Vater sah von seinem Teller auf. „Der neue Sheriff bringt mich ein wenig in eine schwierige Situation. Ich glaube, im Grunde seines Herzens ist er ein guter Mann, aber er hat den Weg des Herrn verlassen. Er sagt, er interessiert sich nicht für die Kirche und das beunruhigt mich. Diese ganze Gemeinde braucht jemanden, der ein gutes Beispiel gibt."

Willy biss sich auf die Lippe und nahm einen Bissen Kartoffelbrei. Er wusste, dass sein Vater jemanden meinte, den er herumkommandieren könnte wie alle anderen. „Er scheint zu wissen, was er tut und du hast immer gesagt, der frühere Sheriff hätte dir mit seiner laschen Haltung Sorgen gemacht", sagte Willy.

Sein Vater nickte. „Ich glaube, wir müssen uns nur mehr bemühen."

„Oder einfach zur Kenntnis nehmen, dass nicht jeder über alles genauso denkt wie du." Willy wusste, dass er den Unmut seines Vaters auf sich zog, was sich in schmalen Lippen und einem strengen Blick äußerte. Willy richtete den Blick wieder auf seinen Teller und dachte wieder einmal daran, sich einen Job und eine eigene Wohnung zu suchen. Er war jetzt zweiundzwanzig. Es wurde Zeit, dass er aufhörte, zu Hause zu wohnen und sich sein Leben selbst gestaltete. Mehr als einmal hatte er überlegt, einfach in den nächsten Bus zu steigen und nach San Francisco abzuhauen.

Er aß auf, entschuldigte sich und brachte seinen Teller in die Küche, sobald sein Vater nickte. Willy ging hinaus, um sich auf die Stufen vor dem Haus zu setzen. Die Bergluft war kühl, also ging er wieder hinein, holte sich eine Weste und sagte seiner Mutter, er würde spazieren gehen. Er musste aus dem Haus und in Ruhe nachdenken. Er ging hinaus, bevor sein Vater neugierige Fragen stellen konnte und bog Richtung Stadt ab, als er die Straße erreichte.

Willy schob die Hände in die Taschen und es war ihm völlig egal, wohin er ging, solange er nur eine Weile von zu Hause weg war. Er hielt den Kopf gesenkt und überlegte, was er tun sollte. Willy wusste, dass er nie in der Lage sein würde, den Erwartungen seines Vaters zu entsprechen.

Kurz bevor er die Hauptstraße erreichte, hielt ein Wagen neben ihm und ließ die Scheibe herunter. „Hey, bist du okay?", fragte Sheriff Barnett aus dem Inneren des weißen SUV.

„Ja, ich schätze schon", antwortete Willy und zuckte übertrieben mit den Schultern. „Ich denke nur nach." Ein leichter Nebel hüllte alles ein und Willy setzte die Kapuze seiner Weste auf, um nicht zu frieren. „Ich gehe nur spazieren, um ein wenig frische Luft zu schnappen."

„Da zieht ein wirklicher Sturm auf. Du solltest nach Hause gehen. Wir erwarten heute eine ziemliche Menge Regen. Soll ich dich mitnehmen?"

Das Türschloss klickte, Willy kletterte in den Wagen und schloss Tür und Fenster. „Danke." Der Regen setzte plötzlich und heftig ein. Er saß still und betrachtete die Tropfen, die auf die Windschutzscheibe fielen, dann den Scheibenwischer, der sie wegwischte, bis alles wieder von vorne begann.

„Möchtest du darüber reden?", fragte Reggie und fuhr los.

„Es gibt nichts zu reden. Ich sitze im Moment fest, bis ich von hier weg kann. Ich muss mir einen Job suchen und dann vielleicht eine eigene Wohnung." Willy seufzte. „Diese Stadt ..."

„Es ist ein guter Ort", sagte Reggie mit einem Seitenblick zu ihm.

„Nein, es ist ein Gefängnis und mein Vater ist der Wärter." Es war das allererste Mal, dass er mit irgendwem über Familienangelegenheiten sprach. Seine Eltern, er, Ruthie und Ezekiel – sie alle hielten für alle Welt diese perfekte Fassade aufrecht. Seine Eltern waren darin besonders gut. „Er bestimmt über alles, was zu Hause geschieht und jetzt will er über den Rest meines Lebens bestimmen. Er hat mich zum Theologiestudium angemeldet, damit ich ihm helfen kann, seine Gemeinde zu betreuen." Willy zerrte an seinem Sicherheitsgurt, denn das Auto erschien ihm plötzlich zu eng. Er musste hier raus ... sofort.

Kaum dass der Wagen hielt, stürzte Willy an den Straßenrand, achtete nicht auf den Regen und befreite seinen rebellierenden Magen von seinem Abendessen. Er richtete sich auf, wischte sich mit dem Handrücken über den Mund und spuckte, um den Geschmack loszuwerden.

Reggie klopfte ihm auf den Rücken und half ihm ins Auto. „Soll ich dich irgendwohin ..."

„Überall, nur nicht nach Hause. Ich kann jetzt nicht dorthin zurück." Willy seufzte, als Reggie die Tür schloss. Er schnallte sich wieder an. Reggie stieg ein und startete den Motor. Ohne ein weiteres Wort fuhr er los. Willy wusste nicht, wohin die Fahrt ging und es war ihm auch egal.

„Wo sind wir?", fragte er zehn Minuten später, als sie in die Einfahrt eines Holzhauses einbogen, das von Kiefern umgeben war.

„Das ist mein Haus", sagte Reggie. „Es gehörte früher meinem Onkel Harry. Er ist vor ein paar Jahren gestorben und hat es mir hinterlassen. Ich war als Kind öfter im Sommer für ein oder zwei Wochen in Sierra Pines zu Besuch. Nach seinem Tod war ich im Urlaub hier und als man mir den Job in der Stadt angeboten hat, habe ich ihn angenommen und bin ganz hergezogen."

Er hielt an und Willy stieg aus. Der Regen hatte zumindest vorübergehend aufgehört und Willy sah sich die Veranda vor dem Haus an.

„Es ist wirklich schön." Er betrachtete es immer noch, als Reggie die Tür aufschloss und das Licht anmachte.

„Komm rein", sagte Reggie, als es wieder zu regnen begann.

Innen war es noch spektakulärer: mit Rundholzwänden, einer Decke aus Kiefernholz und einem großen gemauerten Kamin, der vom Boden bis zur gewölbten Decke reichte. Der Raum war mit schweren, maskulinen Ledermöbeln mit Überwürfen eingerichtet und ein großes Gemälde der Berge hing über dem Kamin. Willy wusste nicht, wo er zuerst hinsehen sollte.

„Onkel Harry hat es selbst gebaut. Er hat fast fünf Jahre gebraucht, um alles fertig zu bekommen, aber dafür war es einzigartig und das zeigt sich in jedem Detail."

Reggie zog seine Jacke aus und bot an, Willys Weste zum Trocknen mit in die Waschküche zu nehmen.

„Danke."

„Du solltest lieber deine Eltern anrufen und ihnen sagen, wo du bist. Sie werden sich Sorgen machen und vielleicht nach dir suchen."

Das stimmte. Gott bewahre, er könnte mal ein paar Stunden weg sein und der Kontrolle seines Vaters entkommen. Als er in Sacramento gewesen war, hatte er sagen müssen, er würde dort Schulfreunde besuchen. Und selbst dann hatte sein Vater sich dagegen gesträubt, ihn fahren zu lassen. Er war zweiundzwanzig und brauchte immer noch die Erlaubnis seines Vaters bei allem, was er tat. Es widerstrebte ihm, aber er zückte doch sein Telefon und schickte seinem Vater eine Textnachricht, dass er bei einem Freund sei und es ihm gut ginge. Sein Vater rief zurück und er schaffte es, der Frage, wo er sich aufhielt, auszuweichen und das Gespräch zu beenden. Es fühlte sich gut an, wenigstens für eine kurze Zeit frei zu sein.

„Hat sich dein Magen beruhigt?" Reggie brachte ihm ein Glas Limonade und deutete auf das Sofa.

Willy setzte sich. „Das wird schon. Ich bin nicht hungrig oder so." Seine Wangen wurden heiß und er nippte an seinem Getränk. Er hatte sich vor Reggie übergeben, weil er nicht zu Hause sein wollte. Wie viel peinlicher konnte es noch werden?

„Ich bringe etwas Salzgebäck. Das wird helfen, den Geschmack loszuwerden." Reggie kramte in der Küche und brachte eine Schale Buttercracker. Er stellte sie auf den Couchtisch und setzte sich in den nächsten großen Lederstuhl.

Willy knabberte an einem Cracker und nippte an seiner Limo. Sie sahen einander an und Willy wusste nicht, was er sagen sollte. „Es tut mir leid", sagte er, als Reggie gerade den Mund aufmachen wollte.

„Es gibt nichts, was dir leidtun müsste."

„Doch, ich habe einen Haufen Familienmüll bei dir abgeladen und mein Vater würde ausrasten, wenn er das wüsste. Es geht ihm immer darum, dass wir ein Vorbild sind, wir sollen seine Vorzeigefamilie sein. In der Kirche spielt Mom Orgel und unterrichtet in der Sonntagsschule. Neuerdings mache ich das auch. Wann immer er über Tugend redet, müssen wir alle zu ihm nach vorne kommen und bei ihm stehen." Willy stellte das Glas ab. Er hatte es so fest umklammert, dass er Angst hatte, es zu zerbrechen.

„Schreit er mit euch?"

„Dad? Niemals. Ich habe noch nie gehört, dass er seine Stimme erhoben hätte." Willy stand auf, drehte sich um und zog sein Shirt hoch. „Dad bevorzugt den Gürtel. Nach dem Motto: Wer seine Kinder liebt, der züchtigt sie."

Reggie schnappte nach Luft und Willy wusste, dass er die Narben sehen konnte.

„Was zum Teufel …?", fragte Reggie, als Willy sich wieder zu ihm drehte.

„Vor einem Jahr hat Ezekiel mit dem Nachbarjungen gespielt. Offenbar haben sie sich über etwas gestritten, denn Ezekiel hat das F-Wort zu dem Jungen gesagt. Der ist nach Hause gerannt und hat das seiner Mom erzählt, die dann meinen Vater angerufen hat. Dad holte den Gürtel raus, um Ezekiel zu bestrafen. Ich sagte ihm, dass ich die Hotline für Kindesmissbrauch anrufen würde, wenn er Ezekiel schlagen sollte. Daraufhin richtete sich sein Zorn gegen mich. Ich war tagelang wund. Ich hatte Glück, dass es nicht zu stark geblutet hat, aber ich konnte mich nur mit Schmerzen bewegen."

„Was ist mir deiner Mom?"

„Sie tut, was er sagt." Willy schloss die Augen und gab sich Mühe, seinen Magen zu beruhigen. „Er hat Ruthie und Ezekiel noch nie verprügelt. Ich sagte ihm, er könnte mich schlagen, aber wenn er die Kleinen anfassen würde, würde ich sicherstellen, dass er dafür bezahlt. Daraufhin wurde er noch wachsamer. Das Schlimmste überhaupt ist jemand, der selbst denken kann."

„Hat er dich seither noch einmal geschlagen?"

„Nein. Den früheren Sheriff hatte mein Dad in der Hand, aber ich dachte daran, mich an die Bundespolizei zu wenden und es dort zu melden.

Dann hätte es zumindest außer diesem Idioten noch jemand gewusst. Aber er hat mich nie wieder angefasst. Wie alle Tyrannen, kann er nicht damit umgehen, wenn jemand sich gegen ihn wehrt." Nicht, dass er irgendwas gegen das tun konnte, was schon geschehen war. Er war nur froh, dass seine Geschwister nicht so misshandelt wurden wie er. Das zumindest hatte er erreicht.

„Es tut mir leid. Ich wünschte, ich wäre hier gewesen …"

„Es spielt keine Rolle. Niemand kommt gegen meinen Vater an. Jeder in der Stadt hält ihn für perfekt und alle kommen zu ihm, wenn sie Rat brauchen. Wenn ich jemandem erzählen würde, was passiert ist, würde mir niemand glauben."

„Ich glaube dir", sagte Reggie. „Und wenn ich von dir höre, dass er dich oder sonst jemanden in der Familie misshandelt, dann werde ich etwas unternehmen." Er stellte sein Glas auf den Tisch. „Niemand steht über dem Gesetz. Auch nicht der Bürgermeister oder seine Kinder. Ich weiß, dass sie die Stadt ziemlich terrorisiert haben, aber das endet jetzt. Und nach allem, was ich gehört habe, ist es unwahrscheinlich, dass der Bürgermeister noch einmal kandidiert."

„Das ist gut", sagte Willy. „Er muss weg. Vielleicht wählen sie beim nächsten Mal jemanden, der nicht an meinen Vater gebunden ist."

„Du hasst ihn wirklich", stellte Reggie fest. Es war nicht mal eine Frage.

„Das war nicht immer so. Er war früher ein guter, fürsorglicher Mensch. Er hat die guten Teile der Bibel gepredigt – liebe deinen Nächsten und so. Und dann ist mein Bruder Isaac, der ein Jahr jünger war als ich, bei einem Unfall mit einem betrunkenen Fahrer ums Leben gekommen. Dad hatte ihm das Auto geliehen und der Typ hat ihn von der Straße gedrängt, die vom Berg herunterführt. Das Auto rutschte über einen Abhang und landete mehr als hundert Meter tiefer. Da war nichts übrig, weder vom Auto noch von ihm. Ich vermute, danach dachte mein Dad wohl irgendwie, dass er etwas falsch gemacht haben musste, um solch eine Strafe zu verdienen." Willy wischte sich über die Augen. „Davor waren Mom und Dad glücklich. Ich erinnere mich daran, dass sie viel gelacht haben und ausgegangen sind wie in einer normalen Familie. Ich kann mich nicht erinnern, dass mein Vater seit damals je wieder wirklich gelächelt hat." Willy schloss die Augen und versuchte, den Kopf freizubekommen.

„Das kann einen Menschen verändern. Ich habe Leute erlebt, die getrunken oder Drogen genommen haben – alles, was den Schmerz betäubt.

Dein Dad hat sich scheinbar an die Bibel gehalten und geschafft, den Schmerz nach innen zu richten." Reggie leerte sein Glas. „Das mit deinem Bruder tut mir wirklich sehr leid."

„Zu Hause wird nie über ihn gesprochen." Willy hatte plötzlich das Gefühl, er müsste das tun. „Mein Vater hat fast alle seine Sachen weggeräumt und niemand spricht von ihm. Ruthie fragt manchmal nach ihm, aber nur, wenn Mom und Dad nicht in der Nähe sind. Und Ezekiel ist so jung, dass er sich kaum an ihn erinnert."

Reggie stand auf, kam herüber und setzte sich neben ihm auf das Sofa. „Ich sehe in meinem Job viele Tragödien, zumindest früher. Hierher bin ich gekommen, um sie so gut wie möglich zu verhindern." Reggies Finger strichen über Willys Hand und jagten einen Schauer durch seinen Körper, den er nicht ganz verstand. „Wie war Isaac?"

Willy kicherte und rief sich das Bild seines Bruders in Erinnerung. „Er war der Wilde von uns, aber eindeutig nicht so wild wie Clay und Jamie. Er wollte Spaß haben und hörte nicht auf unseren Vater. Er schlich sich nachts manchmal heimlich aus seinem Zimmer, um in das Lokal zu gehen, das ein paar Blocks entfernt ist. Er stellte nichts Schlimmes an. Ich denke, er wollte einfach frei sein." Das konnte Willy gut verstehen. „Er liebte Autos und arbeitete ständig an einem. Er hielt unser altes Familienauto ein volles Jahr am Leben, bevor es endgültig zusammenbrach. Er hatte eine Begabung für so was." Willy seufzte. „Ich vermisse ihn sehr."

Er schloss die Augen und wünschte, er wäre allein in seinem Zimmer, wo er das Gesicht in seinem Kissen vergraben und weinen könnte. Im Lauf der Zeit hatte er immer weniger an Isaac gedacht und nun regten sich Schuldgefühle in ihm. Da seine Eltern nie über Isaac sprachen, war es an ihm, die Erinnerung an seinen Bruder lebendig zu halten.

Reggie legte einen Arm um ihn und zog ihn näher. „Es ist in Ordnung." Willy schüttelte den Kopf und wich zurück.

Regie nahm den Arm weg. „Es ist nichts verkehrt daran, um jemanden zu trauern, den man verloren hat, und es ist kein Zeichen von Schwäche, sich trösten zu lassen."

Willy lehnte sich näher zu ihm und legte die Arme um Reggies Mitte. Er war nicht sicher, wie es sich anfühlen würde, einen anderen Mann festzuhalten. Aber als sich Reggies Arm um seine Schultern schmiegte, entspannte er sich, schloss wieder die Augen und vergrub sein Gesicht in Reggies Hemd. Er war entschlossen, nicht zu weinen, aber er wagte nicht, sich zu bewegen aus Angst, Reggie könnte es sich anders überlegen. Willy versuchte sich zu erinnern, wann er zum letzten Mal den Trost und die Wärme einer Umarmung erlebt hatte, aber er konnte es nicht. Er umarmte Ruthie und Ezekiel so oft er konnte, denn er wollte, dass sie Nähe und Geborgenheit erfuhren und nicht nur die kühle Distanz ihrer Eltern.

Er richtete den Blick nach oben und begegnete Reggies dunklen, intensiven Augen. Warme Finger berührten ihn unterm Kinn und hielten ihn ruhig, während Wellen von Hitze durch seinen Körper liefen. Für einen Augenblick dachte er, er hätte vielleicht Fieber. Dann kam Reggie langsam näher.

Die erste Berührung der Lippen eines anderen Mannes war wie ein Nach-Hause-Kommen. Willy hatte nicht gewusst, wie es sein würde, aber es fühlte sich wunderbar an. Reggies Lippen waren warm, weicher und sanfter, als er erwartet hatte.

Der Kuss dauerte nicht lange. Willy blinzelte und war froh, dass Reggie dicht bei ihm blieb und ihn weiter festhielt. Genau darauf hatte er in jener Nacht in Sacramento gehofft. Er wollte mehr, aber er war sich nicht sicher, wie er darum bitten sollte. Zum Teufel, er wusste noch nicht mal, was genau er wollte.

„Das war schön", sagte Willy, einfach nur, weil er das Gefühl hatte, etwas sagen zu müssen. Es war die Wahrheit, aber Worte reichten einfach nicht aus. Seit er herausgefunden hatte, dass er anders war als die meisten Leute, hatte er davon geträumt, wie es sein würde, einen anderen Mann zu küssen. Willy hatte dabei mehr auf der physischen Ebene gedacht und die Küsse in seiner Vorstellung waren mehr wie die gewesen, die er von seinen Tanten bekam, denn das war der einzige Vergleich, den er hatte. Das hier war völlig anders. Es jagte Schauer von Kälte und Hitze gleichzeitig durch seinen Körper.

Reggie küsste ihn noch einmal und er reagierte genauso, nur dass der Kuss diesmal intensiver war. Willy fühlte ihn bis in die Zehenspitzen, seine Beine streckten sich und sein Rücken wurde steif, als eine Welle der Erregung ihn erfasste. Willy schlang die Arme um Reggies Hals und hielt ihn fest, denn er wollte nicht, dass es aufhörte.

Die Hitze, die sich zwischen ihnen entwickelte, setzte Willys Welt in Brand und ließ nichts von dem Menschen übrig, für den er sich gehalten hatte. Das hier war jemand anderer. Jemand, der einen anderen Mann geküsst hatte und wusste, dass er es wieder tun wollte. Immer und immer wieder – für den Rest seines Lebens. Als sich ihre Lippen trennten, ließ Reggie ihn los und Willy setzte sich schwer atmend wieder auf das Sofa.

Er fragte sich, wie er mit der veränderten Realität seines Lebens umgehen sollte.

Es war nur ein Kuss. Vielleicht war das so. Aber für Willy war es mehr als das. Es war die Bestätigung, dass seine Vermutungen real waren und nicht irgendeine Fantasie. Er hatte eine Kostprobe davon bekommen, was er wirklich wollte.

„Ist alles in Ordnung? Du siehst ein wenig verstört aus", sagte Reggie und Willy nickte abwesend. So viel von dem, was sein Vater immer über Homosexuelle gesagt hatte, war völliger Unsinn. Das war ihm nun klar. Der ganze Scheiß über Abartige und Vergewaltiger, um den Leuten Angst zu machen und sie dazu zu bringen, an dieselben engstirnigen Dinge zu glauben wie er.

„Ja." Willy lächelte. „Es geht mir gut. Besser als gut. Ich glaube, es geht mir zum ersten Mal in einer … sehr langen Zeit gut." Es fühlte sich an, als wäre nach einem langen Gewitter die Sonne herausgekommen.

Vielleicht würde doch alles in Ordnung sein.

Heftiges Donnergrollen erschreckte sie. Diese Art von Unwetter gab es in der Gegend nicht oft und Willy zuckte zusammen, weil er nicht daran gewöhnt war. Sie hatten viel Regen und im Winter auch Schnee, aber Donner war ungewöhnlich und ein Zeichen, dass der Sturm heftiger wurde. Willy lehnte sich zurück, als der Regen gegen die Scheiben trommelte. „Dieses Haus ist denkbar solide gebaut." Reggie zog ihn wieder zu sich. „Es gibt keinen Grund, sich Sorgen zu machen."

Willy machte sich eigentlich keine Sorgen. Reggie war stark und beschützend.

Nach einer Weile ließ der Sturm nach, Reggie stand auf, richtete einen Snack und brachte ihn herein. „Ich habe gerade nicht besonders viel im Haus." Er hatte etwas Fleisch und Käse zu den Crackers serviert. Willys Appetit war zurückgekehrt und er aß vorsichtig. Dann gähnte er.

„Ich sollte wahrscheinlich nach Hause gehen." Obwohl die Aussicht keinesfalls verlockend war. Aber ein paar Stunden Freiheit würden ihm für den Moment genügen müssen.

Genau da rüttelte der Wind wieder an den Fenstern und Reggie sah auf sein Telefon. „Wenn der Strom ausfällt, muss ich nachsehen, was los ist und wie ich die Reparatur-Mannschaft beschützen kann."

„Du musst bei diesem Wetter hinaus?"

Stürme aus den Bergen konnten rasch anwachsen und dann mit Hurricane-Stärke durch die Canyons fegen.

„Ich hoffe nicht." Reggie stand auf und Willy folgte ihm. „Ich zeige dir das Gästezimmer. Niemand der nicht unbedingt muss, sollte da draußen sein." Reggie führte ihn über einen Flur und öffnete die Tür zu einem Schlafzimmer mit den gleichen Holzwänden und Möbeln, deren Rahmen aus Zweigen gemacht waren. „Auch viele der Möbel hat mein Onkel selbst gemacht. Er liebte es, Material zu verwenden, das er selbst gesammelt hatte." Reggie zeigte ihm das Bad, schloss dann die Tür und ließ Willy allein.

Willy saß auf der Bettkante und horchte, als Reggie ins Wohnzimmer zurückkehrte. Er zog sich aus und schlüpfte unter die Decke, während Reggie sich durch andere Bereiche des Hauses bewegte. Willy fragte sich, wie es wäre, Reggie bei sich im Bett zu haben. Wie würde es sich anfühlen, wenn der große, starke Mann neben ihm liegen und ihn festhalten würde. Er versuchte sich nicht vorzustellen, wie es wäre, mit ihm Sex zu haben. Er hatte so wenig Erfahrung, dass seine Vorstellungen banal und monoton waren. Er brauchte eindeutig neues Material und neue Erlebnisse.

Ein zaghaftes Klopfen holte Willy aus seinen Gedanken. „Willy?"

„Ja", antwortete er leise und sein Körper spannte sich sofort an. Er fragte sich aufgeregt, was Reggie von ihm wollte. Was würde er tun, wenn Reggie ins Zimmer käme? Oh Mann, jetzt fürchtete er sich schon vor seinem eigenen Schatten. Reggie war ein guter Mensch. Er hatte sich in dem Club zurückgehalten und er hatte auf jeden Fall dafür gesorgt, dass Willy gut aufgehoben war.

„Wenn du etwas brauchst, mein Zimmer ist am Ende des Flurs."

„Okay", antwortet Willy und Reggie ging. Er war wieder allein und doch dem, was er zu wollen glaubte, so nahe. Nur hatte er keine Ahnung, wie er es bekommen sollte. Vielleicht wenn er fragen würde ...? Nein. Reggie war schon einmal vor ihm zurückgewichen.

4

REGGIE SAß am nächsten Morgen gähnend an seinem Schreibtisch. Er hatte in der vergangenen Nacht nicht sehr viel geschlafen und Willys Anwesenheit war ihm nur allzu bewusst gewesen. Als er um seine gewohnte Zeit aufgestanden war, hatte er Willy bereits wach vorgefunden. Er hatte auf dem Sofa gesessen, die Wand angestarrt und auf seiner Unterlippe herumgebissen. Er hatte ihn mit in die Stadt genommen und ihn zu Hause abgesetzt, ehe er zur Station gefahren war. Nun konnte er sich nicht konzentrieren und hoffte, dass Willy nicht in Schwierigkeiten war.

„Wann müssen wir Clay und Jamie zum Richter bringen?"

Reggie sah auf die Uhr. „Holen Sie sie und wir bringen sie hinüber. Wie war ihre Nacht?"

„Sehr ruhig. Der ältere, Jamie, ist offenbar wach geblieben. Clay hat den Großteil der Nacht auf seinem Bett verbracht. Der Kollege von der Wache meinte, er hätte während der Nacht immer wieder jemanden weinen hören, aber er war sich nicht ganz sicher." Jasper kam einen Schritt näher. „Was glauben Sie, was mit ihnen passieren wird?"

„Ich vermute, man wird sie auf Kaution freilassen und ihnen am Ende Bewährung geben, besonders Clay, der minderjährig ist. Das Schlimmste haben sie wahrscheinlich hinter sich, aber ich hoffe, dass es ihnen in Erinnerung bleiben wird." Reggie stand auf und ging mit Jasper durch den Stützpunkt. „Wo ist Sam?"

„Überwacht den Verkehr." Jasper grinste. Er schien die Schadenfreude zu genießen. „Shawn kümmert sich um einen Fall von häuslicher Auseinandersetzung, der bei den Wilsons gemeldet wurde. Die haben sich schon wieder angeschrien und die Nachbarn haben angerufen." Er sagte es leichthin, als wäre es eine normale Sache. „Shawn sagt, die beiden gehen nie körperlich aufeinander los, sie brüllen sich nur an wie die Verrückten. Ich war auch mal dort und habe mit ihnen geredet. Sie beruhigen sich dann für eine Weile und dann geht es von vorne los."

Sie holten die beiden Jungs aus ihren Zellen, packten sie in die Autos und fuhren sie zum Gericht, wo ihre Eltern und ein Anwalt auf sie warteten. Reggie begleitete sie in einen gesicherten Raum, wo sie sich unterhalten konnten und ließ Jasper zurück, um auf sie aufzupassen. Er lief hinauf zum Gerichtssaal und stieß dort auf Pastor Gabriel. „Guten Morgen, wie ging es dem Herrn Bürgermeister?"

„Den Umständen entsprechend gut. Ich habe ihm bezüglich seiner Söhne ins Gewissen geredet und wir haben zusammen gebetet. Dann habe ich ihn in Ruhe gelassen." Pastor Gabriel hatte die Hände übereinandergelegt und seine Stimme war so ruhig wie immer. Reggie fragte sich, was hinter diesen Augen wirklich vorging.

„Er ist jetzt mit dem Anwalt bei seinen Jungs." Reggie bemühte sich, sich nicht umzusehen in der Hoffnung, Willy hätte seinen Vater begleitet. Aber die Tür der Herrentoilette ging auf und Willy kam heraus, ähnlich dunkel gekleidet wie sein Vater.

„Guten Morgen, Sheriff", sagte Willy und für ein paar Sekunden huschte ein sanftes Lächeln über sein Gesicht, ehe er sich hinter seinen Vater stellte. Sein Blick wanderte unruhig umher und die Spannung zwischen Vater und Sohn steigerte sich spürbar.

„Ich höre, dass Sie meinen Sohn heute Morgen nach Hause gefahren haben." Pastor Gabriel drehte sich zu Willy und dann zurück zu ihm. Reggie fragte sich, was Willy ihm erzählt hatte und vermutete, dass das ein Versuch war, Willys Geschichte zu überprüfen. Reggie nickte und zum Glück brachte Jasper die Jungs heraus und sie gingen in den Gerichtssaal, sodass er nicht antworten musste.

ALLES LIEF wie erwartet. Eine Kaution und ein Gerichtstermin wurden festgesetzt und der Fall ging zum Bezirksstaatsanwalt. Sofern es nicht zu einer Verhandlung kam, bedeutete das, dass Reggie und Jasper nicht mehr gebraucht wurden.

„Wo ist dein Vater?", fragte Reggie, als Willy außerhalb des Gerichtssaals auf ihn zukam.

„Er musste zurück zur Kirche und ich habe geschafft, mich zu entschuldigen. Ich ertrage das nur für eine begrenzte Zeit und ich hatte gehofft, mit Clay reden zu können." Willy sah zur Tür. „Weißt du, er ist an einer Weggabelung." Er sah an Reggie vorbei und winkte. Clay stand bei seinem Bruder und seinem Vater und sah immer noch ein wenig verschreckt aus.

Willy trat zur Seite und winkte ihn heran. Clay näherte sich langsam und argwöhnisch. Es war offensichtlich, dass er kein Interesse daran hatte,

Zeit mit dem Sheriff zu verbringen, der ihn verhaftet hatte. „Werden Sie mich wieder in den Knast stecken?"

„Clay", sagte Willy sanft, „den Sheriff trifft keine Schuld daran, was geschehen ist, und das weißt du. Er macht seinen Job und was du und Jamie da abgezogen habt, war nicht richtig. Wessen Idee war das Rennen?"

Clay sah rasch zu Jamie und wieder zurück zu Willy.

„Verstehe. Weißt du, du bist alt genug, um selbst zu denken und du solltest anfangen, das zu tun."

„Aber Jamie ..."

„Ist dein Bruder. Aber er bringt sich in Schwierigkeiten und zieht dich mit." Willy machte das wirklich gut. Er war freundlich und fürsorglich. „Du bist besser als das. Jamie ist erwachsen und er wird die Folgen seines Handelns zu spüren bekommen, härter als du, weil du erst siebzehn bist." Willy umarmte Clay sanft und Reggie konnte nicht mehr hören, was sie sagten.

Nachdem er ihn losgelassen hatte, sah Willy Clay nach, wie er zurück zu seinem Bruder und seinem Vater ging. Die Gruppe entfernte sich und Reggie wandte sich zu Jasper.

„Fahren Sie zurück zur Station und stellen Sie sicher, dass keine Anrufe reingekommen sind." Reggie lächelte, als Jasper loseilte. Er hüpfte förmlich über die ersten Stufen der Treppe.

„Wo gehst du hin?", fragte Willy.

„Ich fahre mal ein paar Runden Streife. Ich möchte, dass das Revier Präsenz zeigt. Die Leute sollen sehen, dass wir unterwegs sind und nicht nur auf dem Stützpunkt herumsitzen. Was ist mit dir?" Es fiel Reggie schwer, den Blick abzuwenden, aber er musste es tun. Willy in seinem Haus zu haben, war verdammt schwer gewesen. Bei jedem Geräusch war Reggie aufgeschreckt und hatte sich gefragt, ob mit Willy alles in Ordnung war. Er hatte sich stundenlang herumgewälzt und überlegt, ob er Willy hätte anbieten sollen, bei ihm zu bleiben. Versuchen herauszufinden, ob Willy in sein Bett kommen wollte. Er wusste, dass er das Richtige getan hatte, aber trotzdem ...

„Ich weiß nicht. Ich dachte, ich könnte mich um einen Job umsehen." Willy sah auf und das Selbstvertrauen von vorhin war verschwunden. „Ich muss unabhängiger werden."

„Das ist keine schlechte Idee."

„Wie lange arbeitest du heute Abend?", fragte Willy. „Ich kann ziemlich gut kochen. Also vielleicht ..."

Reggie war kurz davor, Ja zu sagen. Es wäre nett, mit Willy zu essen. Es wäre aber auch ein Spiel mit dem Feuer. Er ging dort, wo er arbeitete, niemals mit Typen aus oder ließ sich mit jemandem ein. Es war in jeder Hinsicht eine schlechte Idee und doch wollte er es, zum Teufel mit den Konsequenzen.

„Du musst nicht ...", flüsterte Willy und sah sich um.

„Das weiß ich. Aber was für ein Risiko gehst du da ein?" *Würden wir das eingehen?* „Du weißt, was passieren würde, wenn dein Vater es herausfindet."

Willy nickte. „Ich weiß. Aber ich brauche ein wenig Freiraum für mich. Eine Chance, mit irgendwem ich selbst sein zu dürfen, sonst werde ich verrückt. Ich kann nicht zu Hause herumsitzen, nicken und so tun, als würde ich zustimmen und dasselbe wollen wie mein Vater." Willy kam einen Schritt näher. „Ich bin nicht so stark wie du. Ich kann mich nicht einfach so gegen ihn durchsetzen."

„Du hast es schon mal getan", sagte Reggie und wünschte, er hätte den Mund gehalten.

„Ja, und schau, was es mir gebracht hat. Bleibende Andenken, wie weit er gehen würde, um das zu beschützen, was er für seine Lebensaufgabe hält." Willy seufzte, drehte sich um und ging langsam auf die Treppe zu.

„Sechs", sagte Reggie. „Ich mache um sechs Schluss, wenn nichts dazwischenkommt." Der Funkempfänger in seinem Ohr erwachte zum Leben und er lief zum Ausgang auf dem Weg zu einem Einsatz. Er hatte keine Zeit mehr, etwas Genaueres zu vereinbaren und vielleicht war das gut so. Jetzt war es an Willy, zu entscheiden, was er mit dieser Information anfangen wollte.

REGGIE VERBRACHTE den Tag mit einem Einsatz nach dem anderen. Als er ein paar Minuten Zeit hatte, fuhr er zum Autobahnparkplatz und überprüfte die Toiletten. Sie waren ein beliebter Treffpunkt für Männer. Nicht dass er dagegen etwas hatte, aber es war auch ein Ort, an dem alle möglichen anderen Transaktionen stattfinden konnten. Da er die im Keim ersticken wollte, fügte er den Platz zu den Zielen regelmäßiger Kontrollrunden hinzu. Aber bis auf eine vierköpfige Familie, die gerade wieder zu ihrem Auto ging, war niemand dort. Er fuhr eine Runde, gab sich Mühe von allen Vorbeifahrenden gesehen zu werden und fuhr dann zurück Richtung Stadt, als ein weiterer Anruf einging.

Nach seinem letzten Einsatz fuhr Reggie zurück zur Station und machte sich an die Arbeit. Er hatte Berichte zu schreiben und die seiner Hilfssheriffs zu überprüfen. Sam hatte gesagt, dass er auf dem Rastplatz mehrere Fahrzeuge gesehen habe, die sich bei seiner Ankunft aber innerhalb von Minuten entfernt hätten. Reggie las den Bericht aufmerksam durch und etwas daran erschien ihm nicht stimmig, besonders was die Zeitangaben betraf. Es konnte bedeuten, dass Sam den Bericht schlampig geschrieben hatte … oder etwas anderes. Er musste ihn besser im Auge behalten.

Mit einem leisen Seufzen schob er die Papiere zur Seite und räumte alles weg. Er überprüfte, dass alles für den Bereitschaftsdienst organisiert war. Sam hatte an diesem Abend Dienst und Reggie hoffte auf eine ruhige Nacht. Er meldete sich kurz bei ihm und fand ihn munter und beinahe gut gelaunt vor, was ungewöhnlich war.

„Ich habe alles unter Kontrolle. Einen schönen Abend noch." Reggie bedankte sich, verließ die Station und fuhr nach Hause. Er freute sich auf ein paar Stunden Frieden. Er stellte das Auto vor seinem Haus ab und fand es ruhig vor. Reggie sah auf die Uhr – kurz nach sechs. Er fuhr in die Garage, ging hinüber zum Haus und betrat seine stille Behausung. Reggie musste zugeben, dass er ein wenig enttäuscht war. In Wahrheit hatte er sich auf die Möglichkeit gefreut, dass Willy vorbeikommen könnte. Ihm war aber auch sehr wohl bewusst, dass es eine ganz schlechte Idee wäre, mit Willy eine Beziehung zu beginnen. Aber sobald er die Augen schloss, sah er Willy vor sich und wenn er sich konzentrierte, konnte er ihn sogar in seinen Armen fühlen Bündel aus Energie und Hitze.

Er ging ins Schlafzimmer, zog die Uniform aus und versperrte seinen Gürtel und seine Waffe, ehe er in die Küche zurückkehrte.

Ein Auto, das in seine Auffahrt bog, zog seine Aufmerksamkeit auf sich. Reggie lief schneller zum Fenster, als nötig gewesen wäre. Willy stieg aus einem alten Toyota, der aussah, als würde er von Klebeband und Gebeten zusammengehalten. Das war vielleicht eine Übertreibung, aber er sah ziemlich wartungsbedürftig aus. Reggie ging zur Tür und öffnete sie, damit Willy die Plastiktüten, die er trug, nicht abstellen musste.

„Was ist das alles?", fragte Reggie, als er die Tüten auf die Arbeitsfläche stellte.

„Ich sagte ja, ich bin ein guter Koch und ich wusste nicht, was du zu Hause hast." Er begann die Tüten auszuräumen und zog Tomaten und Gurken heraus, die sehr frisch aussahen. Da gab es Blattsalat, Pasta und Basilikum, dessen Geruch sich durch die Küche zog. „Das meiste kommt aus meinem Garten. Ich habe ein Beet auf dem Grundstück der Gemeinde im Süden der Stadt und pflanze dort ein paar Dinge an, hauptsächlich für meine Mom."

„Mein Onkel hatte einen Garten hinter dem Haus. Er hat dafür ein paar Bäume gerodet. Ich hatte noch keine Gelegenheit, etwas daraus zu machen. Aber im Herbst möchte ich ihn umackern und im Frühjahr bepflanzen. Ich weiß nicht wirklich viel darüber, wie man Gemüse anbaut, aber ich dachte, ich versuche es." Da der Platz nun einmal da war, hatte Reggie überlegt, dass Gärtnern sein neues Hobby werden könnte.

„Ich pflanze schon mein ganzes Leben lang Dinge an. Ich liebe es. Allerdings musst du vorsichtig sein, besonders in dieser Gegend. Kauf Pflanzen nur bei lokalen Anbietern und auch nur Saatgut aus der Region. Sie führen widerstandsfähigere Arten, die in unserer Höhenlage gedeihen. Und Kalifornien hat einen Haufen landwirtschaftlicher Vorschriften, um den Rest des Landes vor invasiven Arten zu schützen." Willy wurde rot. Es war bezaubernd. „Aber das weißt du wahrscheinlich."

Reggie gab ihm einen Topf für die Pasta und eine Schüssel. Dann zeigte er ihm, wo er alles andere finden konnte und ging aus dem Weg. „Wo hast du kochen gelernt?"

„Mom dachte, es wäre eine gute Idee, wenn wir alle die Grundlagen erlernen würden." Willi begann, das Basilikum zu zerkleinern und der Duft verbreitete sich. „Ich kann Knoblauchbrot machen, wenn du möchtest …"

Reggie holte das Brot heraus und Willy zog frischen Knoblauch aus seiner Tüte. Reggie begann sich zu fragen, was wohl sonst noch da drin war.

„Mom hat mir das beigebracht und ich mochte es. Aber ich habe nie wirklich Gelegenheit zum Kochen. Dad ist in solchen Dingen ziemlich altmodisch. Manchmal denke ich, er ist zu spät geboren." Willy war mit dem Basilikum fertig und bereitete die Pasta vor. „Ich hatte nicht genug Geld, um Fleisch zu besorgen, aber …" Willy öffnete den Kühlschrank und suchte nach Butter. „Ja. Ich habe es riskiert. Ich werde Pesto machen und einen Salat und Knoblauchbrot. Ist das in Ordnung?"

Reggies Magen knurrte schon bei der Erwähnung des Essens. „Mehr als in Ordnung. Ich habe die Nase voll von dem, was ich koche."

„Was kochst du denn?"

Reggie zuckte mit den Schultern. „Ich besorge meistens Zeug, das man in die Mikrowelle stecken und erwärmen kann. Ich kann ein gewöhnliches Steak grillen. Ich mache leckeres Hühnchen und Kartoffelbrei kann ich auch. Einfache Sachen. Ich bin normalerweise so beschäftigt, dass ich für solche

Dinge nicht viel Zeit habe." Er holte einen Hocker vom Wohnzimmer zur Kücheninsel, setzte sich und sah Willy zu, wie er das Wasser für die Pasta auf den Herd stellte und das Gemüse schnippelte.

„Das ist eine tolle Küche. Moms Küche ist wirklich klein. Sie hat gerade mal Platz, um allein dort zu arbeiten, aber wenn noch jemand da ist, wird es schnell eng. Hier ist es so offen und bequem."

„Freut mich, dass es dir gefällt." Reggie saß still und beobachtete. „Kann ich dich etwas fragen? Warum tust du das?"

Willys Messer stoppte mitten in der Bewegung, auf halbem Weg durch die Gurke.

„Ich weiß es durchaus zu schätzen. Aber warum? Warum riskieren, den Zorn deines Vaters auf dich zu ziehen?"

Willy rollte mit den Augen. „Wir haben nichts getan, außer zu kochen." Er versuchte unschuldig auszusehen, aber es gelang ihm nicht. „Okay ..." Er legte das Messer weg. „Ich habe es satt, dass mein Vater über mein Leben bestimmt, und ich mag dich. Mir ist klar, dass du mich vielleicht nicht magst oder dass du denkst, ich wäre zu jung oder so was." Willy wippte leicht vor und zurück, was Reggie zeigte, dass er nervös war. „Du warst nett zu mir und du nimmst mich wirklich wahr. Weißt du, was das bedeutet?"

Reggie wusste nicht, was er sagen sollte. „Nein?"

„Ich bin Willy, der Sohn des Pastors. Wenn ich mit ihm zusammen bin, dann sehen mich die Leute meistens gar nicht. Sie richten sich alle nach ihm und achten nur auf ihn. Ich hatte in der Highschool nur sehr wenige Freunde, weil ich beinahe unsichtbar war. Aber du hast mich in dem Club bemerkt und sogar hier siehst du mich. Für die Bewohner der Stadt bin ich Pastor Gabriels Sohn, das ist alles. Ich bin nicht Willy, ich habe keine eigene Identität. Sie kennen vielleicht meinen Namen, aber sie sehen mich nicht als eigenständige Person." Willy senkte den Blick und schnitt weiter. „Vielleicht ist es töricht, zu denken, jemand wie du könnte ... Ich weiß nicht." Er drehte sich um und ging aus der Küche in Richtung Eingangstür.

„Wohin gehst du?", fragte Reggie und sprang auf. Er wollte Willy unbedingt über seine Unsicherheit und Anspannung hinweghelfen.

„Ich sollte dich einfach in Ruhe lassen und dich nicht nerven. Ich bin einfach ein Junge, der keine Ahnung hat, wie solche Dinge funktionieren und ..."

Reggie hielt Willys Arm fest, als dieser die Tür erreichte. Er packte ihn nicht fest – er hätte ihm nie wehgetan – aber er wollte nicht, dass Willy ging. „Hey, ich sehe dich." Als Willy sich umdrehte, setzte Reggies Herz einen Schlag aus, als er die Einsamkeit in diesen klaren blauen Augen sah, die ihre Farbe je nach Willys Stimmung zu verändern schienen. Sie waren faszinierend und Reggie fragte sich, ob er je alle Farben sehen würde, die sie annehmen konnten. „Und du musst nicht gehen." Er zog Willy näher, legte die Arme um ihn und staunte, wie richtig sich das anfühlte.

„Ich hätte nicht kommen sollen. Du hattest recht, was meinen Vater betrifft und meine Hoffnungen und Wünsche. Und dass ich dich da mit hineinziehe … es ist wirklich ein Spiel mit dem Feuer."

Reggie hielt ihn fest, sein Herz schlug schneller und ein beinahe überwältigender Drang breitete sich von der Basis seiner Wirbelsäule aus und wurde immer intensiver. Er beugte sich vor, tastete nach Willys Lippen und wollte mehr, sobald er ihn schmecken konnte. Er verstärkte seinen Griff und hielt ihn fester, um dem anwachsenden Wunsch Ausdruck zu geben, Willy zu beschützen und sich um ihn zu kümmern. Reggie steckte in massiven Schwierigkeiten, er konnte es bereits fühlen. Wäre er klug gewesen, hätte er Willy gehen lassen. Er warf hier gerade alle seine Regeln über Bord. Einerseits gefiel es ihm, andererseits brachte es ihn gehörig aus dem Konzept. Er löste sich von Willy, hielt ihn aber weiter fest. Er sah ihm in die Augen und versuchte klar zu denken. Er hatte keine Chance. Ein Zwinkern dieser blauen Augen und die rosa Zungenspitze, die zwischen Willys Lippen hervorlugte, genügten und er tat das Gegenteil all dessen, was er tun sollte.

„Lass uns essen, okay?", flüsterte Reggie. Er wollte Willy nicht verschrecken.

Willy nickte und Reggie ging mit ihm zurück in die Küche. Als Willy das Messer wieder zur Hand nahm, ging Reggie ins Wohnzimmer und stellte Musik an. Nicht zu laut, aber laut genug, um die Stille zu füllen und Atmosphäre zu erzeugen.

„Ich fühle mich wie ein Idiot", sagte Willy, ohne von seiner Arbeit aufzusehen.

„Du kannst nicht einfach etwas annehmen. Wenn du irgendwas wissen willst, musst du fragen. So simpel ist das."

Die Musik veränderte sich und der Rhythmus wurde flotter. Reggie klopfte mit dem Fuß den Takt und drehte sich. Willy kicherte und Reggie umrundete die Kücheninsel, legte das Messer auf die Arbeitsfläche, zog Willy in seine Arme und tanzte mit ihm aus der Küche ins Wohnzimmer.

„Ich muss das fertig machen, wenn wir je essen wollen", sagte Willy und stolperte beinahe über seine eigenen Füße. Reggie hielt ihn und sie bewegten sich leicht miteinander, als Willy sich entspannte.

„Na also. Ich nehme an, du hast noch nie getanzt", sagte Reggie, hielt Willy fest und ließ die Musik ihre Wirkung entfalten. „Ist das etwas, das dein Vater nicht erlaubt?"

„Doch. Er und Mom sind früher manchmal zusammen tanzen gegangen. Er hat nichts dagegen, in der Bibel wird auch viel getanzt. Aber ich habe es nie gelernt. Ich bin irgendwie unkoordiniert. Mom hat mal versucht, es mir zu zeigen, aber ich bin gestolpert und habe eine Lampe zerbrochen. Danach gab es keine weiteren Tanzstunden. Mom wollte wohl nicht den Rest der Einrichtung ersetzen müssen." Willy lachte. Reggie kicherte an seinen Nacken geschmiegt und atmete seinen herben Duft ein, bis der Song zu Ende war. Er ließ Willy los und war froh über eine Atempause und ein wenig Abstand. Auf dem Hocker zu sitzen, würde für die nächsten Minuten schwierig sein. Er hoffte nur, dass seine Erregung nicht allzu offensichtlich war.

„Kann ich irgendwie helfen?"

„Sieh nach, was du an Salatdressing hast." Willy kippte die Pasta ins kochende Wasser und begann das Pesto zu machen, das innerhalb von Minuten so gut roch, dass ihm das Wasser im Mund zusammenlief. Reggie hatte etwas Honigsenf und eine Flasche Ranch Dressing und stellte beides auf die Arbeitsfläche. Dann half er das Brot mit Butter zu bestreichen und schob es in den Ofen.

Reggie hätte dafür sorgen müssen, dass er einen anderen Snack zu Hause hatte als die Cracker und den Käse, die er am Vorabend serviert hatte. Es würde zwar bis zum Essen nicht mehr lange dauern, aber der Duft machte ihn verrückt.

Willy richtete die Pasta an und verteilte die Sauce, stellte die Salatschüssel auf den Tisch, holte das Knoblauchbrot aus dem Ofen und legte es auf einen Teller. Reggie holte Bier aus dem Kühlschrank, um das Fest abzurunden und sie saßen nebeneinander auf ihren Hockern.

„Wow, das ist fantastisch", sagte Reggie nach seinem ersten Bissen von der Pasta. Der Geruch hatte nicht verraten, wie cremig die Pestosauce sein würde.

„Ich habe das Rezept in einer Zeitschrift gefunden und es mit meinen Freunden ausprobiert, als ich auf dem College war." Willy zuckte mit den Schultern. „Aber für meine Familie habe ich es noch nie gemacht."

„Wo bist du aufs College gegangen?"

„Ich habe geschafft, an der Davis Universität aufgenommen zu werden und war zwei Jahre dort. Es ging mir gut dort und ich habe es genossen. In dieser Zeit war ich Willy. Aber mein Stipendium fiel Budgetkürzungen zum Opfer und mein Vater konnte es nicht bezahlen. Er denkt vielleicht, dass er die Stadt regiert, aber ich weiß sicher, dass mein Vater in finanziellen Angelegenheiten ehrlich ist. Er nimmt von niemandem etwas an und er nimmt nur sein Gehalt aus dem Fonds der Kirche. Es ist also nicht allzu viel da. Also bin ich danach wieder hierhergekommen. Und du?"

„Ich bin auch ein Davis Absolvent. Aber ich war wahrscheinlich schon weg, als du dort warst. Ich habe einen Abschluss in Strafrecht." Reggie nahm noch einen Bissen von der Pasta. „Ich habe in der Nähe von Fresno als Hilfssheriff begonnen, mich dort gut gemacht und bei einigen anspruchsvolleren Fällen geholfen. Ich habe einen größeren Drogenring gesprengt, was mir einiges Ansehen gebracht hat. Mir wurde ein Revier angeboten, in dem es Probleme gab und als ich zustimmte, schickte man mich hierher."

„Dann ist das dein erster Posten als Sheriff? Du siehst jung aus." Willy nahm ein Stück Knoblauchbrot und Reggie angelte sich auch eines.

„Ich habe dort die Aufgaben des Sheriffs übernommen, nachdem mein Boss in die Aktivitäten des Drogenrings verwickelt war, den ich gesprengt habe." Reggie seufzte. „Das war das Schlimmste, was ich jemals tun musste. Alles, was ich weiß, hat er mir beigebracht. Er hat mir die erste Chance gegeben, mich zu beweisen, aber er war korrupt. Das hat mir wirklich zugesetzt." Die Entscheidungen, die er hatte treffen müssen, hatten ihm beinahe das Herz gebrochen. Letztendlich hatte er das Richtige getan, aber es hatte ihn innerlich zerrissen. „Er war wie ein zweiter Vater für mich."

„Das tut mir leid." Willy schob seine Hand über Reggies und ihre Finger verschränkten sich. „Was ist mit deiner Familie?"

Reggie nahm einen Bissen von dem Brot, das geradezu dekadent fettig war und vor Knoblauch triefte. „Mom und Dad sind in Sacramento. Sie sind stolz auf mich und mein Dad war sofort für mich da, als die Kacke am Dampfen war. Meine Schwester Janine wollte schon die Kavallerie losschicken, um mich zu unterstützen, aber da musste ich allein durch." Das war einer der Gründe, warum er jetzt so vorsichtig mit Beziehungen war. Er hatte einen sehr engen Kontakt mit Sheriff Andy aufgebaut und er konnte sehen wohin das geführt hatte. Es war das Beste, berufliche und private

Beziehungen so weit wie möglich auseinanderzuhalten. Und daran hatte er sich gehalten … bis ein gewisser junger Mann mit den unglaublichsten Augen in die Station spaziert kam.

„Weißt du, ich habe keine Lust, über Familien zu reden. Meine ist größtenteils zu vergessen."

„Worüber willst du dann reden?" Reggie wollte nur zu gern das Thema wechseln.

„Oh!" Willys Augen leuchteten auf, als er sich näher zu ihm beugte. „Ich glaube, ich habe einen Job gefunden. John Webster unten im Drugstore sucht jemanden, der ihm mit der Buchhaltung hilft. Sein früherer Buchhalter hat aufgehört und er hat versucht, selbst damit klarzukommen und wird verrückt dabei. Ich hatte am College Rechnungswesen und denke, dass ich ihm dabei helfen kann. Er ist ganz glücklich und sagt, dass die Buchhaltung nur ein Halbtagsjob ist. Aber ich kann auf den Laden aufpassen, wenn er weg ist und so was. Das wäre dann der Rest der Zeit. Ich werde dabei nicht gerade reich, aber ich habe dann zumindest etwas eigenes Geld."

„Was hat dein Dad dazu gesagt?"

„Ich habe es ihm noch nicht erzählt. Ich habe erst mit Mr. Webster gesprochen, bevor ich hierhergekommen bin. Er möchte, dass ich am Montag beginne. Das wäre wirklich gut." Willy zappelte regelrecht auf seinem Hocker. „Das Netteste daran ist, dass Mr. Webster katholisch ist. Er gehört also nicht zu den Leuten, die sich meinem Vater verpflichtet fühlen. Er möchte mich um meinetwillen und wegen meiner Fähigkeiten."

„Das ist toll." Reggie lächelte.

Willy biss sich auf die Unterlippe. „Das einzige Problem ist, dass Mr. Webster sonntags geöffnet hat. Es ist so ziemlich der einzige Laden, der offenhält. Er sagt, dass die Leute eben immer etwas brauchen und dauernd jemand kommt. Er öffnet erst zu Mittag, aber das würde bedeuten, dass ich an manchen Tagen früher von der Kirche weg müsste. Aber der Laden ist nur ein Stück die Straße runter. Ich wäre in fünf Minuten dort. Es wird keine große Sache sein."

„Du hast ein Recht auf dein eigenes Leben." Reggie hob seine Bierflasche und stieß mit Willy an. Sie lächelten einander zu und tranken. „Väter glauben manchmal sie wüssten, was das Beste für ihre Kinder ist. Manchmal ist das vielleicht auch so, aber wir müssen es selbst herausfinden."

„Sobald ich mich in dem Job gut zurechtfinde, kann ich vielleicht eine eigene Wohnung finden. Das wäre das Beste. Dann wäre ich von ihm weg. Aber ich schätze, ich muss einen Schritt nach dem anderen machen."

Willy war ganz aufgeregt und Reggie war erstaunt, wie sehr er sich für ihn freute. Es war eine große Sache, die ersten Schritte in die Selbstständigkeit zu tun. Auch wenn es den Altersunterschied zwischen ihnen und ihren unterschiedlichen Erfahrungshorizont betonte. „Wie war dein Tag nach all dem Zeug bei Gericht?"

„Ziemlich dicht, aber eher ereignislos. Ich hatte ein paar Einsätze, aber das waren mehrheitlich organisatorische Dinge und ich bin ein wenig Streife gefahren." Reggie erwähnte nicht den Autobahnparkplatz und die verstärkte Kontrolle, die er dort angeordnet hatte. Er hatte den Verdacht, dass dort mehr abging als nur ein bisschen schnelle Befriedigung.

Sie aßen gemeinsam. Reggie ertappte sich dabei, dass er alle paar Minuten zu Willy hinüberschielte, einfach nur um ihn anzusehen. Reggie wünschte, er hätte sich auf die andere Seite der Küchentheke gesetzt, um Willy genauer beobachten zu können. Andererseits tat er bereits sein Bestes, seine Erektion unter der Serviette zu verbergen, die er über seinen Schoß gebreitet hatte. Nur in Willys Nähe zu sein, hatte diese Wirkung auf ihn. Er hatte nicht die Absicht, etwas zu unternehmen, obwohl sein Instinkt ihn drängte, sich Willy zu schnappen und ihm zu zeigen, wie wunderbar es zwischen zwei Menschen sein konnte.

Reggie unterdrückte ein Seufzen, als er aufgegessen hatte. Er musste etwas Abstand zwischen sie bringen. Er schwitzte bereits und das lag nicht an der Hitze. Jedes Mal, wenn er einatmete, sog er Willys Duft ein. Vielleicht war es sein Rasierwasser, aber das glaubte Reggie nicht. Er war ziemlich sicher, dass er Willy pur roch und es machte ihn verrückt.

Er stellte sein Geschirr in die Spüle und begann die Reste von Brot und Pasta wegzuräumen. Den Salat hatten sie aufgegessen, also steckte er die Schüssel auch in den Spüler.

„Ich weiß es zu schätzen, dass du hergekommen bist, um zu kochen. Das hättest du nicht tun müssen, aber es war wirklich köstlich." Reggie lächelte und räumte fertig auf.

„Ich verstehe …", sagte Willy sanft. „Ich sollte jetzt wirklich gehen."

Reggie wollte nicht, dass Willy sich unwohl fühlte, aber Willy war eine solche Quelle der Versuchung. Reggie zog seine Hände unter dem warmen Wasserstrahl weg und drehte sich um. „Ich weiß nicht, was du von mir willst", gab er zu. „Oder vielleicht weiß ich es doch." Verdammt noch mal, er hasste es, nervös zu sein. In seinem Job waren es Aktion, Vorsicht und Selbstvertrauen, die dafür sorgten, dass man wachsam und am Leben blieb. Untätigkeit konnte genauso fatal sein wie eine unüberlegte Bewegung.

„Ich komme mir wie ein Idiot vor", flüsterte Willy. „Vielleicht bin ich zu … naiv für Worte." Er rollte mit den Augen und sah aus, als ob er sich am liebsten ohrfeigen würde. „Ich dachte, ich komme hierher und koche für dich und wir reden und dann merkst du, dass ich ein netter Typ bin, vielleicht sogar irgendwie niedlich …" Sein schiefes Lächeln war das eindeutig, das war nicht zu leugnen. „Ich dachte, dass du mich vielleicht mögen würdest und dass …" Er seufzte. „Ruthie hasste es zu kochen. Mom sagt immer zu ihr, dass der Weg zum Herz eines Mannes über den Magen führt. Zumindest behauptet sie, dass sie meinen Vater so eingefangen hat …"

„Ist es das, was du wolltest – mich einfangen?" Reggie war platt und gleichzeitig geschmeichelt über diesen simplen altmodischen Zugang. Er ging zu Willy hinüber und umarmte ihn sanft. „Du bist ein erstaunlicher junger Mann. Und lass dir nie von jemandem was anderes einreden." Er umarmte ihn fester und Willy schlang die Arme um Reggies Taille.

„Manchmal wünschte ich, ich wäre wie jeder andere. Dann müsste ich mich nicht verstecken und könnte ich selbst sein." Willy drückte ihn an sich. „Ich will einfach nur das, was alle anderen auch haben." Er sah auf und Reggie nickte. Er verstand diesen Wunsch so gut.

„Ich verstecke mich auch", gab Reggie zu. „Wenn ich Spaß haben will, dann fahre ich nach Sacramento. Ich gehe nie an meinem Arbeitsort mit jemandem aus. An einem dieser Abende haben wir uns getroffen. Meine Freunde leben ihr Leben alle offen, ich halte meines unter Verschluss. Die Leute, die mich auf diesen Posten gesetzt haben, wissen aber dass ich schwul bin." Reggie schluckte. „Ich liebe meine Arbeit. Und so sehr ich wünschte, ich könnte sagen, dass schwul zu sein keinen Unterschied macht, ich weiß, dass es nicht wahr ist. Es würde einen Unterschied machen. Und wer weiß, wie die Leute hier es aufnehmen würden?"

„Also hältst du dich ihretwegen von mir fern?", fragte Willy.

Reggie kicherte und vergrub die Nase in Willys weichem Haar. Ohne nachzudenken atmete er ein und musste ein Stöhnen unterdrücken. „Nein, ich halte mich fern, weil ich Angst habe, dass ich süchtig nach dir werde … Wir beide zusammen, das ist gefährlich. Du hast doch eine ziemlich genaue Vorstellung, wie dein Vater reagieren würde. Stell dir vor, was wäre, wenn rauskäme, dass wir beide zusammen sind."

Reggie schloss die Augen und hielt sich an Willy fest, denn seine Worte ließen seine Kehle eng werden und sein Hals schmerzte, als wollte er verhindern, dass er sie aussprach.

„Ich schätze, ich weiß es", sagte Willy und hob den Kopf. Als Reggie in diese unfassbar blauen Augen sah, zogen sie ihn an wie ein Magnet. Eine Kraft, die er nicht kontrollieren konnte. Willys heißer Atem streifte seine Lippen. Reggie erstarrte und unterdrückte den Drang, sich zu nehmen, was er wollte. Das war ein Augenblick der Entscheidung und Willy musste sie treffen. Er musste die Initiative ergreifen.

Ihre Lippen berührten sich, als Willy die Distanz überbrückte. Elektrizität knisterte zwischen ihnen und Reggie ließ seine Hand über Willys Rücken gleiten und umfasste seinen Po. Auf jedem Schritt lauerte Gefahr, als Reggie sich zentimeterweise auf einen Abgrund zubewegte, von dem es kein Zurück geben würde.

Irgendwie gelang es ihm, ihren Kuss zu unterbrechen. „Wir müssen es langsam angehen, okay?" Reggies Herz raste und sein Puls pochte in seinen Ohren. Er atmete tief durch und hielt die Luft an, in der Hoffnung, seinen Kopf ein wenig von dem Nebel des Verlangens zu befreien, der ihn einhüllte. Er atmete tief aus.

„Ja, langsam", stimmte Willy zu und küsste ihn wieder, diesmal heftiger. Er zitterte in Reggies Armen. Irgendwie schien er zu wissen, dass er gerade belogen worden war, aber Reggie war zu weggetreten, als dass es ihn kümmerte. Willy klammerte sich an ihn und aus seiner Kehle drangen leise Geräusche, die Reggies Begehren immer weiter anheizten. Reggie hielt ihn fester und stöhnte auf, als Willys Erektion sich gegen ihn drückte. Gott, er hasste es, so viele Schichten Kleidung zwischen ihnen zu haben. Und doch waren sie das einzige, was Reggie davon abhielt, Willy über seine Schulter zu werfen, ihn ins Schlafzimmer zu tragen und aufs Bett zu werfen. Seine Fantasie galoppierte davon und entwarf Bilder von Willy, der nackt auf seinem Bett saß und ihn anlächelte, wobei seine weiße Haut sich von dem dunkelroten Deckenbezug abhob.

Reggie hielt inne, trat einen Schritt zurück und ließ seine Arme sinken. „Okay ..." Verdammt, er brauchte eine Sekunde, ehe er weitersprechen konnte. Was zum Teufel sollte das? Willy war besser als eine Dosis Viagra und Reggie musste klar denken. Seine Regeln. Reggie musste sich an die Regeln erinnern. Sie dienten seiner Sicherheit und seiner Zukunft. Er durfte das nicht tun.

„Okay. Ich vermute, das ist der Teil mit 'es langsam angehen'?", sagte Willy und keuchte leise.

Reggie nickte. „Möchtest du einen Film ansehen oder so was?" Er wollte nicht, dass Willy ging. „Ich habe einige, falls du bleiben möchtest.

Du könntest einen aussuchen und ich bin gleich zurück." Er brauchte etwas Distanz. Und ein verdammtes Bier.

Er holte sich ein Bier, brachte Willy die Limonade, um die er gebeten hatte, und setzte sich neben ihn auf das Sofa. Reggie überlegte, einen der Stühle zu nehmen, aber das wäre unfair und würde die falsche Botschaft senden. Er wollte nicht, dass Willy dachte, er würde ihn nicht begehren. Das Problem war, dass er so unaussprechlich süß war. „Was hast du ausgewählt?"

Willy drückte Start und Reggie lachte laut auf. „Eine Million Arten im Westen zu sterben?" Eine Slapstick Komödie. „Das hätte ich nicht erwartet."

„Mein Vater würde einen Anfall bekommen, wenn er das wüsste." Willy rieb sich die Hände vor Vergnügen.

Reggie nahm einen Schluck aus seiner Flasche und lehnte sich zurück. Sie lachten gemeinsam über einige der Scherze in dem Film. Etwa bei der Hälfte lehnte sich Willy an ihn und Reggie legte den Arm um Willys Schultern. Das war so nett, so ruhig, so sanft ... beinahe familiär.

„Ich mag das", flüsterte Willy, als der Nachspann über den Bildschirm flimmerte. „Es ist schön, einfach nur mit dir hier zu sein." Er streckte sich auf dem Sofa und erinnerte Reggie dabei an eine Katze, die gerade aus einem Nickerchen erwachte. Als Willy die Arme über den Kopf streckte, rutschte sein Shirt hinauf und Reggie war ein Blick auf einen Streifen der blassen Haut oberhalb seines Gürtels vergönnt. Reggie schluckte und Willy rückte näher.

„Ich muss wirklich gehen. Ich muss in der Kirche noch ein paar Dinge für meinen Vater erledigen und ich sollte ihm besser die Neuigkeiten von meinem Job beibringen." Die wenigen Stunden der Entspannung für Willy schienen vorüber zu sein und seine Nervosität kehrte spürbar zurück.

„Schau, du kannst wieder in meinem Gästezimmer bleiben, wenn du willst." Reggie wusste, dass es richtig war, zu versuchen, ihm zu helfen. Er zog Willy in eine weitere Umarmung. „Ich möchte nicht, dass du dich so fühlst."

Willy schüttelte den Kopf. „Diesmal habe ich keine Entschuldigung und ich muss nach Hause gehen und mit meinem Vater reden. Immerhin ist es ein Job. Es ist ja nicht so, als ob ich davonlaufe und der Moon-Sekte beitrete oder so."

„Ja, ich schätze, dein Vater würde einen Infarkt bekommen, wenn du das tun würdest."

Willys Kichern wuchs zu einem lauten Lachen an. „Die Ader an seinem Hals würde pulsieren und sein Kopf explodieren." Er rieb sich die Hände. „Was glaubst du, wie schnell kann ich sie ausfindig machen?" So herumzualbern, ließ das Gefühl von Unbeschwertheit noch ein wenig länger anhalten. Dann stand Willy auf und Reggie entsorgte die leeren Flaschen.

„Dann solltest du gehen, aber ich hoffe, ich sehe dich bald." Dafür würde Reggie sorgen müssen. Er begleitete Willy zur Tür und verabschiedete ihn mit einem Kuss. Okay, was als Gute Nacht Kuss begonnen hatte, führte bald dazu, dass Reggie Willy gegen die Tür drückte und so ausgiebig mit ihm herumknutschte, dass es bis in seine Zehenspitzen kribbelte. Er ließ erst los, als ihm die Luft ausging. Reggie fummelte am Schloss herum und brauchte zwei Versuche, um die Tür aufzubekommen. Er stand auf der Veranda, als Willy in sein altes Auto stieg, rückwärts aus der Auffahrt und dann davonfuhr.

Reggie schloss die Tür erst, als er die Rücklichter nicht mehr sehen konnte. Dann lehnte er sich, immer noch schwer atmend, gegen die Innenseite und lächelte vor sich hin. Es war offensichtlich, dass Willy ihn mochte, aber egal wie man es betrachtete, er spielte ein ziemlich gefährliches Spiel. Noch war es nicht zu spät. Er konnte sich immer noch zurückziehen und nicht mehr mit Willy treffen. Aber Reggie wusste, dass das eine dumme Idee war. Er war bis zu einem gewissen Grad bereits mit dem Herzen dabei. Er war auch nicht der Typ, der einem Kampf aus dem Weg ging oder aufgab, was er wollte. Er hängte es nicht an die große Glocke, dass er schwul war, er würde es aber auch nicht verleugnen. Wenn sich die Sache mit Willy weiterentwickelte, würden sie allerdings unweigerlich zu einer Weggabelung kommen, wo sie beide ein paar schwere Entscheidungen treffen mussten.

Reggie überprüfte sein Telefon und war dankbar, dass er keine Nachrichten oder Anrufe vorfand. Er rief in der Einsatzzentrale an, um sicherzustellen, dass sie wussten, wie sie ihn notfalls erreichen konnten. Er zog sich aus, machte das Licht aus und ging ins Bett.

Er schlief rasch ein und war gerade am Anfang eines wunderbaren Traums, der sich um Willy in einem sehr spärlich bekleideten Zustand drehte, als ein beharrliches Piepen ihn wieder herausriss. Er angelte stöhnend sein Telefon vom Nachttisch, nahm den Anruf entgegen und zog sich wieder an.

5

AM MONTAGMORGEN ging Willy zur Arbeit. Er war nervös, aber gespannt. Mr. Webster schien erfreut, ihn bei sich zu haben und als er ihm die Bücher zeigte und was zu tun war, machte sich Willy sofort ans Werk. Was ihn mehr aus dem Konzept brachte als alles andere, war die Tatsache, dass sein Vater morgens tatsächlich auf ihn gewartet und mit ihm Tee getrunken hatte, ehe Willy zur Arbeit gegangen war. Er hatte sich nicht über den Job aufgeregt und schien sogar irgendwie stolz zu sein. Das war für Willy schwer einzuordnen, denn sein Vater war bisher noch nie wegen irgendetwas besonders stolz auf ihn gewesen.

„Du wirst viel lernen müssen", erklärte Mr. Webster sanft und führte ihn durch alle Vorgänge.

„Das ist kein Problem", sagte Willy. Er ging durch die Kassenbelege der letzten Woche, glich alles mit den Kontobewegungen ab und stellte sicher, dass alles seine Richtigkeit hatte. Dann machte er sich an den Rest der Buchhaltung.

„Okay", sagte Mr. Webster am Nachmittag, als Willy alle Tageseinnahmen eingegeben hatte. Er deutete auf die Einträge der letzten Wochen, um die er sich noch nicht hatte kümmern können. Das Computersystem des Ladens war sehr gut und der Umgang damit nicht schwer zu erlernen, es war nur zeitaufwendig. Willy brauchte noch zwei volle Tage, bis alles auf dem neuesten Stand war. Mr. Webster war glücklich und Willy war zufrieden. Allerdings hatte er Reggie seit Freitag nicht mehr gesehen und er vermisste ihn. Dazu hatte er zwar eigentlich kein Recht, aber so war es.

Als Willy am Mittwoch von der Arbeit nach Hause ging, war er wirklich müde. Am Donnerstag hatte er frei, da er am Sonntag bei Mr. Webster arbeiten würde. Willy freute sich darauf, sich in sein Zimmer zu verziehen und ein paar ruhige Stunden allein zu verbringen.

Als er das Haus betrat, sah sein Vater von seinem Stuhl auf. Ihm gegenüber saß Bürgermeister Fullerton. Es war klar, dass etwas Furchtbares passiert sein musste, aber Willy wollte nicht fragen. Neugierde würde seinem Vater missfallen.

„Was soll ich nur tun?", fragte Bürgermeister Fullerton beinahe flehend. „Ich konnte es vorerst geheim halten, aber so wird es nicht bleiben. Sie wissen doch, wie gern die Leute tratschen."

„Das tun sie bereits", sagte sein Vater und Willy ging durch das Wohnzimmer zur Küche. „Ich fürchte, es spricht sich in der Kirchengemeinde herum und wird sich bis zum Abend in der ganzen Stadt verbreitet haben."

„Dieser Sheriff. Ich schwöre, er hat es auf mich abgesehen."

Sein Vater schüttelte den Kopf. „Es ist nicht richtig, jemandem vorzuwerfen, dass er seinen Job macht, besonders wenn es nicht seine Schuld ist."

Willy sah kurz den anklagenden Blick, den sein Vater auf den Bürgermeister gerichtet hatte. Worüber auch immer der Bürgermeister sich so aufregte, sein Vater schien zu denken, dass es seine eigene Schuld war.

„Sie haben Ihre Jungs nicht im Griff. Wer weiß, welche Einflüsse Sie in ihr Leben gelassen haben. Sie und Shirley haben offenbar nicht genug darauf geachtet, ihnen nahezubringen, wie wichtig es ist, dem Weg des Herrn treu zu bleiben."

Willy setzte sich an den Küchentisch, während seine Mutter still das Abendessen fertig machte. „Was ist passiert?", flüsterte er.

Sie schüttelte den Kopf und wurde rot. Willy fixierte sie und schließlich setzte sie sich zu ihm und schielte zum Wohnzimmer. „Jamie ist vor ein paar Tagen von der Polizei aufgegriffen worden, als er auf dem Autobahnparkplatz etwas getan hat, das er nicht hätte tun dürfen." Sie strich über seine Hand. „Du musst dir keine Sorgen machen – dein Vater kümmert sich darum."

„Mom", flüsterte er. „Du musst dir deine eigene Meinung über Dinge bilden." Nun streichelte er ihre Hand. „Ich weiß, dass du klug bist und es sich lohnt, auf dich zu hören." Er hasste es, dass sie sich seit dem Tod seines Bruders so zurückgezogen hatte.

„Er hat irgendwas Sexuelles mit anderen Männern gemacht", flüsterte sie ihm ins Ohr. „Der arme Junge. Er musste das verbergen und konnte nicht er selbst sein. Dein Vater denkt, dass es etwas Schlimmes ist. Aber …" Sie stand auf und ging wieder an die Arbeit, als hätte sie schon zu viel gesagt. Willy konnte sich nicht erinnern, jemals etwas von ihr gehört zu haben, das einer eigenen Meinung so nahekam, die von der seines Vaters abwich.

Er stand auf, trat zu ihr an den Herd und umarmte sie von hinten. Er flüsterte ihr zu, dass er sie lieb hatte, und verließ den Raum. Er durchquerte das Wohnzimmer so schnell und so leise wie möglich und stieg die Treppe hinauf. Er fand Ruthie in Ezekiels Zimmer, wo sie ihm eine Geschichte vorlas. Sie sah irritiert auf, legte für ein paar Sekunden eine Pause ein und las dann weiter. Willy lächelte den beiden zu, ging in sein Zimmer und schloss die Tür.

Er rief Reggie an. „Störe ich dich?", fragte er leise. „Der Bürgermeister ist hier bei meinem Vater und ich …"

Reggie seufzte. „Ich kann jetzt nicht reden. Aber ich kann dich heute Abend zu Hause treffen." Seine Stimme klang mechanisch.

„Bist du allein?", fragte Willy.

„Nein. Es ist alles in Ordnung. Bis später." Reggie legte auf und Willy überlegte kurz, was er ihm hatte sagen wollen.

Seine Mutter rief ihn zum Essen. Willy holte die anderen und brachte sie hinunter. Der Bürgermeister war gegangen und sie setzten sich alle fünf an den Tisch. Sein Vater sprach wie immer ein Tischgebet und begann das Essen herumzureichen. Willy richtete den Blick auf seinen Teller und wartete, ob sein Vater irgendeine Erklärung abgeben würde. Stattdessen fragte sein Vater jeden einzelnen von ihnen nach seinem Tag. Willy erzählte ihm von der Arbeit und wie viel Spaß sie ihm machte. Ezekiel erzählte von einer Maus, die er im Hinterhof gefunden und freigelassen hatte. Ruthie plapperte endlos über jeden, den sie getroffen und mit dem sie gesprochen hatte, bis ihr Vater sie streng ansah und sie sofort verstummte. Von da an verlief das Essen normal. Willy räumte das Geschirr ab, half seiner Mutter beim Saubermachen und entschuldigte sich dann. Er sagte ihr, er würde sich mit einem Freund treffen und eilte aus dem Haus, bevor sein Vater die Gelegenheit bekam, etwas von ihm zu wollen.

Willy ging zu seinem alten Auto. Er hatte es bekommen, als er aufs College gegangen war. Wenn er sich in seinem Job gut machte, würde er sich vielleicht irgendwann was Besseres leisten können. Aber für den Moment war Gerty gut genug – sie sorgte dafür, dass er sich frei bewegen konnte.

Die Fahrertür quietschte, als er sie zuzog. Er wollte gerade losfahren, als ein Klopfen am Beifahrerfenster ihn stoppte. Er verkrampfte sich und hoffte, es war nicht sein Vater. Dann ließ er die Scheibe herunter. „Tony", sagte Willy mit einem Lächeln. „Was machst du hier?" Er öffnete die Tür, stieg wieder aus und lief um das Auto herum, um seinen Freund zu umarmen. „Ich dachte, du wärst in L.A.?"

„Das bin ich – nun, das war ich. Ich dachte, ich nehme mir ein paar Tage frei und komme nach Hause, um meine Leute zu sehen. Und da ich schon mal hier bin, wollte ich sehen, wie es dir geht." Tony hatte noch immer das gewinnende Lächeln, das ihm die ganze Schulzeit aus Schwierigkeiten gerettet hatte.

„Was machst du jetzt?", fragte Willy. „Deine Mom hat vor einer Weile erzählt, du würdest einen Werbespot machen oder so was. Ich habe danach Ausschau gehalten."

„Das hat sich zerschlagen. Es hätte ein landesweiter Spot werden sollen, aber die Regisseurin des Castings wollte, dass ich ihr Bett anwärme. Ich hatte es natürlich nicht eilig, so ein Angebot abzulehnen …" Tony kam näher, als würde er ein Geheimnis teilen. „Aber dann habe ich rausgefunden, was wirklich abging. Es gab die Möglichkeit für einen Werbespot, aber sie hatte schon einen Monat lang Darsteller durchprobiert. Für so einen Scheiß wollte ich mich nicht hergeben." Er seufzte. „Ich bin immer noch Kellner in einem wirklich coolen Restaurant am Melrose, es geht mir recht gut und ich komme über die Runden. Der Besitzer ist großartig. Solange ich ihm rechtzeitig Bescheid gebe, lässt er mich rund um meine Vorsprechtermine herum arbeiten." Tony sprudelte nur so. „Es ist ein ziemlich gutes Leben. Ich bin jung, gut aussehend" – er posierte ein wenig – „und die Leute beginnen mich zu bemerken. Ich hatte kleine Auftritte in einer Seifenoper und ein paar Serien. Vielleicht führt das zu mehr. Ich muss einfach weitergehen." Er hatte so viel Energie, sie strahlte von ihm ab. „Wie geht es dir?" Tony umarmte ihn noch einmal. „Ich habe dich vermisst!"

„Es geht mir ganz gut. Ich habe einen Job bei Webster's. Ich habe diese Woche begonnen. Ich musste das College aufgeben und mein Dad möchte, dass ich eine kirchliche Karriere anstrebe." Nun war er an der Reihe, ein Geheimnis zu teilen. „Aber ich will das nicht. Ich mache die Buchhaltung und ich glaube, wenn ich genug Geld zusammen habe, mache ich online Kurse und mache einen Abschluss in Rechnungswesen. Ich weiß, es ist nicht so glamourös wie das, was du tust …"

Tony zuckte mit den Schultern. „Es hört sich nach Spaß und einem glamourösen Leben an, aber in Wahrheit besteht es aus viel Arbeit und vielen Zurückweisungen. Ich muss es trotzdem versuchen. Ich denke, ich bin ziemlich gut. Es müsste mich nur die richtige Person sehen."

„Wie lange bleibst du hier?", fragte Willy und versuchte nicht auf die Uhr zu sehen. Er wollte auf jeden Fall etwas Zeit mit Tony verbringen, aber Reggie wartete auf ihn.

„Bis Samstag. Ich habe viel Zeit im Auto verbracht, also wollte ich mir vor dem Essen die Beine vertreten. Ich muss nach Hause, aber lass uns mal essen gehen oder so. Wie wäre es mit morgen Abend? Wir könnten ausgehen und ein bisschen Spaß haben." Tony senkte seine Stimme. „Ist dein Vater immer noch so drauf?"

„Ja, ziemlich." Willy wünschte, für seine gesamte Familie würden die Dinge anders laufen. „Ich muss morgen nicht arbeiten."

„Dann komme ich vorbei und wir können mittags bei mir zu Hause essen. Mom hat nach dir gefragt. Sie würde dich gern sehen. Ich komme so gegen zwölf vorbei und hole dich ab. Okay?"

„Das wäre toll."

Tony umarmte ihn noch einmal. Willy umrundete das Auto, stieg wieder ein und startete den Motor.

Tony verzog das Gesicht. „Das klingt schrecklich. Komm lieber du morgen mit dem Auto zu mir, dann sehe ich es mir an." Er lächelte, trat zurück und ging in Richtung seines Elternhauses, das einen knappen halben Kilometer entfernt war. Als Tony und er zusammen in der Schule waren, war Willy die Strecke oft gegangen. Sie hatten einander nahegestanden, sehr nahe. Bis Tony die Highschool abgeschlossen und so schnell wie möglich die Stadt verlassen hatte. Trotzdem würde es nett sein, seinen Freund wiederzusehen.

Willy legte den Gang ein. Gerty lief immer noch gut, auch wenn sich äußerlich ihr Alter bemerkbar machte. Er wendete und fuhr aus der Stadt.

Bäume säumten die Straße. Willy mochte die Strecke. Er ließ die Stadt hinter sich und fuhr hinauf in den Pinienwald, dem die Stadt ihren Namen verdankte. Die meisten waren groß und gerade mit einigen braunen Flecken aus den Jahren der Dürre, die der Gegend sehr zugesetzt hatten. Zum Glück hatte ein sehr nasser Winter den Boden gesättigt und die Bäume standen gut im Saft. Willy öffnete das Fenster und ließ den reinen Geruch von Pinien und Erde herein.

Er fuhr Reggies gut beleuchtete Auffahrt hinauf und parkte auf der Rückseite neben der Garage. Er wollte nicht riskieren, dass jemand vorbeifuhr und ihn später fragen würde, warum er dort gewesen war. Willy lief zur Tür und klopfte. Er konnte nicht verhindern, dass sich seine Lippen zu einem breiten Lächeln verzogen, als Reggie die Tür öffnete und in einer Jogginghose und einem T-Shirt vor ihm stand.

„Komm rein", sagte Reggie. „Hast du schon gegessen?"

„Ja, und die Atmosphäre war wirklich angespannt."

„Das glaube ich gerne." Reggie trat zurück und fuhr sich mit den Fingern nervös durchs Haar. Er schloss die Tür und führte Willy ins

Wohnzimmer. Die acht leeren Bierflaschen auf dem Couchtisch verrieten Willy, wie schlimm die Situation sein musste.

Willy stand neben dem Sofa, sah sich um und begann dann, die leeren Flaschen einzusammeln und zu entsorgen. Er warf auch die alten Pizzakartons weg. „Willst du mir davon erzählen?" Willy setzte sich neben Reggie, stand aber wieder auf, öffnete den Kühlschrank und holte zwei Cola heraus. Als er zurückkam, öffnete er eine und schob die andere Reggie hin.

„Okay." Reggie setzte die Bierflasche ab und Willy schob sie von ihm weg. Reggie drehte sich zu ihm und funkelte ihn an. Willy hielt seinem Blick stand.

„Du musst dich nicht betrinken, wenn du mit mir reden willst." Willy trank auch Bier, aber ihm war immer bewusst, dass sein Bruder von einem betrunkenen Fahrer getötet worden war. Außerdem machte ihn Alkohol manchmal nervös, also achtete er auf die Menge. Und in Gesellschaft von Leuten zu sein, die tranken … Nun, der Zwischenfall in dem Club hatte seine Ängste nur bestätigt.

„Du hast recht." Reggie drückte seine Hand und stand auf. „Ich bin gleich zurück." Er verließ das Zimmer. Willy hörte Wasser rinnen und vielleicht auch das Geräusch von Reggie, der sich die Zähne putzte.

„Hast du dich zivilisiert?", fragte Willy, als er zurückkam.

„Ich habe ein Aspirin genommen und etwas Wasser getrunken." Reggie setzte sich wieder und Willy beugte sich zu ihm, um zu schnuppern.

„Minziges Wasser", neckte er und Reggie schnappte ihn, zog ihn zu sich und kitzelte ihn. Willy wand sich und quietschte. Er versuchte, zu entkommen. „Das ist nicht fair."

Reggie ließ los und Willy lehnte sich an ihn.

„Ich musste dich lachen hören", flüsterte Reggie. „Es waren ein paar schwierige Tage."

„Bist du verletzt worden oder warst du in Gefahr?"

Reggie schüttelte den Kopf. „Nachdem du beim letzten Mal weggefahren warst, ging ich ins Bett und bekam einen Anruf, kaum dass ich eingeschlafen war. Ein Bericht über verdächtige Aktivitäten auf dem Autobahnparkplatz war eingegangen. Es hatte schon mehrere solcher Berichte gegeben, also zog ich mich wieder an und fuhr direkt dorthin. Als ich ankam, standen vielleicht ein halbes Dutzend Autos auf dem Parkplatz. Ein paar Leute fuhren weg oder stiegen in ihre Autos, als ich vorbeiging. Der Bericht hatte sich auf Aktivitäten im umliegenden Wald bezogen. Ich leuchtete zwischen die Bäume, konnte aber nichts sehen. Als ich zurückkam, hatte sich die Anzahl der Autos auf drei reduziert und ich begegnete einer Gruppe von Frauen, die aus der Damentoilette kam. Ich hörte sie in ihr Auto steigen, als ich die Herrentoilette erreichte. Ich ging hinein, um mich umzusehen."

„Oh Gott", sagte Willy leise. „Ich weiß, was dort abgeht. Ich habe so was nie gemacht, aber ich habe die Gerüchte gehört, als ich auf der Highschool war." Er presste die Hand auf den Mund. „Oh nein", hauchte er.

„Doch. Jamie Fullerton. Er kam aus einer Kabine geschossen, zog seine Hose hoch und stieß fast mit mir zusammen. Der Mann, der ihm aus derselben Kabine folgte, war etwas vollständiger bekleidet, aber es war offensichtlich genug, was die beiden gemacht hatten." Reggie griff nach seiner Limo und nahm einen großen Schluck. „Ich hatte nicht die Absicht, ihn noch mehr in Schwierigkeiten zu bringen. Ich wollte ihn einfach mit zu meinem Wagen nehmen und mit ihm reden. Ich wusste, wie leicht sich so etwas in der Stadt herumspricht und hatte die Hoffnung, dass ich ihm helfen könnte. Technisch gesehen war es illegal, was die beiden getan haben, aber ich verstehe Jamie in gewisser Weise."

„Was ist passiert?"

„Shawn tauchte auf. Ich hatte ihn nicht zur Verstärkung gerufen, aber er platzte herein, sah sich um und grinste hämisch. Er nahm den anderen Mann in Gewahrsam und ich hatte keine Chance mehr, Jamie gehen zu lassen. Ich verfrachtete ihn ins Auto und nahm ihn schon wieder mit auf die Station." Reggie atmete hörbar aus. „Ich rief den Bürgermeister an und bat ihn rüberzukommen. Der arme Mann schien am Ende seiner Weisheit zu sein. Am Ende haben wir sie beide nicht angezeigt. Der andere Typ war aus Nevada und wir haben ihn mit einer Verwarnung gehen lassen. Mit Jamie habe ich dasselbe gemacht, aber der Schaden war nicht mehr gutzumachen. Shawn tratscht wie ein altes Waschweib."

„Scheiße." Willy lehnte sich an Reggie. „Die Stadt wird durchdrehen. Es wundert mich, dass ich die anzüglichen Details nicht schon gehört habe."

„Das wirst du. Ich habe Shawn einen Vortrag über die Geheimhaltung von Polizeiaktionen gehalten und ihn erinnert, dass unsere persönlichen Gefühle nicht unsere Arbeit beeinflussen dürfen. Ich habe ihm gesagt, dass er mit niemandem über die Vorgänge auf dem Revier sprechen darf und dass er seine Nase nicht in die Angelegenheiten anderer Leute stecken soll. Ich hatte gehofft, dass ich zu ihm durchgedrungen wäre. Ich habe ihm sogar unterschwellig gedroht und ihn gefragt, was er auf dem Parkplatz zu suchen hatte, in der Hoffnung, dass ein paar Verdächtigungen ihn ruhigstellen würden."

„Armer Jamie." Willy vergrub das Gesicht in Reggies Hemd. „Ich verstehe, wie er sich fühlt. Ich meine, er weiß, dass er schwul ist und wir haben alle von dem Parkplatz und der letzten Kabine beim Fenster gehört. Die ganze Schule wusste davon. Also ist er rausgefahren, um zu sehen, ob ..." Willy stöhnte. „Kannst du dir vorstellen, wie verzweifelt man sein muss, um so was zu tun?"

„Ja. Ganz zu schweigen von dem Risiko für sein Leben und seine Gesundheit. Ich wollte wirklich nur eine Chance, um mit ihm zu reden und ihm zu helfen. Aber Shawn hat das alles ruiniert."

„Der Bürgermeister war bei uns und hat mit meinem Vater gesprochen. Mom hat mir auf ihre Art verraten, was passiert ist. Ich glaube, sie hat belauscht, was die Männer besprochen haben."

„Wie hat dein Vater reagiert?", wollte Reggie wissen.

„Das bisschen, was ich hören konnte, klang so, als würde er es schlimmer machen. Nimm etwas Schlimmes, füge einen Haufen Schuldgefühle hinzu und sorge dafür, dass sich alle schlechter fühlen. Er sagte, es wäre die Schuld des Bürgermeisters, weil er seine Söhne nicht richtig erzogen hätte."

„Scheißkerl", fluchte Reggie und richtete sich auf. „Du meine Güte, wir sind nicht mehr in den 50er Jahren. Wir müssen Verständnis zeigen und Jamie helfen, statt ihm und seiner ganzen Familie Verachtung entgegenzubringen. Als ob es etwas wäre, das seine Eltern getan haben."

„Ich weiß. Ich bin auch schwul. Ich kann es jetzt aussprechen. Aber der Gedanke, es meinen Eltern sagen zu müssen, jagt mir eine Heidenangst ein. Mein Vater würde ..." Willy zitterte. „Ich weiß nicht, was er tun würde."

Reggie hielt ihn fest. „Du weißt nicht, was er tun wird, wenn du es ihm sagst?"

Willy nickte. „Ich weiß, dass ich das irgendwann tun muss. Es ist nichts, das man ewig geheim halten kann. Aber ich kann es ihm noch nicht jetzt sagen. Ich bin in zu vielen Dingen abhängig von ihm. Und wer weiß, was er Ruthie und Ezekiel erzählen würde? Ich kann damit leben, wenn mein Vater nicht mehr mit mir spricht, aber ich will nicht meine ganze Familie verlieren." Willy sah auf und Tränen liefen über seine Wangen. Er gab sich keine Mühe, sie zu verbergen.

Reggie seufzte. „Ich verstehe dich, weißt du. Und du bist der, der am meisten zu verlieren hat. Ich bin der Sheriff und ob es ihnen gefällt oder nicht, sie können mich nicht feuern, weil ich schwul bin. Sie könnten mir das Leben schwer machen und Menschen könnten sich von mir abwenden. Meine Hilfssheriffs und Mitarbeiter könnten es mir unmöglich machen, meine Arbeit zu tun, und dann müsste ich gehen." So leichthin Reggie das sagte, der düstere Ausdruck in seinen Augen verriet Willy, dass er genauso viel Angst hatte wie er selbst.

Willy verdaute das und stöhnte. Er wollte ebenso wenig, dass Reggie all dem ausgesetzt wäre, wie er zu seinem Vater laufen und sich ihm gegenüber outen wollte.

„Aber ich bin erwachsen – ich kann meine eigenen Entscheidungen treffen und ich werde mit ihnen leben. Wenn Leute Druck auf mich ausüben, kann ich Gegendruck machen. Aber du hast viel mehr zu verlieren. Du weißt, wie dein Vater tickt und kannst dir ausrechnen, wie er reagieren wird."

Willy war sich nicht sicher, ob das die Wahrheit war. Reggie konnte sagen, was er wollte, aber Willy kannte sich mit Angst aus und sie war eindeutig im Spiel. Reggie konnte sicher auf sich aufpassen, aber das bedeutete nicht, dass er es auch wollte – immer allein zu sein und wieder von vorne beginnen zu müssen, nur weil er so war, wie er eben war.

Willy schloss die Augen. „Bedeutet das, dass ich nicht das Recht auf mein eigenes Leben oder die Chance habe, glücklich zu sein?" Gott, das war alles so ein Mist.

„Nein. Es bedeutet, dass du dir darüber im Klaren sein musst, wie hoch der Preis sein könnte. Jamie geht gerade durch die Hölle und wenn es bei dir rauskommt, wirst du im selben Boot sitzen."

Willy rührte sich nicht. „Klingt nach einer tollen Wahl." Man würde ihn verurteilen, wenn er es tat und er wäre immer einsam und voller Sehnsucht, wenn er es nicht tat. „Was möchtest du?"

„Ich?", fragte Reggie. „Ich habe nur gesagt …"

Willy wusste, was er wollte. Er hatte es seit jenem Tag im Club gewusst, als der erstaunliche Mann, der ihn gerade festhielt, ihn vor Gott weiß was gerettet hatte „Ich weiß, was ich will. Es hat sich nicht geändert." Willy ließ seine Hand über Reggies Brust gleiten. „Ich weiß, dass du mich für einen ahnungslosen Jungen hältst, der keine Idee hat, wie die Welt funktioniert. Und vielleicht bin ich das bis zu einem gewissen Grad. Aber ich weiß, was in mir vorgeht." Er brach ab, sah auf und presste seine Lippen auf Reggies. Er legte alles, was er hatte, in diesen Kuss. Willy wollte Reggie nicht erklären müssen, was er wollte. Er hatte vor, es ihm zu zeigen.

Ohne den Kuss zu unterbrechen, setzte Willy sich rittlings auf Reggies Schenkel. Reggie schlang die Arme um ihn und umfasste seinen Hintern mit großen, starken Händen, was einen Schauer der Erregung durch Willys Körper jagte. Niemand hatte ihn je zuvor so berührt und es war so verdammt viel heißer, als er es sich vorgestellt hatte.

„Willy", flüsterte Reggie an seinen Lippen und strich mit den Händen über seinen Rücken. „Du musst mal einen Moment aufhören."

„Warum?", fragte Willy lächelnd. „Ich habe den Eindruck, dass es dir gefällt." So viel war offensichtlich.

„Das ist es nicht. Natürlich mag ich, was hier passiert. Du bist ein heißer, junger Mann und ich müsste ein Narr oder tot sein, um nicht scharf auf dich zu sein. Aber es geht um mehr als das." Reggie schluckte und nahm Willys Gesicht in seine warmen Hände.

„Ist das hier nur Sex für dich? Ich weiß, dass es das war, was du bei unserer ersten Begegnung wolltest."

Willy schnappte nach Luft und boxte Reggie leicht gegen die Schulter. „Nein. Ich meine, du bist super heiß und sexy." Er beugte sich näher zu Reggie. „Ist es denn alles, was du willst? Ich kann damit umgehen. Aber ich glaube nicht, dass es das ist, was ich von dir wirklich will." Willy zitterte. „Ich meine, wenn es nur Sex ist, kann ich das hinnehmen, aber ich glaube, ich will mehr als das. Vielleicht denkst du, ich weiß nicht, was ich will oder dass ich zu jung bin, um in einer Beziehung sein zu wollen oder zu wissen, was Liebe ist ..." Verdammt, was schwafelte er denn da und überholte sich dabei selbst. Reggie sah aus, als wäre er gerade vom Rübenlaster gefallen und hätte sich den Kopf gestoßen.

„Hey Süßer. Kein Grund nervös zu sein. Ich wollte nur wissen, was du denkst, was es für dich ist. Ich hatte seit einer Weile keine Beziehung mehr und das Ende der letzten war ziemlich übel. Er war nur ein oder zwei Jahre älter als du und entschied dann plötzlich, er wäre noch nicht bereit für eine Beziehung. Er hat sich aus dem Staub gemacht, um loszuziehen und sich durch die halbe Bay Area zu vögeln und ich blieb mit einem gebrochenen Herzen zurück." Reggie fuhr mit dem Daumen über Willys Oberlippe und eine Welle des Verlangens überrollte ihn. Willy war so scharf, dass er nicht mehr klar denken konnte und Reggie wollte über so einen Scheiß reden. „Ich bitte dich nicht, mir eine Antwort für die Ewigkeit zu geben. Nur lass mich bitte wissen, was gerade in dir vorgeht."

Willy legte seine Hände auf Reggies bärtige Wangen. „Ich denke, du bist der netteste, heißeste Typ, der mir je begegnet ist. Du bist cool und scharf und denkst an mich, machst dir Sorgen, was ich denke und fühle. Du hättest mich ganz einfach schon ein halbes Dutzend Mal ficken können, aber du hältst dich zurück, weil du um mich besorgt bist." Willy biss sich auf die Unterlippe. „Ich bin dir wichtig, nicht wahr?"

Reggie zog ihn näher zu sich. „Natürlich bist du das. Aber eine Beziehung mit mir könnte Konsequenzen für dich haben ... für uns beide. Denkst du, dass es das wert ist? Würde Jamie denken, dass es das wert war?"

Willy küsste Reggie noch einmal. „Ich weiß nicht, was passieren wird. Aber ich weiß, dass du es wert bist." Er schob Reggies Hemd hoch und strich über seine Brust. „Oh mein Gott und wie es das wert ist. Ich liebe Männer mit behaarter Brust." Willy wand sich, als sein Schwanz noch härter und seine Hose verdammt eng wurde. Er hoffte, dass zumindest diese Situation nicht mehr viel länger andauern würde.

Reggie lehnte sich stöhnend zurück in die Sofakissen und schloss die Augen. Willy nützte die Zeit, um ihn weiter zu erforschen. Zu sagen, dass Reggies Körper ein Kunstwerk war, wäre eine Untertreibung gewesen, auch wenn Willy in seinem Leben noch nicht allzu viel Kunst gesehen hatte. Okay, also vielleicht war Reggie eher ein wahr gewordener Traum. Wenn er die Augen schloss und sich den perfekten Mann aus seinen Fantasien vorstellte, kam das nicht annähernd an die Schönheit und die Erotik von Reggie heran.

Willy streichelte sanft von Reggies Brust über seinen straffen Bauch und kehrte wieder zurück zu seinen dunklen Nippeln. Es drängte ihn, herauszufinden, wie Reggie schmeckte, also beugte er sich vor, fuhr mit der Zunge über eine harte Knospe und saugte dann sachte daran. Das leicht salzige, heiße Aroma mit einer hauchfeinen Moschusnote explodierte auf seiner Zunge, füllte seine Nase und ließ ihn am ganzen Körper zittern. Er berührte einen anderen Mann und erlebte, wie er schmeckte. Willy ließ seine Hände zu Reggies Gürtel wandern. Alles was er jetzt noch tun musste, war ...

Schwere Schritte waren auf der Veranda zu hören. Willy hielt inne. Reggie versteifte sich und Willy rutschte von seinem Schoß. Er stand auf und richtete seine Kleidung. Reggie tat dasselbe, zog sein Hemd herunter, durchquerte den Raum und spähte durch die Vorhänge.

„Der Bürgermeister", warnte Reggie ihn leise. Willy überlegte, ob er versuchen sollte, sich zu verstecken. Aber womöglich hatte der Bürgermeister sein Auto gesehen, obwohl er bei der Garage geparkt hatte.

Scheiße, was sollte er nur tun? Eine Welle von Panik erfasste ihn, aber er atmete tief durch und versuchte, sie zu beherrschen. Die Fernbedienung des Fernsehers lag auf dem Couchtisch. Er schnappte sie, machte den Fernseher an, schaltete sich durch die Kanäle und nahm seine Limonade in die Hand.

Es klopfte und Reggie fuhr sich über die Stirn, ehe er die Haustür öffnete.

Willys Herz raste immer noch wie verrückt, als Reggie Bürgermeister Fullerton begrüßte und zurücktrat, um ihn hereinzulassen. Seine Gedanken schlugen Purzelbäume, aber er beruhigte sich damit, dass es nicht verboten war, dass er mit Reggie befreundet war. Falls jemand fragen sollte, waren sie genau das. Es war die einfachste Erklärung.

„Sheriff Barnett, ich wollte …"

Willy wusste sofort, dass er entdeckt worden war.

„Es tut mir leid, ich hätte Sie nicht belästigen sollen."

„Ist schon gut. Willy und ich haben nur ferngesehen und uns unterhalten. Bitte, kommen Sie weiter. Was kann ich für Sie tun?" Reggie führte Bürgermeister Fullerton herein und deutete auf einen Stuhl.

„Ich wollte Ihren Abend nicht stören, aber …" Er wirkte schrecklich nervös und sah sich um, als würden jeden Moment Leute aus einem Versteck springen.

„Bitte, setzen Sie sich und erzählen Sie mir, was Sie auf dem Herzen haben. Ich weiß, es war ziemlich viel in letzter Zeit. Wenn ich Ihnen irgendwie helfen kann, mache ich das gerne." Reggie schielte zu ihm und Willy stand auf, um den Raum zu verlassen. Er sollte sich jetzt einfach verdrücken.

„Nein, bitte. Ich möchte keine Umstände machen." Der Bürgermeister wandte sich zur Tür.

„Es ist in Ordnung", sagte Willy.

Bürgermeister Fullerton zuckte mit den Schultern. „Ja, ich schätze, das ist es. Alles wird sich wie ein Lauffeuer über die Stadt verbreiten. Ich muss mich dem stellen und …"

„Setzen Sie sich", sagte Reggie und der Bürgermeister setzte sich auf die Kante eines der Stühle.

Willy hatte das Bedürfnis, sich nützlich zu machen und brachte ihm ein Glas Wasser.

Reggie setzte sich in den Stuhl gegenüber und Willy ging zurück in die Küche. Er sah in die Schränke und fand zum Glück eine Packung Oreos. Das war sehr wahrscheinlich kein Privatbesuch, aber wer sagte, dass

Reggie nicht nett zu jemandem sein konnte, dem es nicht gut ging. Er nahm einen Teller, legte ein paar Kekse drauf und brachte sie zum Tisch.

„Ich wollte Ihnen danken. Jamie sagte, als sie ihn … gefunden haben, wären Sie sehr nett und …"

„Herr Bürgermeister …"

„Bitte, nennen Sie mich Cal."

Reggie angelte nach der Fernbedienung und schaltete den Fernseher aus. „Cal … was da draußen geschehen ist, war ein Ruf nach Hilfe und vielleicht auch nach Aufmerksamkeit. Nach allem, was ich über Jamie weiß, und das ist nicht viel, ist das Rennen fahren und das Randalieren vermutlich ein Zeichen, dass er – unglücklich ist. Ich erlebe das oft."

Er beugte sich vor und Willy zog einen Hocker unter dem Küchentisch vor, um aus dem Weg zu bleiben. „Sie müssen für Jamie da sein und sich anhören, was er zu sagen hat. Versuchen Sie, die Dinge aus seinem Blickwinkel zu sehen."

„Wie könnte ich? Er ist … Es ist gegen Gott und die Natur." Cals Stimme klang so dumpf, dass es beängstigend war.

Willy wollte aufspringen und sich über den Mist aufregen, den sein Vater immer absonderte. Aber er biss sich auf die Zunge. Er hatte zu viel Angst, eine eigene Meinung zu äußern und noch mehr, sich und Reggie zu verraten.

„Cal", sagte Reggie und zog die Aufmerksamkeit wieder auf sich. „Denken Sie zurück. Erinnern Sie sich, wie Sie Jamie nach seiner Geburt im Krankenhaus zum ersten Mal gesehen haben? Er war perfekt, nicht wahr? Wunderschön sogar und Sie haben ihn vom ersten Moment an geliebt."

Cal nickte.

„Sie lieben ihn immer noch genauso, nicht wahr? Er ist immer noch Ihr Baby, Ihr kleiner Junge."

„Natürlich ist er das." Cals Stimme klang ein wenig kräftiger.

„Das ist alles, was zählt. Sie lieben ihn und Sie werden Ihr Bestes für ihn tun. Es sollte keine Rolle spielen, ob er braune Augen hat, schwul ist oder drei Ohren hat. Ihre Aufgabe ist es, ihn zu lieben … Punkt. Und erinnern Sie sich daran, dass irgendwo in dem zornigen, schwierigen jungen Mann, mit dem Sie es da zu tun haben, Ihr kleiner Junge steckt, den Sie damals mit nach Hause genommen haben."

Cal drehte sich um und sah zu Willy. „Dein Vater stimmt dem nicht zu."

Willy überlegte, was er sagen sollte.

63

„Der Pastor hat eine Meinung und es ist nicht die einzige", warf Reggie ein. „Ich teile sie nicht und das sage ich gerade heraus. Wenn Jamie schwul ist, dann ist das ein Teil von ihm. Ich glaube nicht daran, dass Sie oder seine Mutter darauf irgendeinen Einfluss hatten." Reggie lehnte sich zurück. „Tut mir leid, dass ich Ihnen hier einen Vortrag halte, aber ich denke, Jamie braucht jetzt Ihre Unterstützung und Ihr Verständnis."

Cal seufzte. „Ich bin im Moment völlig überfordert und meine Frau sitzt einfach nur in der Küche und weint." Er stand auf. „Ich bin eigentlich nur gekommen, um Ihnen zu danken, dass Sie versucht haben, Jamie zu helfen. Er sagte, Sie wären verständnisvoll und …" Seine Stimme versagte.

„Bitte, gehen Sie nach Hause und nehmen Sie sich mit Ihrer Familie die Zeit, die Sie brauchen. Trösten Sie Ihre Frau. Dass Jamie schwul ist, ist nicht das Ende der Welt und auch nicht das Ende seiner Welt."

„Woher wissen Sie das alles?" Cal blieb an der Tür stehen und sein Ton war beinahe anklagend.

„Weil ich viel Zeit in der Welt da draußen verbracht habe. Ich habe eine Menge Jugendliche gesehen, die dieselbe Hilfe und Unterstützung brauchen, die Jamie jetzt braucht. Ich hoffe sehr, dass Sie sie ihm geben werden." Reggie stand auf, ging zur Tür, öffnete sie und ließ Mr. Fullerton hinaus. „Ich muss sagen, es überrascht mich, dass Sie hierhergekommen sind. Das hätte ich nicht erwartet."

Cal blieb stehen und schien einen Moment zu schwanken. „Manchmal hat diese Stadt etwas von einer Insel. Viele von uns verbringen einen Großteil ihres Lebens hier. Wie werden hier geboren und wachsen hier auf. Junge Leute gehen oft weg, weil sie sich bessere Chancen erhoffen, aber …" Er stöhnte und fuhr sich mit den Fingern durch sein kurzes, grau meliertes Haar. „Ich glaube, ich wollte die Meinung und die Sichtweise eines Außenstehenden."

„Das ist verständlich und ich hoffe, dass ich helfen konnte." Reggie hielt ihm die Hand hin und Cal ergriff sie. „Bitte, versuchen Sie sanft und verständnisvoll mit ihm umzugehen. Und ich muss es noch einmal betonen: Dass Ihr Sohn schwul ist, hat nichts mit Ihnen zu tun, egal was irgendwer dazu meint."

„Aber …"

Reggie klopfte Cal sanft auf die Schulter. „Sie erinnern sich an das kleine Baby. Er war perfekt. Nun, ich bin sicher, dass der Pastor zustimmen wird, dass Gott keine Fehler macht. Also lassen Sie Ihren Sohn sein, wer er ist. Und welche Entscheidung auch immer Sie treffen, stellen Sie sicher, dass es Ihre eigene ist und nicht die anderer."

Cal nickte und einige der harten Linien in seinem Gesicht hatten sich geglättet. „Danke." Er ging, Reggie schloss die Tür und lehnte sich von innen dagegen.

„Das war großartig", sagte Willy und rutschte von seinem Hocker. „Ich denke, du hast ihm wirklich geholfen. Sehr viel mehr als mein Vater."

„Das hoffe ich." Reggie blieb, wo er war.

Willy ging auf ihn zu. „Ich sollte gehen, so gerne ich auch bleiben würde ..."

Reggie nickte und sein Blick war traurig. „Ich weiß." Er drehte sich um und sah aus dem Fenster. „Er weiß, dass du hier warst. Irgendwann wird er es deinem Vater erzählen. Wenn du zu spät noch hier bist, wird dein Dad Fragen stellen." Reggie ging zu ihm und zog Willy in eine Umarmung. „Ich werde dich vermissen."

„Ich komme wieder", sagte Willy sanft. Er hob den Kopf und küsste Reggie. „Es scheint, als hätte sich alles gegen uns verschworen."

„Allerdings. Wenn ich an so was glauben würde, müsste ich denken, dass das Schicksal uns etwas sagen will." Reggie drückte ihn fester an sich. „Entweder das oder wir beide sind völlige Narren, die an etwas festhalten, von dem sie wahrscheinlich die Finger lassen sollten."

Willy trat zurück. „Ist es das, was du willst? Ich weiß, dass wir nicht zusammen durch die Stadt gehen können oder gesehen werden dürfen, wenn wir ausgehen und das ist Scheiße. Ich möchte Zeit mit dir verbringen, aber vielleicht hast du recht. Ich versuche zu sehr, etwas zu erzwingen, das ... " Er lehnte den Kopf an Reggies Brust, bis Reggie sein Kinn berührte. Willy sah auf. Reggie beugte sich zu ihm und küsste ihn wild und besitzergreifend.

Willy zitterte am ganzen Körper, unfähig, klar zu denken, denn sein Körper entwickelte ein Eigenleben nur von diesem Kuss. Reggie hielt ihn noch fester. Seine starken Arme drückten ihn an seinen festen Körper. Hitze umgab ihn und hüllte ihn ein in einen Kokon aus Wärme und Sicherheit. Willy wusste, dass die Sicherheit eine Illusion war, aber es war ihm egal. In Reggies Armen fühlte er sich, als könnte ihm nichts etwas anhaben, und er wollte das mehr als alles andere.

Reggie unterbrach den Kuss und sah ihm in die Augen. Willy empfand den Blick wie eine Liebkosung, die sein Herz berührte.

„Ich habe Sonntag frei …", flüsterte Willy. „Mein Vater muss Sonntagnachmittag zu einer geistlichen Versammlung in Tahoe. Die finden mehrmals pro Jahr statt. Ich werde versuchen, zu dir zu kommen, wenn ich kann."

„Ich habe auch frei", flüsterte Reggie zurück, hielt ihn immer noch fest und rührte sich nicht.

„Dann werde ich meiner Mom sagen, dass ich mittags bei einem Freund esse. Dad ist gewöhnlich nach der Kirche sehr beschäftigt …" Eine Welle der Aufregung erfasste ihn. „Wenn ich nicht kommen kann, rufe ich dich an." Willy hielt still. Er wollte sich nicht bewegen und Reggies Arme verlassen.

„Ich will nicht, dass du verletzt wirst", erklärte Reggie. „Ich will dich treffen, aber du hast viel zu verlieren. Bitte, denk darüber nach, was du möchtest. Und wenn du am Sonntag nicht kommen kannst oder deine Meinung änderst …" Reggies Stimme versagte und er schluckte. „Ich verspreche dir, ich werde es verstehen." Reggies Umarmung wurde sanfter und schließlich ließ er ihn los. „Süßer, es ist dein Leben und ich möchte es nicht schwerer machen, als es sein muss."

Willy unterdrückte ein Stöhnen. Sein erster Impuls war, Reggie zu sagen, dass er sehr gut seine eigenen Entscheidungen treffen konnte. Dann wurde ihm die größere Bedeutung bewusst. Er war Reggie wichtig genug, dass der sich um ihn sorgte. „Ich verstehe das. Aber ich möchte ein erfülltes Leben habe. Ich möchte mich selbst und die Menschen, die mir wichtig sind, nicht betrügen, nur wegen der Dinge, die andere denken könnten."

Reggie öffnete die Tür und Willy küsste ihn rasch, ehe er zurück in sein Leben fuhr. Ein Leben, das die meiste Zeit nicht zu ihm zu passen schien. Er drehte sich um und winkte, bevor er das Auto erreichte und nach Hause fuhr.

„Wo warst du?", fragte sein Vater aus seinem Stuhl im Wohnzimmer, kaum dass Willy durch die Tür kam.

„Ich war bei einem Freund. Wir haben ferngesehen und so. Nichts Staatsgefährdendes." Er rollte mit den Augen. „Aber wenn du es unbedingt wissen musst, ich war bei Reggie, dem Sheriff. Er ist ein wirklich netter Typ." Willy machte bewusst keine große Sache daraus. Immerhin war einen Teil der Zeit der Bürgermeister dabei gewesen, aber das behielt Willy für

sich. Was sie besprochen hatten, ging niemanden etwas an. „Ich gehe hoch."
Er durchquerte den Raum, umarmte seine Mutter und stieg dann die Treppe
zu seinem Zimmer hinauf. Er ließ sich auf sein Bett fallen, starrte an die
Decke und dachte an Reggie.

Das Bett wippte und er fing Ezekiels kleinen Körper auf, der sich auf
ihn stürzte. „Liest du mir etwas vor?" Ezekiel trug seinen Tierpyjama und
legte sich neben ihm auf das Bett.

„Wie wäre es, wenn wir ein Buch finden, das du mir vorlesen
kannst?", bot Willy an.

„Okay!" Ezekiel sauste davon und brachte ein Buch mit biblischen
Geschichten. Er kletterte wieder auf das Bett, legte sich neben Willy
und schlug die Geschichte von der Arche Noah auf. Er las langsam und
vorsichtig und bei einigen Wörtern musste Willy ihm helfen.

„Du machst das toll", ermutigte ihn Willy. Und Ezekiel las grinsend
bis zum Ende.

„Jetzt liest du", sagte er und drückte Willy das Buch in die Hand. Er
wählte die Geschichte von Elijah aus und las sie ihm vor.

„Okay. Sag Gute Nacht und wenn du willst, bringe ich dich ins Bett."

„Das macht Mommy." Ezekiel sprang vom Bett, lief in sein Zimmer,
um das Buch wegzuräumen, und sauste über die Treppe. Willy hörte, wie
sein Vater Ezekiel eine Gute Nacht wünschte. Dann brachte ihre Mutter ihn
in sein Zimmer. Willy ließ die beiden in Ruhe. Es würde nicht mehr lange
dauern, bis Ezekiel zu groß war, um etwas vorgelesen zu bekommen. Willy
würde das vermissen.

„Wie geht es dir?", fragte seine Mutter einige Zeit später. Willy hatte
an die Decke gestarrt und an all die Dinge gedacht, die sich verändern
würden.

„Es geht mir gut, Mom."

Sie setzte sich auf die Bettkante. „Ich weiß, du bist zu alt, um
bemuttert zu werden, aber ich sorge mich immer noch um dich. Dein Dad
sagt, du hast Zeit mit dem Sheriff verbracht?" Sie strich über seine Hand.

„Er ist ein netter Typ und er ist neu in der Stadt." Willy rutschte
zurück und setzte sich auf. „Was ist daran verkehrt?"

„Nichts, Liebling." Sie drückte seine Hand. „Du brauchst ohnehin
mehr Freunde und wenn du mit dem Sheriff zusammen bist, muss ich mir
keine Sorgen machen, dass du Ärger bekommst." Sie kicherte. „Wie hast
du ihn kennengelernt?"

„Mit Dad. Wir waren auf dem Polizeirevier und im Gerichtsgebäude, als er Clay und Jamie dorthin begleitet hat." Er seufzte. Die ganze Situation war so schwierig. „Ich wünschte, ich wüsste, was ich tun kann, um ihnen zu helfen. Was meinst du, Mom?" Er sah ihr in die Augen und hoffte auf etwas, auch wenn er nicht genau wusste, worauf.

„Ich denke, es ist gut, dass du helfen willst. Ich weiß aber nicht, ob du das kannst."

„Ich weiß es auch nicht." Willy seufzte wieder und seine Mutter beugte sich vor und gab ihm einen Kuss auf die Stirn.

„Gute Nacht." Sie stand auf und ging zur Tür. „Bleib nicht zu lange auf." Sie ging hinaus und schloss die Tür hinter sich.

Willy nahm das Buch, das auf seinem Nachttisch lag, aber er las dieselbe Seite immer wieder, ohne zu wissen, was er gelesen hatte. Als sein Handy piepte, legte er das Buch weg, entsperrte das Telefon und las die Nachricht. Sie war von Reggie.

Es tut mir leid, dass du gehen musstest.

Mir auch, antwortete Willy. *Aber ich sehe dich am Sonntag*, fügte er mit einem Lächeln hinzu. Dann löschte er die Nachrichten und legte das Handy wieder weg.

Reggie schickte ein Smiley. Es gefiel Willy, dass er jemanden hatte, mit dem er texten und reden konnte. Es war, als würde nach einem Gewitter die Sonne herauskommen.

Sein Telefon piepte wieder und er hob es auf. Nicht viele Leute sendeten ihm Nachrichten.

Ist alles okay zu Hause?

Ja. Ich habe meinem Vater gesagt, dass ich bei dir war. Keine Ahnung, wie er es wirklich aufgenommen hat. Mom dachte sich nichts dabei. Ich habe es satt, mir ständig Sorgen zu machen, was er worüber denkt.

Vielleicht redest du mal mit ihm?

Willy seufzte. Er und sein Vater redeten nicht. Nun, sein Vater redete und erwartete, dass er zuhörte.

Ich denke darüber nach. Mit ihm zu kommunizieren ist manchmal so, als würde man gegen eine Wand reden. Er will nur hören, dass er recht hat und seine eigenen Gedanken gespiegelt haben. Jeder, dessen Meinung von seiner abweicht, liegt falsch. Willy sendete die Nachricht ab und fügte eine weitere hinzu. *Er war nicht immer so und ich wünschte, er wäre wieder der, an den ich mich erinnere. Er hat oft gelächelt und gelacht.*

Das würde ich dir auch wünschen, Süßer, antwortete Reggie.

Willy lächelte. Er mochte es, wenn Reggie ihn so nannte. Er fragte sich, welchen Namen er sich wohl für Reggie ausdenken sollte.

Willy sagte Reggie Gute Nacht und wartete auf die Antwort, ehe er alle Nachrichten löschte und sein Handy weglegte. Dann rappelte er sich hoch, um ins Bett zu gehen.

6

REGGIE HATTE einen freien Tag mehr als nötig.

Am Donnerstag war eine Krankenschwester aufs Revier gekommen und hatte von allen Blutproben für den Drogentest genommen. Es hatte hörbares Protestgemurmel gegeben, aber Reggie ignorierte es. Er erklärte einfach, dass das ein Vorgang sei, der landesweit in allen Revieren durchgeführt werde und er diese Praxis nun einführte, was schon vor langer Zeit hätte passieren müssen. Er sagte allen, sie sollten sich daran gewöhnen, denn es würde noch öfter vorkommen. Zu Reggies Überraschung war unter den Nörglern kein einziger seiner Hilfssheriffs. Sie waren alle vom übrigen Personal.

Am Samstag hatte Reggie genug davon, im Büro zu sitzen. Er hatte den Papierkram aufgearbeitet und stieg ins Auto, um sich umzusehen. Er fuhr aus der Stadt und dann hinaus zum Autobahnparkplatz. Auf dem Weg fuhr er an Shawn vorbei, der ihm aus der Richtung des Parkplatzes entgegenkam.

„Marie", fragte Reggie, sobald er eine Verbindung hergestellt hatte. „Gab es irgendwelche Berichte vom Autobahnparkplatz?"

„Nein. Es war ruhig da draußen, seit Jamie Fullerton gefasst wurde. Die Stadt ist deshalb immer noch in Aufruhr. Armer Junge. Ich meine, ich weiß, es ist irgendwie geschmacklos, aber zu erleben, wie sein Sexleben zum Futter für das Klatschbedürfnis der Leute wird, ist schrecklich."

„Da stimme ich zu. Stellen Sie sicher, dass niemand so was in der Station verbreitet. Es ist unprofessionell."

„Nun ja ..." Sie zögerte. „Shawn ..."

„Ja, ich habe davon gehört und ich habe schon mit ihm gesprochen." Das hätte nicht nötig sein sollen, aber Reggie hatte zum zweiten Mal erklärt, wie der Umgang mit der Polizeiarbeit funktionierte und dann einen Vermerk in Shawns Akte gemacht. „Wo sollte Shawn Streife fahren?"

„Im südlichen Teil der Stadt", antwortete Marie.

„Danke." Reggie beendete das Gespräch und setzte seinen Weg zum Autobahnparkplatz fort. Als er hielt, fuhr ein einzelnes Auto weg. Ein anderes kam herein, ein sehr vertrautes. Reggie öffnete die Tür und stieg aus. „Was machst du hier?"

„Ich bin an dir vorbeigefahren und dachte du würdest hierherkommen. Da wollte ich Hallo sagen." Willy lächelte und schloss die Wagentür. Reggie rieb sich den Nacken. „Ist hier draußen etwas nicht in Ordnung?"

„Ich weiß es nicht." Reggie seufzte. Er wollte Willy wirklich zu seiner eigenen Sicherheit von dort weghaben. „Ich wollte mich umsehen."

„Ich komme mit", bot Willy an.

Reggie war nicht sicher, dass das eine gute Idee war, aber sonst schien niemand da zu sein und es war nett, Gesellschaft zu haben. Vielleicht war er ja übervorsichtig, aber das schleichende Unbehagen in Bezug auf Shawn wollte einfach nie ganz verschwinden.

Er ging die Wege ab, überprüfte das Gebäude mit den Toiletten und umrundete es.

„Kondome und so", bemerkte Willy.

Reggie nickte. An einem Ort mit einem solchen Ruf hatte er das erwartet. Er schüttelte den Kopf und sah sich genau um.

„Weißt du, wonach du suchst?", fragte Willy und blieb dicht hinter ihm.

„Etwas, das nicht hierhergehört …", antwortete Reggie. Man hatte den Boden rund um das Gebäude gründlich festgewalzt und die Bäume standen dicht zusammen. Nach Einbruch der Dunkelheit wäre dieser Bereich von Vorbeifahrenden nicht mehr einsehbar und Autos auf dem Parkplatz würden aussehen, als ob sie zu Leuten gehören, die nur die Toiletten aufsuchen wollten.

„Wenn jemand etwas Verbotenes tun wollte, warum würde er es hier tun?", erkundigte sich Willy. „Warum nicht hinten im Wald oder so? Dort ist jede Menge Platz."

Reggie zuckte mit den Schultern. „Weil es sehr wahrscheinlich um irgendeine Art von Transaktion geht. Ich dachte, es könnten Drogendeals sein, aber dafür ist es ein ungeeigneter Ort. Es ist abgelegen und die Straße ist nur ein zweispuriger Highway. Es ist ja nicht so, als ob Sierra Pines an einer größeren Straßenkreuzung liegt. Möglich wäre es trotzdem …" Er brach ab, als er Abdrücke im Boden entdeckte. Es sah aus wie der Beginn eines Weges, der hinaus zwischen die Bäume führte. „Bleib hier", sagte er und folgte dem Weg langsam. Aber nach vierzig oder fünfzig Metern endete die Spur. Wahrscheinlich nur eine weitere Route, tiefer zwischen die Bäume, für alle, die hier Sex haben wollten. Kondomverpackungen und Müll bedeckten den Boden. Reggie stöhnte. Er hätte wissen müssen, dass es eine Sackgasse war, aber er war neugierig gewesen und hatte es überprüfen wollen.

„Irgendwas gefunden?", fragte Willy.

„Nein. Geh zurück zu deinem Auto, ich komme gleich nach." Reggie beendete seinen Rundgang und fand nichts als Pinienzapfen in verschiedenen Stadien des Zerfalls, Piniennadeln und genug Sexabfall, um damit einen Puff zu eröffnen und ihn monatelang am Laufen zu halten. Reggie kam wieder zur Vorderseite des Gebäudes. Willy ging vor ihm und er konnte nicht umhin, den knackigen kleinen Hintern zu bewundern, der in ziemlich neuen Jeans steckte. „Musst du nicht arbeiten?"

Willy drehte sich nicht um. „Ich habe morgens früh angefangen und den Laden geöffnet, damit Mr. Webster Zeit mit seiner Tochter und seinem Enkel verbringen konnte. Deshalb konnte ich früh gehen und dann sah ich dich hier rausfahren."

„Was siehst du?" Reggie folgte seiner Blickrichtung. Es war nichts zu sehen, außer ein paar Autos, die in Richtung Sierra Pines durchfuhren.

„Ich weiß nicht."

„Was ist los?", insistierte Reggie.

„Ich trat aus dem Schatten des Gebäudes und dieser alte Van kam rein. Es war so einer, der rundherum Fenster hat, aber sie waren von innen verdeckt. Ich hätte es wahrscheinlich gar nicht bemerkt, aber er fuhr zu, wurde langsamer, als wollte er parken, und fuhr dann schnell in die Richtung davon, aus der er gekommen war."

„Er wollte vielleicht umdrehen", sagte Reggie mit einem Schulterzucken.

„Nur dass er abrupt umgedreht hat, als er dein Auto gesehen hat und dann losgerast ist. Ich konnte den Fahrer durch das Fenster sehen. Er konnte nicht schnell genug hier wegkommen. Der Van war weiß und rostig, aber ich habe kein Nummernschild gesehen. Mir war nicht klar, dass ich etwas Besonderes sehe, bis es vorbei war." Willy drehte sich um. „Vielleicht war es nichts, aber es kam mir ungewöhnlich vor."

Dem konnte Reggie nicht widersprechen und überlegte, die Verfolgung aufzunehmen. Aber er hatte nichts in der Hand. Er konnte ihn nicht aufhalten, nur weil er umgedreht hatte. Er brauchte etwas Konkretes und da die Landkreisgrenze gerade einmal acht Kilometer entfernt war, wäre er außerhalb seiner Zuständigkeit, ehe er ihn eingeholt hatte.

„Ist das eine Kamera?", fragte Willy und deutete auf die Ecke des Gebäudes, knapp unter dem Dach.

„Ja. Wenn sie in Betrieb ist." Reggie zückte sein Notizbuch. Er würde sehen, ob er das Videomaterial von der Verkehrsüberwachung bekommen konnte. Das sollte nicht schwierig sein. Einiges davon war jetzt online. Nicht öffentlich, aber es war über eine gesicherte Website zugänglich. „Wir können gehen." Er bezweifelte, dass sie sonst noch etwas zu sehen bekommen würden.

Willy drehte sich zu ihm. „Ich habe meinem Dad gesagt, dass ich Zeit mit ein paar Freunden von der Davis verbringen will und dass ich da heute Abend hingehe. Ich habe eine gepackte Tasche im Kofferraum und … Tut mir leid, das war eine blöde Idee."

„Nein, ich habe morgen frei, aber meine Schicht dauert noch ein paar Stunden und ich möchte sicherstellen, dass alle wissen, was sie tun sollen, während ich nicht da bin." Reggie griff in die Tasche, zog seine Schlüssel heraus und gab Willy den Hausschlüssel. „Wenn du eine Auszeit brauchst, fahr zum Haus. Der sollte auch die Garage sperren. Lass dein Auto auf dem zweiten Stellplatz. Er ist leer. Es soll mehr Regen kommen, also …" Er wusste, dass er sich etwas vormachte, wenn er Willy aufforderte, das Auto nicht dem Wetter auszusetzen. Keiner von ihnen wollte, dass das Auto gesehen wurde, vor allem nachts.

„Dann sehen wir uns in ein paar Stunden." Willy schielte zur Kamera und ging zurück zu seinem Wagen.

Reggie ging zu seinem und fuhr ins Büro, aufgeregt, aber auch nervös in Hinblick auf den bevorstehenden Abend.

REGGIE WUSSTE, dass er ein Recht auf ein Privatleben hatte und es niemanden etwas anging, mit wem er seine Zeit verbrachte. Er sagte sich das immer und immer wieder, während er versuchte, sich auf die Arbeit zu konzentrieren. Er hasste die Vorstellung, dass Willy lügen musste, nur um mit ihm zusammen zu sein. Es war nicht fair. Reggie wollte in der Lage sein öffentlich zu sagen, dass er Willy mochte.

Reggie verließ die Station und ging die Hauptstraße von Sierra Pines entlang, vorbei an dem Lokal, in dem die üblichen Gäste Kaffee tranken, vorbei an der Drogerie und dem Klamottenladen. Er grinste, als er am Handarbeitsladen vorbeikam, wo offenbar gerade ein Strickkurs stattfand. Er winkte und einige Hände winkten zurück.

Ein Teenager-Pärchen kam ihm händchenhaltend entgegen und nickte ihm zu. Das wollte er mit Willy auch tun können. Alleine sein Auto auf dem Parkplatz fahren zu sehen, hatte bewirkt, dass sich die Wolken für Reggie verzogen hatten und der Stress seines Tages verflog, weil Willy da war. Sein Herz flatterte und sein Inneres baute etwas von der Spannung ab, die berufsbedingt in seinem Leben immer präsent war. Reggie hatte ein paar Beziehungen und noch mehr flüchtige Begegnungen gehabt, aber keiner hatte ihn voller Sehnsucht zurückgelassen, sobald er ging. Von Willy konnte er nicht genug bekommen.

„Guten Abend, Sheriff", sagte ein Mann, den Reggie nicht kannte, im Vorbeigehen. „Es soll wieder regnen, habe ich gehört."

„Ja, ich habe es auch gehört. Bleiben Sie lieber drinnen." Er erwiderte das Lächeln des Mannes und sie gingen beide weiter.

Reggie hielt vor dem Drogeriemarkt und ging in Gedanken durch, welche Vorräte er zu Hause hatte. Nicht dass er vorhatte, bestimmte Dinge in der Stadt zu kaufen und auf gar keinen Fall, wenn er in Uniform war, aber es erinnerte ihn daran. Er ging hinein, lächelte der Frau an der Kasse zu und ging nach hinten. Er landete im Gang mit den Süßigkeiten, weil … Nun, weil es Süßigkeiten waren und er manchmal im Herzen noch ein Kind. Reggie nahm eine Packung Gummibärchen, machte eine Runde durch den Laden und nahm noch ein paar andere Dinge mit.

„Jamie hat seit Tagen das Haus nicht mehr verlassen, habe ich gehört. Er schämt sich zu sehr, um sein Gesicht zu zeigen", ertönte eine weibliche Stimme über den Ladentisch. „Es ist schrecklich. Ich weiß jedenfalls, dass ich bei der nächsten Wahl nicht für seinen Vater stimmen werde. Ich finde ja, dass er zurücktreten sollte. Man bedenke, welches Vorbild er für unsere Kinder abgibt."

Reggie rollte mit den Augen und schnappte die Dose Rasierschaum, die er brauchte.

„Ich weiß. Mein Sohn hat mir erzählt, dass alle Kinder in der Schule darüber reden und er ist in der dritten Klasse", sagte eine zweite Frau.

„Es macht mich krank", sagte eine tiefere Stimme aus dem Nachbargang.

„Natürlich, Sie sind ja ein Mann", sagte die erste Frau.

Reggie ging mit seinen Einkäufen um die Ecke, wo eine Gruppe von Leuten in Jeans und T-Shirts herumstand. Eine Frau trug Hausschuhe, die andere Flipflops.

„Guten Abend", grüßte Reggie, als er näherkam, und fixierte die Gruppe. Er lächelte und sie verstummten, wobei alle drei so viel Anstand hatten, rot zu werden. Eine Frau entschuldigte sich und eilte davon, während die anderen beiden warteten, bis er vorbeigegangen war und dann weiter miteinander flüsterten.

Reggie ging zur Kasse und fand dort einen Mann von etwa Anfang vierzig vor. „Sheriff."

„Sie müssen Mr. Webster sein", sagte Reggie freundlich. Er streckte ihm die Hand hin. „Schön, Sie kennenzulernen. Ich kenne einen Angestellten von Ihnen, Willy." Er legte seine Einkäufe auf den Ladentisch. „Gab es in letzter Zeit irgendwelche Probleme?"

Mr. Webster schüttelte den Kopf. „Nur die Klatschtanten, die ihre Nase nicht aus den Angelegenheiten anderer Leute lassen können." Er sprach lauter als nötig und Reggie mochte ihn bereits. „Die Menschen sollten andere ihr Leben führen lassen, ohne all den Tratsch."

„Da stimme ich zu. Die Leute haben es auch so schon schwer genug, ohne dass jemand über sie urteilt."

Reggie holte seine Brieftasche heraus, während Mr. Webster seine Einkäufe eintippte. Er reichte ihm einen Zwanziger und bekam sein Wechselgeld. „Danke."

„Nein, ich danke Ihnen." Mr. Webster verpackte seine Waren und reichte sie ihm. „Bitte, kommen Sie jederzeit wieder vorbei."

„Das werde ich." Reggie nickte lächelnd und verließ den Laden. Der Himmel hatte sich verdunkelt und in einiger Entfernung hingen Wolken über den Bergen. Sie saßen dort fest, bis sie einen Teil ihrer Last fallen ließen und leicht genug wurden, um weiterzuziehen. Er beeilte sich, den Weg zurückzugehen, den er gekommen war und als er die Station erreichte, regnete es bereits.

„Ich dachte, Sie wären schon gegangen", sagte Marie.

„Ich bin nur ein Stück durch die Stadt spaziert." Reggie lächelte rasch. „Ich möchte, dass die Leute mich sehen und kennenlernen." Er stand neben ihr an der Telefonvermittlung. „Es bedeutet, dass sie uns eher anrufen werden, wenn sie etwas Verdächtiges sehen und es baut ein gutes Verhältnis zu den Einwohnern auf."

„Das haben wir bereits", sagte Shawn im Vorbeigehen und runzelte die Stirn.

Reggie begann wirklich eine persönliche Abneigung gegen den überheblichen Kerl zu hegen. „Von außen weiß man das nie", erwiderte er. „Sie verstehen nicht. Das ist eine Kleinstadt …"

„Ich weiß, was es ist. Ich bin hier geboren." Shawn verzog das Gesicht und Reggie deutete auf sein Büro. Shawn stampfte hinein und Reggie schloss die Tür.

„Ich weiß, dass Sie denken, Sie sollten meinen Job haben", sagte Reggie und drehte sich zu ihm. „Aber Sie sind nicht qualifiziert." Er verschränkte die Arme über der Brust und lächelte schief. „Sie sind mehr an Ihrem Image interessiert als an dem Job, den Sie machen. Die Leute dieser Stadt und dieses Landkreises müssen uns vertrauen, aber Ihnen vertrauen sie nicht." Reggie ließ seine Arme sinken. „Sie haben das Zeug zu einem guten Polizisten, aber Sie sind kleinlich und wichtigtuerisch."

„Und das alles wissen Sie, nachdem Sie … wie lange hier sind? Zwei Wochen?", spottete Shawn. „Sie geben ein paar Anweisungen raus und glauben, dass Sie eine Veränderung bewirkt haben?"

Reggie beugte sich vor. „Tatsächlich war diese Information in dem Bericht, den ich von der Justizverwaltung bekommen habe, als ich den Job angenommen habe. Die hatte nicht vor, Sie zum Sheriff zu machen. Sie wollten die Probleme hier beseitigen, nicht welche hinzufügen." Reggie hielt seine Stimme unter Kontrolle. „Der Punkt ist, dass Sie bisher nichts getan haben, als den Bericht zu bestätigen." Er fixierte Shawn mit seinem Blick. „Ich frage mich, ob Sie fühlen können, wie das Eis unter Ihren Füßen immer dünner wird?" Reggie deutete mit dem Kopf auf die Tür und Shawn griff nach der Türklinke. „Ich schlage vor, Sie denken darüber nach, welche Sorte Hilfssheriff Sie sein wollen und ob Sie Ihren Job behalten wollen oder nicht." Reggie begegnete einem Blick, der vor Hass triefte. Er wartete, bis Shawn draußen war und setzte sich, um seinen Schreibtisch aufzuräumen.

REGGIE HIELT später vor seinem Haus, als er es vorgehabt hatte. Das Licht war an und statt der gewohnten kalten Dunkelheit, sah es warm aus und fühlte sich auch so an wie ein Zuhause. Reggie parkte außerhalb der Garage, die er Willy angeboten hatte, schüttelte die Regentropfen ab und ging hinein.

Sein Magen knurrte und er stöhnte, als seine Sinne überwältigt wurden. „Was kochst du?", fragte Reggie. Der Duft war unglaublich.

„Nichts Besonderes. Ich habe Steaks für den Grill und habe Caesar Salat gemacht." Willy grinste und schob ein Kochbuch über den Küchentisch. „Ich habe mein eigenes Dressing gemacht. Ich habe auch Brötchen im Ofen und glasierte Möhren."

76

Reggie eilte zu Willy hinüber, der ein großes Handtuch als Schürze umgebunden hatte. Reggie umarmte ihn, hob ihn hoch und drehte sich mit ihm herum. „Du verwöhnst mich."

„Ist es nicht das, was ich soll?" Willy kicherte und Reggie setzte ihn wieder ab. Er küsste ihn innig und konnte noch das Dressing schmecken, das Willy gekostet hatte. Willy strich Reggies Haar zurück und hielt seinen Kopf fest, während er ihn küsste und seine Zunge Reggies Mund erforschte. Reggie liebte das Gefühl und den Geschmack.

„Du bist die personifizierte Versuchung", flüsterte Reggie.

„Ich und Versuchung?", kicherte Willy. „Du bist der heiße Typ mit all den Muskeln. Ich bin nur ein dürrer Junge aus Sierra Pines."

„Du bist sehr viel mehr als das." Reggie hielt Willy fest, erstaunt, wie gut sie zusammenpassten und wie rasch er begonnen hatte, ihre gestohlenen Zeit zu schätzen. Er machte sich keine Illusionen darüber, dass ihre Zeit gestohlen war … Und er wusste nicht, wie viel länger sie so weitermachen konnten.

„Sag es mir", flüsterte Willy.

„Süßer, du bist bezaubernd und ich habe nie jemanden getroffen, der ein größeres Herz hatte." Sie hätten etwas aufwärmen oder Pizza bestellen können, aber Willy bereitete ein Abendessen zu, das eines Königs würdig gewesen wäre, und Reggie fühlte sich wie einer. „Der letzte Mensch, der vor dir für mich gekocht hat, war meine Mom."

„Das überrascht mich nicht. Die meisten der Pfannen und Töpfe wurden noch nie benutzt." Willy duckte sich weg und Reggie vermisste die Berührung augenblicklich. Wind und Regen drückten gegen die Fenster und Reggie spähte hinaus, während Willy sich wieder an die Arbeit machte. „Geh duschen und dann kannst du vielleicht im Kamin Feuer machen. Es soll heute Abend kalt und feucht werden. Bis du wiederkommst, habe ich das Essen fertig."

Reggie wollte nicht hinausgehen. Jede Minute ohne Willy war eine Minute zu viel. Er drückte einen weiteren Kuss auf die süßen vollen Lippen und eilte ins Schlafzimmer.

Er hängte seine Uniform in den Schrank und packte seine Dienstwaffe weg, ehe er ins Bad ging und die Dusche anstellte. Er stellte sich unter den Strahl, seifte sich ein und ließ die Hände über seine Haut wandern. Innerhalb von Sekunden war er hart und sein Schwanz pochte. Alles was dazu nötig gewesen war, war ein einziger Gedanke an Willy in seinem Haus und Reggies Hände, die über seinen geschmeidigen, zierlichen

Körper wanderten. Er stöhnte, umfasste seinen Schwanz und fuhr mit den eingeseiften Händen daran entlang. „Scheiße", flüsterte er. So sehr er auch kommen wollte, er hatte Willy im Haus und der würde über Nacht bleiben. Das bedeutete natürlich nicht, dass unbedingt etwas passieren musste, aber es war ziemlich offensichtlich, dass Willy ihn mochte, und …

Reggie musste an etwas anderes als Willy denken, um die Dusche zu beenden und sich nicht über die Fliesen zu ergießen. Er stellte den Regler auf kalt und spülte zitternd die Seife ab. Er hatte seinen Körper wieder unter Kontrolle und stellte das Wasser ab. Er schnappte sich ein Handtuch und trocknete sich rasch ab, um das kalte Wasser von seiner Haut zu bekommen und sich wieder aufzuwärmen.

Im Schlafzimmer zog er bequeme Kleidung an, schlüpfte in Hausschuhe und ging zu Willy ins Wohnzimmer, wo im Kamin ein Feuer knisterte. „Ich dachte, du wolltest, dass ich das mache?"

Willy grinste. „Ich hatte ein paar Minuten Zeit und habe das Holz neben der Hintertür gefunden." Willy bedeutete Reggie, sich zu setzen und brachte die Salatschüssel zum Couchtisch. Er ging zurück zur Küche und brachte zwei Gläser mit Wasser und Eiswürfeln. „Ich konnte keinen Wein finden und ich wollte kein Bier."

„So ist es gut." Reggie setzte sich und Willy war direkt neben ihm und lehnte sich halb an ihn, während sie aßen. „Mann, das ist scharf." Er grinste.

„Das sind die Sardellen. Man darf nicht viel davon nehmen, denn das Dressing soll nicht nach Fisch schmecken, aber es verursacht dieses Prickeln auf der Zunge." Willy nahm einen Bissen, schluckte, beugte sich dann zu ihm und küsste ihn. „Siehst du, es prickelt."

Reggie schubste ihn mit der Schulter an. „Vielleicht sollten wir das noch mal versuchen." Er nahm einen Bissen und wiederholte den Vorgang, indem er Willy küsste. Verdammt, seine Lippen zitterten ein klein wenig. Reggie führte das mehr auf den Mann als auf das Salatdressing zurück.

Sie beendeten die Vorspeise und Reggie kümmerte sich um das Geschirr, während Willy den nächsten Gang servierte. „Wo hast du das alles her?"

Willy rollte mit den Augen. „Aus dem Laden, woher denn sonst?"

„Das ist mir klar, aber es muss eine Menge gekostet haben und ich möchte nicht, dass du dein schwer verdientes Geld dafür ausgibst, mich zu füttern." Reggie wusste, dass das heikel war, aber Willy hatte gerade erst zu arbeiten begonnen und nach den Steaks zu urteilen, musste das Essen den Großteil eines Tagesverdienstes gekostet haben.

„Ich habe das nicht getan, um das Geld zurückzubekommen. Aber …" Reggie legte den Arm um ihn, als er zurückkam. „Ich weiß. Ich will dir nur keine Umstände machen oder bewirken, dass du dich unwohl fühlst. Ich mache dir ein Angebot – du hast gekocht, also darf ich bezahlen." Er küsste Willys Hals. „Bitte." Dass Willy sich unbehaglich fühlte, war das Letzte, was er wollte.

„Niemand macht sich je darüber Gedanken, wie ich mich fühle." Willy holte die Teller und sie setzten sich wieder, nachdem Reggie noch ein weiteres Holzscheit auf das Feuer gelegt hatte.

„Das tut mir leid", sagte Reggie.

„Auf dem College hatte ich Freunde, die mir zugehört haben. Die waren ziemlich cool. Als ich aufhören musste, ging diese Art von Kontakt und Unterstützung verloren. Dort hatte ich mein eigenes Leben. Als ich hierher zurückkam, erwartete meine Familie, dass ich derselbe sein würde wie zuvor, aber das war ich nicht. Mein Dad schien immer noch alle Entscheidungen für mich treffen zu wollen wie in meiner Kindheit." Willy blinzelte. „Aber er scheint jetzt zufriedener mit mir zu sein."

„Vielleicht warst du einfach nicht unabhängig genug?", bemerkte Reggie. „Ich meine, dein Vater ist ein ungewöhnlicher Mann. Ich glaube, ich habe noch nicht viele von seiner Art getroffen."

„Das hoffe ich", brummte Willy und Reggie lächelte.

„Lass mich anders fragen. Was will dein Vater?" Reggie aß langsam, ließ sich den herzhaften Geschmack des Fleisches auf der Zunge zergehen, gefolgt vom süßlichen Aroma der Möhren. Es war eine wunderbare Mischung und er summte leise vor sich hin und schloss die Augen. Perfekt.

Auch Willy aß. „Ich weiß, dass er denkt, er würde mich lieben und dass er das Beste für mich will. Ich habe nur meine Zweifel daran, wie er das angeht."

Dem konnte Reggie nicht widersprechen.

„Er war unterstützend und ich will nicht sagen, stolz, aber ermutigend, seit ich den Job habe. Aber er verhält sich immer noch wie vorher." Willy legte seine Gabel zur Seite. „Zumindest ist er weitgehend berechenbar." Er spießte einen weiteren Bissen auf. „Wie ist dein Vater so?"

Reggie kicherte. „Im Leben meines Vaters hat sich alles darum gedreht, hart zu arbeiten und nach Gelegenheiten Ausschau zu halten. Er war zunächst nicht ausdrücklich begeistert, dass ich Polizist werden wollte.

Er hatte gehofft, ich würde Anwalt oder Arzt werden. Das war sein Traum. Wir haben darüber diskutiert und am Ende musste er zugeben, dass es mein Leben ist. Ich denke, er macht sich immer noch eine Menge Sorgen um mich. Meine Mom tut das auf jeden Fall, aber sie sind auch stolz auf mich."

„Hast du sie gesehen, als du in der Stadt warst?" Willy lächelte und zerbiss eine Möhre.

„Oh ja. Wir sind zusammen essen gegangen und haben etwas Zeit miteinander verbracht. Mom und Dad haben jetzt eine Menge geselliger Aktivitäten. Dad hat viele Jahre tagsüber als Postbote gearbeitet und abends Messer geschmiedet. Er liebt das und tut es immer noch. Manche Messer verkauft er um mehrere tausend Dollar. Er ist ein sehr einfacher, bodenständiger Mann, aber wir haben nie für einen Moment daran gezweifelt, dass er uns liebt. Er war sehr beschäftigt, aber er war immer da, um uns ins Bett zu bringen, als wir klein waren." Reggie summte leise vor sich hin, als er zurückdachte. „Ich würde mir wünschen, dass du sie kennenlernst." Er dachte ein Stück weiter voraus. Ja, er hoffte auf mehr mit Willy. Das war gefährlich, aber sein Herz schlug bei dem Gedanken ein bisschen schneller.

„Was ist mit deiner Mom?" Willy lächelte. „Du hattest so einen eigenartigen Ausdruck, als du sie erwähnt hast."

Reggie kicherte. „Mom ist umwerfend. Sie ist eine von diesen Müttern, die denken, dass Zeit mit den Kindern kostbar ist. Dad hat viel gearbeitet und hatte an den Wochenenden nicht immer frei. Aber Mom war entschlossen. Sie ging mit uns im Yosemite mehr als einmal campen. Sie liebte diesen Ort mit den Felsenkuppeln. Sie hätte ein Profi-Kletterer werden können, wenn das möglich gewesen wäre. Yosemite Falls war auch einer ihrer Lieblingsplätze. Wir sind dort durch die Gegend gewandert. Sie ist mit uns zu den Mammutbäumen gefahren und wenn wir hier waren, hat sie Tagestouren durch die Wälder organisiert. Nichts konnte sie je aufhalten. Sie wollte, dass Janine und ich die Natur liebten und so viel wie möglich von der Welt sahen." Reggie bewunderte seine Mutter. „Sie ist meine Heldin."

„So hört es sich an", sagte Willy sanft. „Meine Mom ist so still geworden. Es ist, als wäre sie ein anderer Mensch, seit mein Bruder gestorben ist."

„Vielleicht ist sie das. Diese Art von Trauer vergeht nicht einfach. Sie bleibt und sie verändert Menschen. Du sagst, dass sie auch deinen Vater verändert hat."

Willy nickte. „Bitte … Ich wollte nicht unterbrechen." Er nahm einen Bissen von dem Steak, während Reggie versuchte, seine Gedanken zu ordnen.

„Hier ist ein gutes Beispiel. Meine Mom ging wieder arbeiten, als ich vierzehn war. Sie hatte es satt, zu Hause herumzusitzen und wollte raus. Sie fand einen Job im Büro einer kleinen Fabrik. Dort wurden kleine hochwertige Flugzeugteile hergestellt. Sie machte den Empfang und managte das ganze Büro, denn ihr Boss war furchtbar unorganisiert. Mit ihrer Hilfe konnte er produktiver sein. Wie auch immer, Mom sparte das Geld, das sie verdiente. Wir lebten von dem, was Dad verdiente und sie brachte ihren Verdienst zur Bank. Als Janine dann die Gelegenheit hatte, mit dem Fremdsprachenclub nach Frankreich zu fahren, ermöglichte Mom ihr das. Und als ich die Chance hatte, mit der Band nach Europa zu fahren, bezahlte sie es auch. Sie unterstützte uns auch auf dem College und stellte sicher, dass wir beide eine gute Ausbildung hatten." Reggie fuhr sich über das Gesicht. „Ich verdanke meiner Mom sehr viel." Er aß auf und lehnte sich zurück. Er schloss die Augen und wartete, bis Willy fertig gegessen hatte. Dann brachte er das Geschirr in die Küche. Reggie machte sauber, füllte den Geschirrspüler und gab Willy Zeit, sich zu entspannen. Dabei war er sich die ganze Zeit seiner Gegenwart sehr bewusst. Es war, als hätte er eine Art Willy-Radar. Selbst als er aufstand und zum Fenster ging, wusste Reggie, wo er war.

„Du kannst fernsehen, wenn du möchtest", bot Reggie an, denn er wollte nicht, dass Willy sich langweilte. Willy ging zur Rückseite des Hauses und die Tür klickte hinter ihm. Reggie räumte fertig auf, ging auch hinaus und trat auf die überdachte Terrasse. Willy stand am Rand, lehnte sich auf die Holzbrüstung und starrte hinaus in den Garten und den Wald, der sich wie eine Wand erhob, über der die Sierras thronten.

„Woran denkst du?", fragte Reggie und schlang die Arme um Willys Taille.

Willy zuckte mit den Schultern. „Ich frage mich immer noch, was du in mir sehen kannst. Und dann sehe ich, wie du mich ansiehst und …" Er zitterte und Reggie hielt ihn fester. „Als du zum ersten Mal auf mich zugekommen bist in diesem Club in Sacramento, da dachte ich, dass du vielleicht so wärst wie die Typen, die es auf mich abgesehen hatten. Aber das warst du nicht. Du warst freundlich und hast versucht, mir zu helfen." Willy lehnte sich zurück und drückte sich an Reggie. „Als du weg warst, war ich einsam. Ich habe mir den Rest der Nacht Vorwürfe gemacht, dass ich dich habe gehen lassen."

„Ich bin hier."

„Ich weiß, und ich habe Angst." Das war ein beachtliches Geständnis. „Ich habe Angst davor, was passieren wird, wenn die Leute herausfinden, dass zwischen uns was läuft. Ich habe aber auch Angst, dass ich den Rest meines Lebens verstecken muss, wer ich bin. Ich weiß, dass ich mich entscheiden muss."

„Diese Entscheidung musst du aber nicht heute treffen." Reggie beugte sich vor und küsste Willys Nacken. Willy zitterte und Reggie tat es noch einmal.

„Reggie ... Ich ..." Willy stöhnte, als Reggie sein Shirt zur Seite zog und seine Schulter küsste.

„Ich weiß, dass es dein erstes Mal ist und ich möchte es zu etwas besonderem für dich machen." Eine kühle Brise aus den Bergen hüllte sie ein und Reggie führte Willy sanft hinein. Er schloss die Tür und sie kehrten ins Wohnzimmer zurück. Während Willy es sich auf dem Sofa bequem machte, legte Reggie Holz nach und setzte sich dann zu ihm. „Wir müssen nichts tun, mit dem du dich nicht wohlfühlst." Reggie nahm Willys Hände und verschränkte ihre Finger. „Ich meine es so. Wir müssen gar nichts tun, wenn du nicht bereit bist." Reggie zog ihn zu sich und ihre Lippen kamen sich nahe, berührten sich aber nicht. „Ich bin auch glücklich, wenn ich dich heute Nacht einfach nur halten kann." Ihre erste Nacht zusammen. Er durfte gar nicht an die andere Seite der Medaille denken.

Willy überbrückte die Distanz zwischen ihnen und Reggie schlang die Arme um ihn. Er hatte keine Antwort bekommen und das war in Ordnung. Willy musste nicht aussprechen, was er jetzt wollte. Reggie war fest entschlossen, sich Zeit zu lassen. Er wollte sicherstellen, dass Willy ein erstes Mal erlebte, an das er sich sein Leben lang erinnern würde. „Ich weiß nicht mal, was ich tun soll", flüsterte Willy. „Ich weiß, das klingt blöd, aber ich habe immer nur Jungs darüber reden hören und ich glaube, die wussten auch nicht, was sie da taten."

„Da hast du wahrscheinlich recht. Das wussten sie nicht."

„Und sie haben ja auch über Mädchen geredet." Willy grinste. „Mir haben immer die Mädchen leidgetan, mit denen sie verabredet waren, weil so über sie gesprochen wurde. Als wäre nichts privat oder heilig."

„Was zwischen uns geschieht ist beides." Reggie rückte näher, drückte Willy fester und folgte seinem Blick zu den zuckenden Flammen.

„Ich werde nie mit irgendwem außer dir darüber reden, was zwischen uns vorgeht."

„Das ist es nicht." Willy drehte sich zu ihm. „Ich habe Angst."

„Wovor?"

„Sex, vermute ich. Ich hatte noch nie welchen und alle reden darüber, als wäre es die tollste Sache der Welt, aber es ist der Grund für so viele Schwierigkeiten und so viel Schmerz, dass ..."

Willy brach ab, als Reggie noch näher kam und ihre Lippen sich berührten. Reggie hielt ihn fest und vertiefte den Kuss, bis Willy leise stöhnte und ihn heftiger erwiderte. Er zog sich zurück und saugte dabei an Willys Unterlippe.

„Macht dir das Angst?", fragte Reggie und Willy schüttelte den Kopf. Reggie zog Willys Shirt hoch und betrachtete die weiche blasse Haut auf Brust und Bauch. Genau so wie er es sich vorgestellt hatte, nur besser, heißer. Reggies Lippen berührten Willys Oberarm, wanderten tiefer und umfingen einen Nippel. Er umspielte ihn mit der Zunge und saugte daran, was Willy ein leises Wimmern entlockte. „Wie ist es damit?"

„Nein, aber ich denke ..."

Reggie legte den Kopf auf Willys Schulter, die Lippen nur Zentimeter von seinem Ohr entfernt. „Wir müssen das nicht tun. Hier geht es um Glück, sich gut zu fühlen und zusammen zu sein. Nicht Sorgen und Angst. Damit sollte Sex nie zu tun haben." Er leckte über die Stelle hinter Willys Ohr und Willy zitterte in seinen Armen und stöhnte wieder leise. „Diese Geräusche."

„Bin ich zu laut?" Willy versteifte sich.

„Nein, mein Süßer. Sie sind schön. Wie leise Musik. Du kannst so laut sein, wie du willst." Reggie fuhr fort, Willys Körper zu erforschen und fand an seinem Hals und seiner Schulter Punkte, die ihn nach Luft schnappen ließen. Reggie zog Willy das Shirt aus und drückte ihn in die Sofakissen. Willys Bauch hob und senkte sich und seine kleinen rosa Nippel zogen sich in der Kälte zusammen. Reggie streichelte ihn sanft und Willys heiße Haut erwärmte seine Handflächen. „Du bist überwältigend."

Willy schüttelte den Kopf. „Sag es, wie es ist. Ich bin durch und durch gewöhnlich."

„An dir ..." Reggie beugte sich vor und wanderte mit seinen Lippen über Willys Körper. „... ist nichts ..." Er küsste seinen Hals. „... gewöhnlich." Der nächste Kuss landete auf Willys Schulter. „Du bist außergewöhnlich und etwas Besonderes." Er kam noch näher, um mehr von

Willys himmlischem Duft einzuatmen. Reggie hielt ein paar Sekunden still. Er musste warten, ob Willy ihn umarmte, sich bewegte, irgendwas tat.

Reggie seufzte, als Willy die Arme um ihn legte und ihn zu sich zog. Reggie streifte sein Shirt ab und dann hielt Willy ihn wieder. Brust an Brust, Haut an warmer Haut drückten sie sich aneinander. Reggie tastete nach Willys Lippen, ihre Küsse stachelten ihn an und die Leidenschaft wuchs mit jeder Sekunde. Sein Instinkt drängte ihn, Willy zu nehmen, aber auf keinen Fall würde er ihm nachgeben. Alles musste in Willys Tempo geschehen, nicht seinem. Und als Willy seinen Hals küsste, so wie er es zuvor getan hatte, wich er zurück und zog Willy auf sich.

Willy grinste. „Habe ich die Kontrolle? Ist es das?" Er legte seine Hände auf Reggies Schultern und ließ sie langsam über seine Brust gleiten. Willy sagte nichts. Seine Brust hob und senkte sich mit jedem Atemzug und seine Finger zitterten, als er sich bewegte.

„Du wirst mir nicht wehtun." Reggie legte seine Hände über Willys und zog eine zu seinen Lippen. „Ich meine es ernst. Ich möchte, dass du mich kennenlernst und dich damit wohlfühlst, zu berühren und berührt zu werden." Er drückte Willys Hand, ließ sie dann los, lehnte sich zurück und genoss das Gefühl von Willy berührt zu werden.

Reggie hielt den Atem an, als Willy mit einem Finger seinen Nippel umkreiste und ihn leicht zusammendrückte. Er bog den Rücken durch, streckte sich der Berührung entgegen und stöhnte leise, um Willy wissen zu lassen, dass es ihm gefiel. Willy setzte seine Erkundung fort und strich über Reggies Bauch und seine Seiten. Reggie kicherte, selbst als seine Erregung nicht mehr zu bremsen war. Er schloss die Augen und suggerierte Willy, seine Erektion zu befreien und ihn anzufassen. Als Willys Hand zu seinem Hosenbund wanderte, zog Reggie den Bauch ein. Willy reizte ihn, fuhr mit der Hand seinen Bauch entlang und stoppte dann.

Willy küsste ihn, drückte sich an ihn und die Hitze, die ihre Körper abstrahlten, vermischte sich. „Ich bin nicht sicher, was ich tun soll."

Reggie kicherte, strich mit den Händen über Willys Rücken, umfasste seinen Hintern und knetete seine Hinterbacken durch die Hose. „Du kannst alles berühren, was du willst."

Willy seufzte und rutschte zurück. „Möchtest du das hier auf dem Sofa tun?"

Reggie schüttelte den Kopf. Das Feuer war heruntergebrannt, also stand er auf, rückte das Holz zurecht und setzte sich wieder. „Wir sollten es noch ganz ausgehen lassen." Er wollte nicht, dass ein Funke sich selbstständig machte, wenn sie nicht im Raum waren.

Reggie zog Willy zu sich und sie saßen still nebeneinander, verschränkten ihre Finger und sahen zu, wie die Flammen ihr Leben aushauchten. Als das Feuer ausging und es im Zimmer kühl wurde, stand Reggie auf und reichte Willy die Hand. Willy nahm sie. Reggie führte ihn aus dem Wohnzimmer und machte unterwegs alle Lichter aus, als sie zum Schlafzimmer gingen, wo er die Tür hinter ihnen schloss.

Sie waren in seinem Zimmer, seinem Refugium, in das Reggie nie jemanden einließ. Das war sein Heiligtum. Der Rest des Hauses trug noch die Handschrift seines Onkels, aber dieser Raum war ganz er. Reggie führte Willy zum Bett und schob ihn auf die dicke Daunendecke. Er schlüpfte aus seinen Schuhen und Socken, ehe er seine Jogginghose und die Shorts auszog. Reggie schob sie zur Seite und stand nackt vor Willy. Er war, wer er war, entblößt bis auf den Kern. Viele Leute dachten sich dabei nichts, aber für Reggie bedeutete es viel. Er war er selbst und Willy konnte ihn sehen.

Willy beugte sich vor, ergriff seine Hand und zog ihn zu sich, bis ihre Lippen sich in einem glühenden Kuss trafen, der den Boden erzittern ließ wie kein Erdbeben, das er je erlebt hatte.

„Ich schätze, ich bin dran", sagte Willy und stand auf. Er drückte Reggie leicht von sich weg und trat einen Schritt zurück. Willy streifte mit den Zehen seine Schuhe und Socken ab. Dann drehte er sich um und schob seine Jeans hinunter und wandte Reggie seinen Hintern zu, der in hellblauen Shorts steckte. Es war, als würde er vor einem Stier ein rotes Tuch schwenken. Er hatte eine beachtliche Kehrseite und als aller Stoff hinunterrutschte und ganz verschwand, schnappte Reggie nach Luft und hielt den Atem an.

Willy drehte sich langsam um.

„Ich habe es dir doch gesagt. Bemerkenswert", sagte Reggie und Willy schüttelte den Kopf. Reggie umrundete Willy langsam. Er drückte sich sanft gegen seinen Rücken, legte die Arme um ihn, hielt ihn fest und küsste seinen Nacken. „Du bist überwältigend." Er war steinhart und sein Schwanz presste sich gegen Willys Hintern. „Du kannst mich fühlen, nicht wahr?"

Willy kicherte. „Ja."

„Das stellst du mit mir an." Reggie schloss die Augen und erlaubte sich für einen Moment, auf der Wolke von Willys Duft davon zu schweben. „Du musst dir keine Gedanken darüber machen, wie du aussiehst. Ich finde es wunderbar." Er trat zurück, küsste Willys Schulterblätter und strich in sanften Kreisen über seinen Bauch. „Ich weiß, es ist schwer, jemandem zu erlauben, dich wirklich zu sehen."

„Was meinst du?"

Reggie umarmte Willy enger. „Wir verbringen unser Leben damit, Teile von uns zu verbergen. Wir lernen das auf dem Spielplatz der Schule. Auf den Kindern, die anders sind, wird herumgehackt. Du trägst nicht die richtige Kleidung, deine Nase ist zu groß oder du trägst eine Brille. Die Kinder, auf die die anderen losgehen, ändern gewöhnlich einen Teil von sich selbst und verstecken wie sie wirklich sind, um Teil der Gruppe zu werden. Wenn wir älter werden, wird es schlimmer. Unser Körper sieht komisch aus, wir bekommen Pickel und wer weiß was sonst noch … Wir denken, wir sind nicht schlau genug oder was auch immer. Wir verstecken uns mehr und versuchen, ein besseres Bild von uns zu präsentieren. Das Bild, das wir die Welt sehen lassen wollen." Reggie legte die Hand auf Willys Brust und wiegte ihn in seinen Armen. „Nackt vor jemandem zu stehen, besonders jemandem, mit dem man intim sein will, bedeutet einen Teil dieses Bildes abzulegen. Wir erlauben jemand anderem zu sehen, wer wir wirklich sind."

Willy hustete und räusperte sich. „Was, wenn der anderen Person nicht gefällt, was sie sieht?"

Reggie kicherte. „Dann tritt demjenigen in die Eier und wirf ihn raus, denn er ist es nicht wert, dass du dich mit ihm abgibst." Er drückte noch einen Kuss auf Willys Schulter. „Ich weiß, dass mir gefallen würde, was ich sehe."

„Wie kannst du das?" Willy sah nach unten.

„Weil das, was zählt, innen ist."

„Woher weißt du das alles?" Willy drehte sich langsam in Reggies Umarmung.

Reggie umfasste sanft Willys Kinn. „Weil es ein Teil meines Jobs ist, zur Person hinter der Fassade durchzudringen. Du hältst nach Hinweisen Ausschau, wer der Mensch tatsächlich ist. Das ist der Teil, der unsere wahren Wünsche steuert. Es ist gewöhnlich auch der Teil, der ein Verbrechen begeht. Also achte ich darauf." Er küsste Willy intensiv. Ihre Lippen pressten sich aneinander und ihre Erektionen berührten sich.

Willy stöhnte und wimmerte leise. „Reggie …"

„Du bewirkst, dass ich mich gut fühle." Er schob Willy rückwärts zum Bett, hob ihn von den Füßen und drehte sich, sodass er sich setzen konnte und ließ sich dann nach hinten fallen, damit Willy auf ihm war und die Kontrolle hatte. Reggie umfasste Willys kessen, nackten Hintern, hielt ihn fest und dirigierte ihn so, dass ihre Erektionen sich berührten. Willy stöhnte leise in sein Ohr. Das alleine reichte beinahe, um ihn an Ort und Stelle über die Schwelle zu bringen. Willys Lust entzückte ihn und er ließ Willy das Tempo bestimmen, als sie sich miteinander bewegten.

„Reggie … oh …" Willys Worte und sein Wimmern drangen kaum bis an Reggies Ohr.

„Es ist okay, Süßer. Lass los und genieße." Er hielt Willy fester und behielt die schaukelnde Bewegung bei, bis Willy nach Luft schnappte und mit offenem Mund den Kopf zurückfallen ließ. Hitze breitete sich zwischen ihnen aus und Reggie schloss die Augen und folgte ihm. Es war ein unglaubliches Erlebnis, für jemanden der Erste zu sein. Als Willy sich in seine Arme kuschelte, hielt Reggie still und ließ ihm Zeit, um Atem zu holen.

„Das war …" Willy hob den Kopf und hatte ein breites Grinsen im Gesicht. „Ich fühle mich beinahe frevelhaft."

„Vielleicht bist du das." Reggie rollte Willy auf den Rücken und fuhr sich mit der Hand über die Stirn. „Mach es dir bequem, ich bin gleich zurück." Reggie eilte ins Bad, holte einen Waschlappen und ein Handtuch und reinigte Willys Alabasterhaut sanft damit. Als er die Sachen ins Bad brachte und wieder zurückkam, verfolgten Willys Augen jede seiner Bewegungen.

„Du bist der, der schön ist", sagte Willy, als Reggie zum Bett kam.

„Sieh zu, dass du unter die Decke kommst, Hase." Reggie lächelte, als Willy große Augen machte.

„Wie hast du mich gerade genannt?" Er setzte sich auf und verschränkte die Arme vor der Brust. „Hase?"

„Ja. Das war in Sacramento meine erste Assoziation. Du warst bezaubernd, komplett unerfahren und überfordert. Von dem Moment an, als du den Club betreten hast, waren deine Augen riesig und du hast im Vergleich zu all den verlebten Typen rund um dich herum so sanft und unschuldig gewirkt. Deshalb sind diese Männer auf dich zugekommen. Sie hatten angenommen, dass sie dich einschüchtern und gefügig machen können." Reggie setzte sich neben ihn. „Als Kind war mein erstes Haustier ein Kaninchen. Er hieß Rupert und war das beste Haustier, das man sich vorstellen kann. Er war sanft, verspielt und es war eine Freude, mit ihm zusammen zu sein. Genau wie bei dir." Er nahm Willys Hand.

„Ich weiß nicht, ob es mir gefällt."

Reggie lachte. „Wie wäre es, wenn du ins Bett hüpfst, bevor du dich erkältest und wir reden dann darüber."

„Ha ha", sagte Willy und schlüpfte unter die Decke. „Der einzige Grund, warum ich das mache, ist, dass mir kalt wird und meine Eier schrumpfen." Willy kuschelte sich unter die Decke und Reggie machte das Licht aus. Er stieg ins Bett, legte sich neben Willy und schlang die Arme um ihn.

Reggie schloss die Augen und lauschte Willys Atem. Er fragte sich, wie viel Schlaf sie wohl bekommen würden. Reggie war immer noch ziemlich überdreht, aber es dauerte nicht lange, bis die Müdigkeit des Tages die Aufregung, Willy in seinem Bett zu haben, besiegte. Als er in den Schlaf hinüberglitt, fragte er sich, wie lange dieses Intermezzo, diese gestohlenen Stunden andauern konnten. Er wollte sie behalten, aber das hatte wenig Einfluss auf die Wirklichkeit, die oft ihre eigenen Pläne hatte.

7

DER KLATSCH in der ganzen Stadt machte Willy verrückt. Wirklich jeder redete über Jamie Fullerton und das beunruhigte ihn. Normalerweise flaute das Gerede ab, sobald etwas anderes passierte, diesmal nicht. Es war fast eine Woche her und das Getratsche hielt an.

Willy zog den Stapel Boxen aus dem Lagerraum. Er wollte ein paar Regale auffüllen, während es wenig zu tun gab. Er ging vorsichtig an Mrs. Weathers und Mrs. Gardner vorbei, die sich in einem der Gänge leise unterhielten. Er hatte nicht vor, ihre Konversation zu belauschen, aber er konnte nicht verhindern, dass er sie hörte.

„Ich habe gehört, dass einige Leute eine Petition in Umlauf gebracht haben, um den Bürgermeister abzusetzen. Ich weiß nicht, ob es so weit gehen sollte, denn offenbar schämt Jamie sich so sehr", sagte Mrs. Gardner.

„Das sollte er auch", unterbrach Mrs. Weathers.

„Ach bitte." Mrs. Gardner rollte mit den Augen, als Willy vorbeiging und die beiden hinter sich ließ. „Der Junge ist also schwul. Das ist wohl kaum das Ende der Welt."

Willy lächelte. *Gut gemacht, Mrs. G. Ich mochte Sie schon immer.* Er ging weiter und ein paar Sekunden später stampfte Mrs. Weathers wütend an ihm vorbei Richtung Kasse, dicht gefolgt von Mrs. Gardner, die die Nase rümpfte. Langsam wurde es lächerlich. Er hätte ihnen am liebsten gesagt, dass es sie nichts anging und sie sich heraushalten sollten.

„Guten Morgen", sagte Willy, als ein Kunde in den Laden kam. Er achtete nicht weiter auf ihn und öffnete einen Karton mit Erdnuss M&Ms. Mr. Webster hatte eine Aktion laufen und die Stadt schien so viel süßen Trost wie nur möglich zu brauchen, denn sie gingen weg wie verrückt. „Jamie", sagte er, als er aufsah und den jungen Mann erblickte, der aussah, als würde er am liebsten im Boden versinken.

„Mom hat mich geschickt, um ein paar Dinge zu besorgen und …" Er drehte sich um und eilte in den hinteren Teil des Ladens. Willy wünschte, er hätte ihm helfen können.

Die Türglocke ertönte wieder und Willy versuchte das Lächeln zu unterdrücken, das sich auf seinem Gesicht ausbreitete, als Reggie hereinkam und in seiner Uniform verdammt sexy aussah. Als erster Gedanke schoss Willy durch den Kopf, dass er Reggie bitten könnte, seine Uniform zu tragen, wenn er ihn das nächste Mal traf und ... Willy blinzelte den Gedanken weg. Er war auf der Arbeit und eine Erektion wäre keine gute Idee. Er konnte bereits die Hitze in seinen Wangen fühlen und musste wegsehen, um sich auf das zu konzentrieren, was er zu tun hatte.

Willy begann Päckchen mit Süßigkeiten in die Körbe an der Schmalseite eines der Gänge zu füllen, während sein Gehirn Bilder der Nacht aufblitzen ließ. Dunkelheit. Er war wach und starrte an die Decke. Er hatte sich gerade zum zehnten Mal umgedreht. Reggie bewegte sich neben ihm. Er erwartete, dass er ihm sagen würde, er solle still liegen. Aber stattdessen hatten heiße Hände seine Brust und seinen Bauch gestreichelt und dann hatte Reggie sich auf ihn gerollt und ihn gewiegt. Reggie hatte ihn geküsst, bis er nicht mehr denken konnte und war dann unter der Decke tiefer gerutscht. Er hatte die Engel singen hören, als Reggie ihn mit der feuchtesten Hitze eingehüllt hatte, die Willy sich vorstellen konnte. Es war sein erster Blowjob gewesen und Willy errötete noch mehr, als er daran dachte, dass er womöglich wirklich gequietscht hatte, als Reggie ihn zum Höhepunkt gebracht hatte.

„Willy."

Er drehte sich zu Mr. Webster und hielt die Kartons vor sich, um keine Show zu bieten, denn es gab nur einen Menschen, der ihn so sehen sollte. „Sorry." Er blinzelte.

„Wenn du hier fertig bist, könntest du dann bitte eine Runde durch den hinteren Teil des Verkaufsraums drehen? Ich habe hinten zu tun. Stell sicher, dass in der Drogerieabteilung alles rundläuft." Mr. Webster lächelte. „Sieht aus, als ob es heute ein guter Tag wird." Der kleine Markt füllte sich zusehends, was für einen Dienstagmorgen sehr ungewöhnlich war.

„Klar, kein Problem." Willy drehte sich zurück, um seine Arbeit zu beenden und füllte den nächsten Korb, ehe er die Kartons wegbrachte. Dann ging er durch die Gänge, um zu sehen, ob jemand Hilfe brauchte, wie Mr. Webster es ihm aufgetragen hatte.

„Du solltest dich schämen!" Eine knurrende männliche Stimme drang von den Kassen herüber. Willy lief hinüber, als eine zweite Stimme die Aussage wiederholte.

„Du und deinesgleichen sind hier nicht willkommen. Vielleicht solltest du weggehen. Geh nach San Francisco, wo all die anderen Freaks sind!"

Willy bog um die Ecke zu dem Platz, wo Jamie von Mark Jeffries und Scott Phillips bedrängt wurde, die in seiner Schulzeit Football-Stars gewesen waren. Davon abgesehen waren sie die größten und lautesten Arschlöcher, denen Willy je begegnet war. Sie waren wie zusammengeschweißt und sie schienen es als ihre Mission zu betrachten, möglichst allen das Leben zur Hölle zu machen.

„Das reicht jetzt, ihr beiden", sagte Reggie, der auch dazugekommen war und nun breitbeinig dastand wie eine Mauer. Ein Mann, dem niemand doof zu kommen brauchte. „Habt ich nichts zu tun und müsst ihr nirgendwo hin?"

Scott, das Oberarschloch, drehte sich mit einem spöttischen Grinsen zu Reggie. „Nein. Wir sind hier genau richtig. Er ist der, der ein Problem hat." Er deutete auf Jamie, der so aufrecht stand, wie er nur konnte und versuchte, einen Rest von Würde zu bewahren.

„Ich schlage vor, dass ihr beide aufhört Ärger zu machen und weitergeht." Reggie war stark und Willy war stolz auf ihn. Er würde sie nicht mit ihrem üblichen Mist davonkommen lassen.

„Sie setzen sich für eine Schwuchtel wie ihn ein?", legte Scott nach. „Ich glaube es nicht. Wir haben einen Schwulenfreund zum Sheriff."

„Das reicht jetzt", mischte Mr. Webster sich ein, der aus dem Lagerraum gekommen war. „Ich werde hier keine weiteren Frechheiten von dir dulden." Er drehte sich zu Reggie und dann zurück zu den Unruhestiftern. „Ich möchte keinen von euch mehr in meinem Laden sehen. Und ich werde eure Eltern anrufen, um sie wissen zu lassen, dass ihr hier nicht mehr willkommen seid und warum. Euer Benehmen ist eine Schande." Er war so ein toller Typ. Willy empfand es als Ehre, für ihn zu arbeiten. „Wenn sie noch mal wiederkommen, möchte ich, dass sie wegen unerlaubten Betretens angezeigt werden."

„Ihr habt es gehört", sagte Reggie. „Ihr verzieht euch jetzt oder ich verhafte euch. Dann werden wir sehen, ob ihr euch in einer netten Zelle abkühlen wollt."

Willy konnte sehen, wie sich Scotts Entschlossenheit auflöste. Er musste eingesehen haben, dass er auf verlorenem Posten stand. Er war herausgefordert worden und es war eine Nummer zu groß für den kleinen Tyrannen. Er stapfte zum Ausgang und Mark folgte ihm und mit ihnen alle anderen, die sich von einer Welle der Neugierde mittragen ließen. Scott verließ den Laden und die Tür schloss sich hinter ihm.

Mark drehte sich zu Reggie und richtete einen so giftigen, hasserfüllten Blick auf ihn, dass Willy beinahe einen Schritt zurücktrat. „Die einzigen Leute, die sich für Schwuchteln einsetzen, sind andere Schwuchteln." Er grinste spöttisch und Willy stand starr vor Schreck wie angewurzelt. Für einen Augenblick sah Willy ein Zucken in Reggies Gesicht. Es war kaum wahrnehmbar, aber es war da. Hätte er Reggie nicht so genau angesehen, hätte er es wahrscheinlich nicht bemerkt. Soweit er sehen konnte, war es der einzige Hinweis, wie punktgenau Marks Pfeil wirklich getroffen hatte.

„Raus jetzt", sagte Reggie. „Es reicht jetzt mit euren dummen Sprüchen. Noch ein Wort und ich kassiere euch für Drohungen gegen einen Polizeibeamten ein."

Mark starrte Reggie an, drehte sich dann langsam um, wobei ein undefinierbares kleines Lächeln seine Lippen umspielte. Die Tür glitt auf, Mark trat hinaus und Reggie folgte ihm. Die Tür schloss sich wieder, blockierte alle Geräusche von der Straße und ließ den Laden in Stille und Schock zurück.

Mr. Webster brach das Schweigen. „Okay, lass uns wieder an die Arbeit gehen."

Willy nickte, sah sich um und versuchte sich zu sammeln und sich zu erinnern, woran er als nächstes arbeiten sollte.

„Es tut mir leid, Mr. Webster. Ich hätte einfach zu Hause bleiben sollen", sagte Jamie, als Reggie wieder hereinkam. „Es tut mir leid", wiederholte er, diesmal zu Reggie und senkte mit geröteten Wangen den Kopf. Er tat Willy so leid. Von dem aufsässigen, rebellischen Jungen schien nichts mehr übrig zu sein. Von der Sache mit dem Autorennen über die Enthüllung am Autobahnparkplatz bis zu diesem Moment war kaum zu glauben, dass es sich um dieselbe Person handelte.

Vielleicht war er das auch nicht. Das Gespräch vom Vorabend schoss Willy durch den Kopf. Konnte es sein, dass jemand ein Bild erschuf, das er die Welt sehen lassen wollte und sich so gründlich dahinter versteckte, dass, wenn es verschwand, nichts übrig blieb?

„Außer dem Autorennen gibt es nichts, wofür du dich entschuldigen müsstest", sagte Reggie. „Der Rest, nun, das sind die Leute, die kleinkariert und engstirnig sind."

Jamie nickte. „Lassen Sie mich schnell holen, wofür ich hergekommen bin und dann belästige ich niemanden mehr." Er ging rasch wieder nach hinten.

Willy schüttelte den Kopf und wandte sich wieder seiner Arbeit zu.

„Wie kann ich Ihnen helfen, Sheriff?", fragte Mr. Webster.

„Ich bin nur vorbeigekommen, weil ich etwas Schokolade für meinen Schreibtisch im Büro wollte und dann wurde ich etwas abgelenkt." Reggie ging auch nach hinten.

Willy vergewisserte sich, dass bei Rose an der Kasse alles in Ordnung war. Sie war schon in Rente und arbeitete Teilzeit, um ihr Einkommen aufzubessern. Dann ging er ins Lager um mehr Produkte zum Auffüllen der Regale zu holen. Sein Job hatte sich dahin entwickelt, dass er zum Mädchen für alles wurde, sobald die Buchhaltung erledigt war. Willy beschwerte sich nicht. Das bedeutete, dass er mehr Arbeitsstunden zusammenbekam. Willy lud alles in einen Einkaufswagen, zog ihn durch die Schwingtüre und stieß fast mit Jamie zusammen. Er entschuldigte sich, fuhr den zweiten Gang entlang und begann zu arbeiten. Dabei bewegte er sich immer weiter nach hinten.

„Sheriff", sagte Jamie leise im Nachbargang. Willy hielt inne, obwohl ihm bewusst war, dass er nicht lauschen sollte. „Kann ich Sie etwas fragen?" Er klang sehr nervös, aber mit einem Hauch von Hoffnung in der Stimme.

„Natürlich", antwortete Reggie. „Und um das einmal festzuhalten, es tut mir leid, was du gerade durchmachst. Ich habe mein Bestes getan, um es zu verhindern."

„Ich weiß. Ähm … wegen der Bemerkung, die Mark gemacht hat … Ich habe Ihr Gesicht gesehen …"

Willys Magen verkrampfte sich und er atmete tief ein.

„Ja?", hakte Reggie nach.

„Wie genau wissen Sie, was ich gerade durchmache? Ich kenne sonst niemanden und …" Jamie schnappte nach Luft. „Es tut mir leid. Ich hätte das nicht fragen sollen. Das war total blöd und es geht mich auch nichts an und …"

Willy wagte nicht, sich einen Zentimeter zu bewegen.

„Ich verstehe sehr gut, was du durchmachst. Ich habe es selbst hinter mir. Du musst dich entscheiden, wer du sein willst und ob du ein Opfer sein oder dich den Dingen stellen willst. Nimm die Schultern zurück, steh hoch erhobenen Hauptes und akzeptiere, wer du bist." Reggies Worte machten Willy stolz und zugleich schämte er sich.

„Stehen Sie dazu, wer Sie sind?"

„Ich habe deine Frage beantwortet."

Es wurde für ein paar Sekunden still und Willy räusperte sich, während er einen Karton öffnete und Regale bestückte. Er versuchte nicht daran zu denken, was gerade geschehen war, aber das war praktisch unmöglich. Reggie hatte sich gerade gegenüber Jamie Fullerton geoutet. Willy verstand, warum er es getan hatte. Reggie wollte nicht, dass Jamie sich so allein fühlte. Er wollte ihm das Gefühl geben, dass es noch jemanden in der Stadt gab, der verstand. Willy wusste nur zu gut, wie sich das anfühlte. Aber wenn Jamie es wusste, dann war es nur eine Frage der Zeit, bis andere Leute herausfanden, dass der Sheriff schwul war und die Klatschmäuler der ganzen Stadt würden nicht stillstehen. Willy wusste, dass Reggie recht hatte. Es war das Beste, dazu zu stehen, wer man war und zu wissen, dass, wo gehobelt wurde, eben Späne fielen. Wenn die Leute es nicht verstanden – drauf gepfiffen. Aber Willy hatte diesen Luxus nicht. Wenn sein Vater herausfand, dass er schwul war, dass er sich mit dem Sheriff getroffen und deshalb gelogen hatte … Dafür würde er bezahlen, keine Frage.

„Willy", sagte Reggie, als er um die Ecke des Ganges bog. „Ist mit dir alles in Ordnung?" Er lächelte und bemühte sich normal zu klingen, aber Willy fühlte sich alles andere als normal. Seine Pläne, dass er versuchen wollte, unabhängig zu werden und sich eine Basis für ein Leben getrennt von seinem Vater aufzubauen, hatten sich gerade in Luft aufgelöst.

„Ich weiß nicht", antwortete er. Er sah Reggie direkt in die Augen und sein Herz zog sich zusammen, als die Luft um ihn herum sich abzukühlen schien und ihm klar wurde, dass die Gemeinschaft, die seine Tage mit Wärme gefüllt hatte, nun erkalten würde. „Wie geht es dir? Hast du vielleicht ein wenig Fieber?" Er zog die Augenbrauen hoch. „Hast du den Verstand verloren?", flüsterte er.

„Du hast das gehört?", flüsterte Reggie zurück und Willy nickte langsam. „Komm nach der Arbeit für ein paar Minuten zu mir nach Hause."

Willy drehte sich weg und schüttelte den Kopf. „Ich kann nicht." Er füllte weiter die Regale nach und achtete nur halb darauf, was er tat. „Ich traue mich nicht." Er zerlegte den Karton und öffnete den nächsten.

„Willy, warum machst du nicht Pause?", sagte Mr. Webster.

„Okay." Willy schob den Einkaufswagen ins Lager und ließ ihn beladen dort stehen. Er ging durch die Hintertür auf den kleinen Parkplatz hinter dem Laden. Er schloss die Tür und lehnte sich gegen die Wand. Reggie hatte gesagt, er wäre ihm wichtig. Verdammt, letzte Nacht hatte er ihm das Gefühl gegeben, der Mittelpunkt des Universums zu sein. Er hätte natürlich wissen müssen, dass das eine Illusion war. Am Ende war er doch nur ein dummer Junge.

Willy schlang die Arme um seinen Körper, um die Kälte abzuwehren, die sich in seinem Inneren ausbreitete.

Reggies Streifenwagen bog auf den Parkplatz und blieb in der Nähe stehen. Er stieg aus und kam mit großen Schritten auf Willy zu. „Ich weiß, dass du Angst hast und ich verstehe das, aber ich konnte Jamie nicht in dem Glauben lassen, er wäre ganz allein. Er ist so verloren …"

„Das verstehe ich. Du hattest Mitleid mit ihm und das spricht für dich. Aber falls es dir nicht klar sein sollte, jetzt bin ich der, der allein ist. Jamie hat wenigstens seinen Vater, der ihn zu unterstützen scheint. Meine Familie würde das nie tun und ich will wirklich nicht mein Zuhause verlieren. Du wirst also verstehen, wenn ich keinen Freudentanz aufführe und nicht durch die Stadt laufe und eine Regenbogenflagge schwenke." Er sah sich um, aber zum Glück war der Parkplatz so gut wie leer und außer ihnen war niemand zu sehen.

„Ich weiß, dass du Angst hast …"

„Ich habe Panik! Du hast meinen Rücken gesehen. Du weißt, wozu mein Vater fähig ist. Was, wenn mein Vater entscheidet, er müsse den Teufel aus mir rausprügeln oder irgend so was Krankes?" Willys Blick wurde härter, selbst als Reggies Blick sanfter wurde. „Nein. Es tut mir leid, aber ich kann weder nach der Arbeit noch sonst irgendwann zu deinem Haus kommen. Und es spielt ohnehin keine Rolle mehr. Dinge neigen dazu, ans Licht zu kommen und sobald sie das tun, wird mein Vater Himmel und Hölle in Bewegung setzen, um sicherzustellen, dass ich dich außerhalb offizieller Anlässe nie wiedersehe." Willys Beine zitterten. Er hatte auf Reggies Unterstützung gezählt und diese Hoffnung hatte sich aufgelöst wie Nebel in der Sonne. „Ich muss zurück an die Arbeit. Ich habe nur mehr ein paar Minuten und dann habe ich etwas zu tun. Ich kann mir nicht leisten, diesen Job zu verlieren. Im Moment ist er das einzige, was ich für mich habe."

Er gab sich die größte Mühe, Reggie nicht in die Augen zu sehen und versagte. In ihnen spiegelte sich ebenso viel Schmerz, wie gerade durch Willys Eingeweide tobte. Ihm blutete das Herz, aber er konnte im Moment absolut gar nichts dagegen tun. Reggie war einfach er selbst gewesen – er hatte versucht jemandem zu helfen. Das war seine Natur und einer der Gründe, warum Willy sich so rasch in ihn verliebt hatte.

Willy drehte sich weg, öffnete die Hintertür, kehrte in den Lagerraum zurück und schloss die Tür hinter sich. Er versperrte sie, ging zur Toilette und schloss und versperrte die Tür, ehe er sich schwer atmend dagegen lehnte. Er musste sich wieder soweit sammeln, dass er den Rest des Arbeitstages überlebte. Wenn er abgeschlossen hatte und nach Hause oder wohin auch immer gefahren war, wo er in Ruhe denken konnte, dann könnte er zusammenbrechen.

WILLY HATTE kein Interesse daran, nach der Arbeit nach Hause zu fahren. Er brauchte Zeit, um sich damit auseinanderzusetzen, was geschehen war. Er glaubte nicht, dass das zu Hause möglich wäre. Willy konnte sich vorstellen, dass sein Vater aufbleiben würde, um mit ihm zu reden ... oder eher auf ihn einzureden.

Er ging zu seinem Auto, bog aus dem Parkplatz auf die Hauptstraße und fuhr einfach los. Die Straßenlampen flitzten vorbei, entfernten sich und verschwanden ganz, als er die Stadt weiter hinter sich ließ.

Er war allein, physisch und emotional. Die Stadt lag hinter ihm, genau wie die Beziehung, von der er dachte, dass sie sich zwischen ihm und Reggie entwickelte.

Lichter rechts von ihm zogen seine Aufmerksamkeit auf sich und Willy bemerkte, dass er sich dem Autobahnparkplatz näherte, den er und Reggie am vergangenen Samstag erkundet hatten. Willy wollte nur zufahren und umdrehen, nichts sonst. Ziellos herumzufahren brachte ihn nicht weiter und er musste früher oder später nach Hause fahren und seinem Vater begegnen.

Willy bremste, bog ein und passierte das Gebäude, wo einige Autos parkten. Er fuhr vorbei und hielt hinter einem alten weißen Lieferwagen mit verdeckten Fenstern. Es war derselbe, der davongerast war, als er mit Reggie dagewesen war. Er parkte ein Stück entfernt ein, stieg aus und dachte, er könnte zur Toilette gehen.

Draußen war es ruhig, die einzige Geräuschkulisse in der Stille des Abends kam von Insekten und nachtaktiven Tieren. Niemand schien da zu sein, obwohl die Autos auf dem Parkplatz standen. Willy ging langsam zu den Toiletten, darum bemüht, nicht so auszusehen, als wäre er an etwas anderem interessiert. Er dachte, er hätte vielleicht Stimmen aus dem Inneren des Lieferwagens gehört, aber er war nicht sicher und wollte auch nicht näher hingehen und nachforschen.

Die Toilette war leer, was Willy komisch vorkam. Er ging in eine Kabine, vermied die hinterste und pinkelte. Dabei überlegte er. Er hatte ein ungutes Gefühl, dass etwas faul war. Er wusste natürlich nicht, was das sein konnte, aber er hatte keine Lust, hineingezogen zu werden. Willy zückte sein Telefon, öffnete die Funktion für Notizen und tippte die Nummer des Lieferwagens ein, ehe er sie vergaß. Dann wusch er sich die Hände, ging wieder hinaus und versuchte, sich so viele andere Nummernschilder wie möglich zu merken, während er zu seinem Auto zurückging.

Willys Herz schlug schneller, als er einstieg, die Tür versperrte und sich mehr Nummern notierte. Dann sah er eine kleine Gruppe von Männern hinter dem Gebäude hervorkommen. Er startete den Motor, parkte aus und fuhr wieder auf die Autobahn Richtung Stadt. Er hielt nicht an und wurde kaum langsamer, bis er auf der Straße vor seinem Haus parkte. Sein Herz raste immer noch, aber er atmete tief durch und versuchte noch einmal durchzugehen, was er gerade gesehen hatte.

Nichts davon ergab Sinn und vielleicht war auch gar nichts dahinter, aber warum würde sich eine Gruppe von Männern nach Einbruch der Dunkelheit hinter den Toiletten versammeln. Sex war die offensichtliche Antwort und vielleicht war es auch nicht mehr als das. Aber warum würde einer von ihnen jemanden in dem Van zurücklassen? War das ein kranker Typ, der seine Kinder im Auto ließ, während er sich vergnügte?

Willy traf eine Entscheidung. *Reggie, auf dem Autobahnparkplatz stimmt was nicht. Habe wieder denselben weißen Van gesehen. Glaube, da waren Leute drin. Gruppe von Männern hinter dem Gebäude. Habe Autonummern.* Er schickte die Textnachricht ab und erhielt fast sofort eine Antwort.

Wo bist du?

Er sah auf die Front des Hauses; seines Zuhause – zumindest bis sein Vater die Wahrheit über ihn herausfand. Die Lichter waren an und es sah warm und einladend aus. *Zu Hause.*

Kannst du zu meinem Haus kommen? Ich habe das Garagentor offen und du kannst direkt hineinfahren.

Willy las Reggies Nachricht und schickte beinahe ein *Nein*. Seufzend tippte er *Ja* und fuhr wieder los in Richtung Reggies Haus.

Es war wenig Verkehr, also landete er bald in Reggies Garage und schloss die Tür. Die Nachtluft war kalt und er lief über den Hof.

Reggie kam ihm auf der Veranda entgegen und hielt die Tür auf, sodass Willy direkt hineingehen konnte. „Was hast du da draußen gemacht?", fragte Reggie, kaum dass die Tür geschlossen war.

Bevor Willy ihn aufhalten konnte, hatte er ihn schon in die Arme geschlossen. „Ich habe dir ja gesagt, da draußen geht irgendwas vor."

„Reggie …" Willy tippte ihm auf die Schulter, obwohl er die Wärme seines Körpers aufsaugte. „Deshalb bin ich nicht hier." Er musste stark bleiben. Seit dem Nachmittag hatte sich nichts verändert. Er trat zurück, obwohl er in Reggies Umarmung bleiben wollte. „Ich bin durch die Gegend gefahren, um den Kopf frei zu bekommen. Ich habe nicht darauf geachtet, wohin ich fahre, und fand mich da draußen wieder. Ich ging zur Toilette, aber da war keiner. Alles war leer. Da waren Autos, aber keiner war da. Der Van war wieder am Parkplatz und ich glaube, ich habe drinnen Stimmen gehört." Er griff in die Tasche. „Hier sind die Nummern der meisten Autos, die dort waren. Die erste gehört zu dem Lieferwagen."

Oh Gott, Reggie roch so gut. Willy trat unwillkürlich einen Schritt vor, um etwas mehr von ihm zu haben, und begann zu zittern. Reggie trug Jeans und ein enges T-Shirt umspannte seine Brust. Es juckte Willy in den Finger, ihn zu berühren und er vermisste es schmerzlich, ihn festhalten zu können.

Willy hielt ihm das Telefon hin und Reggie nahm es, um die Nummern abzuschreiben. „Als ich wegfuhr, kam eine Gruppe von Männern hinter dem Gebäude hervor. Ich weiß nicht, warum sie dort waren. Ich habe auch keinen von ihnen erkannt. Sie haben sich schnell und leise unterhalten." Das war alles, was Willy wusste. „Ich muss wirklich gehen. Mein Dad wird herausfinden, was mit dir los ist, weil man in dieser Stadt nichts geheim halten kann, und dann …" Willy zuckte mit den Schultern und ging zur Tür, aber Reggie legte eine Hand auf seinen Arm und hielt ihn zurück. Er drehte sich um und Reggie zog ihn in eine feste Umarmung. Er küsste ihn so leidenschaftlich, dass Willy die Luft wegblieb.

„Bleib …", sagte Reggie leise.

„Ich kann nicht." Willy wollte allerdings. Zumindest vorläufig, solange sie sich ruhig verhielten, gab es eine Chance für sie. Aber jetzt musste Willy sich zurückziehen und … Sein Herz zog sich bei dem Gedanken zusammen. Reggie war der Inbegriff von Versuchung. „Du hast dich entschieden und ich verstehe, dass es ein Teil dessen ist, was du bist … Aber ich kann nicht …" Er musste weg, ehe er noch in Tränen ausbrechen und sich komplett blamieren würde. „Ich dachte, du hättest verstanden, dass ich etwas Zeit gebraucht hätte, dass ich versucht habe, unabhängig zu werden … dass …" Er hielt den Atem an und atmete langsam aus, um nicht zu hyperventilieren.

„Du hast sein Gesicht nicht gesehen", sagte Reggie. „Ich weiß, ich bin der Sheriff, aber ich habe ein Herz. Und den Jungen zu sehen, der jünger ist als wir beide und gerade in einem See aus Schmerz und Unsicherheit untergeht ... Ich musste versuchen, ihm zu helfen ..." Er schluckte. „Ich dachte, ich wäre vorsichtig gewesen."

„Aber du hast alles unmöglich gemacht. Vielleicht nicht heute, aber sobald Jamie etwas sagt, und das wird er irgendwann, weiß es jeder. Und das wird sich schnell zu meinem Vater herumsprechen. Er weiß ohnehin nicht, was er von dir halten soll und das wird seinen Zweifeln Nahrung geben ..." Willy nahm Reggies Hand. „Du kennst diese Stadt nicht. Es sind einfache Menschen, die einfache Dinge verstehen. Sie tratschen wie verrückt über den Sohn des Bürgermeisters, obwohl Mr. Fullerton eine Menge für die Stadt getan hat. Und er ist kein Idiot und auch kein Waschlappen. Er hat eine der kleinen Mühlen, die ein Familienbetrieb war, zu einem Vertrag mit dem Staat verholfen, damit sie im Geschäft bleiben und weiterhin Leute anstellen konnten. Er hat das Land vor ein paar Jahren dazu gebracht, den Straßenbelag auf der Autobahn durch die Stadt zu erneuern, damit keine Autos mehr in die Schlaglöcher gerieten. Und er war in der Lage, das Stadtbudget auszugleichen und sicherzustellen, dass die Schulen alles haben, was sie brauchen. Er hat ein paar kleinere Wunder bewirkt und doch habe ich Leute sagen hören, dass er deshalb zurücktreten sollte." Nun, da Willy einmal in Fahrt war, sprudelten die Worte nur so aus seinem Mund und er hatte wenig Kontrolle über sie. All seine Ängste kamen hoch. Er versuchte sie nicht auszusprechen und versagte kläglich. „Du weißt, was mein Vater tun wird."

Reggie sah ihn mit gesenktem Kopf an. „Es tut mir leid." Reggie, der immer eine so stolze Haltung hatte, so demütig und niedergeschlagen dastehen zu sehen, brach Willy das Herz. Er hasste es, ihn so zu sehen.

„Bitte nicht. Ich kann viele Dinge aushalten, einschließlich der Schläge meines Vaters, um meinen Bruder zu beschützen, aber ich kann dich nicht so sehen. Manchmal passieren Dinge eben und wir müssen hoffen, dass etwas Besseres nachfolgt." Kaum dass er die Worte ausgesprochen hatte, bezweifelte Willy schon, dass ihm so bald etwas oder jemand besseres als Reggie begegnen könnte.

„Es muss doch eine Möglichkeit geben. Ich will dich nicht aufgeben." Reggie streichelte über seine Wange. „Der bloße Gedanke ..." Er zog seine Hand zurück. „Nein. Ich war derjenige, der sagte, dass du mehr zu verlieren hättest als ich. Und ich war auch der, der den Mund aufgemacht und so getan hat, als würde diese Realität nicht existieren." Er seufzte. „Ich weiß nicht, wie ich das wiedergutmachen kann."

„Du kannst den Geist nicht in die Flasche zurückdrängen. Nicht in dieser Stadt und nicht wenn es um eine pikante Information geht. Mein Vater wird respektiert, aber ist auch gefürchtet und manche hassen ihn sogar. Und ich muss zugeben, dass ich nicht weiß, was mein Vater tun oder wie weit er gehen würde, wenn er einer wirklichen Herausforderung oder Bedrohung gegenübersteht. Nein, ich muss mich zurückziehen. Ich habe keine Wahl." Er schniefte und seine Beine waren wackelig.

„Willy ...", begann Reggie.

„Glaubst du denn nicht, dass ich bleiben will?", fragte Willy. „Dass ich zurückgehen und wieder inmitten von einem Meer von Menschen einsam sein will? Das bin ich nämlich. Du ... du hast dafür gesorgt, dass ich mich weniger allein gefühlt habe, und ich dachte, dass ich vielleicht irgendwo mit irgendwem einen Platz haben könnte. Ich war ein Narr ... ein naives Kind ... zu denken, dass es schon irgendwie gehen würde. Dass ich mir unabhängig von ihm ein Leben aufbauen könnte, damit ich mich von ihm lösen und meinen eigenen Weg gehen kann. Ich möchte es, aber ich kann es nicht in Lichtgeschwindigkeit tun. Das müsste ich aber, um jetzt mit dir zusammen sein zu können." Er schluckte. „Ich kenne dich erst seit ein paar Wochen ... Es erscheint mir länger, aber das ist alles. Soll ich mich jetzt von dem einzigen Leben abwenden, das ich kenne, so erbärmlich und einsam es auch ist? Nur aus einer Laune heraus und gestützt auf ein Gebet, dass du deine Meinung nicht änderst? Dass irgendein ... Junge mit seinen einsamen traurigen Augen klimpert und du, was tust? Die Schlüssel zur Stadt aus der Hand gibst?" Zorn brodelte in ihm wie Wasser in einem Teekessel und er bemühte sich, ihn nicht überkochen zu lassen.

„Willy, es tut mir leid ..."

„Ich weiß. Aber du hast gesagt, du würdest verstehen und dass ich mich auf dich verlassen könnte. Und jetzt ..."

Reggie ließ den Kopf hängen. Von allen Dingen, die an diesem Tag geschehen waren, war das wahrscheinlich das schlimmste. „Ich weiß. Es ist meine Schuld. Und jetzt bezahlen wir beide den Preis dafür. Ich hätte wissen müssen, dass ich den Mund halten soll." Reggie rückte näher und Willy hielt still. Reggie stoppte nicht, bis seine Lippen Willys Mund berührten und ihm den Atem nahmen. Das war eine ganz schlechte Idee und doch ließ er sich von Reggie festhalten und sogar hochheben. Bevor er noch protestieren konnte, hatte Reggie ihn in den Armen und trug ihn durchs Haus. Reggie setzte ihn auf das Bett. „Es tut mir leid." Er küsste ihn wieder und Willy schlang die Arme um ihn und klammerte sich an ihn.

„Ein letztes Mal", sagte Willy leise und sah Reggie in die Augen. „Ist es das?"

„Nein. Ich bringe das in Ordnung. Irgendwie werde ich rückgängig machen, was ich getan habe." Reggie küsste ihn. „Ich muss."

„Warum?"

„Weil das nicht das Ende sein darf. Das akzeptiere ich nicht. Es ist nicht das, was ich will, und ich glaube, du willst es auch nicht. Wenn doch, dann sag mir, dass ich aufhören soll, bevor ich zu weit gehe." Reggie hielt still und bewegte sich nicht. Ihre Blicke trafen sich und Hitze schoss durch Willys Wirbelsäule. Willy nickte langsam und Reggie küsste ihn und nahm seinen Mund in Besitz. Er zerrte an Willys Kleidung und warf ein Stück nach dem anderen zur Seite, sobald er es ausgezogen hatte. Die Intensität in Reggies Blick überzeugte Willy, wenn auch nur kurz. Reggie rutschte vom Bett, zog sich aus und kam in all seiner nackten Erotik auf ihn zu. Sein Ausdruck war entschlossen.

„Ich will dich", flüsterte Reggie.

Wieder wollte Willy nach dem Warum fragen, zog Reggie stattdessen aber näher zu sich. Es gab Zeiten, um Dinge zu hinterfragen und andere, um Geschenke anzunehmen und dankbar zu sein, weil die Geschenke nicht immer da sein würden. Die Worte oder zumindest die Bedeutung einer der Predigten seines Vaters, kamen ihm in den Sinn. Willy lächelte und kicherte dann. „Sorry."

„Was ist so witzig?" Reggie legte die Hände auf Willys Brust. „Habe ich dich gekitzelt?"

„Nein. Es ist dumm. Ich musste an eine Predigt meines Vaters denken." Willy rollte mit den Augen. „Siehst du? Ich sagte doch, es war dumm." Er drehte sich weg. „Es war eines der Dinge, die er zu sagen pflegte, bevor … Er predigt nicht mehr so. Aber er pflegte zu sagen, dass wir für die Segnungen in unserem Leben dankbar sein und sie nicht hinterfragen sollten. Ich dachte, dass du für mich ein solcher Segen bist und ich …" Er seufzte. „Ich muss aufhören, die ganze Zeit nach dem Warum zu fragen."

Reggie lächelte. „Ich war nie ein religiöser Mensch, aber ich denke, dem kann ich zustimmen. Was für ein Gott auch immer da oben ist und über uns wacht, ich denke, wir sollten die guten Dinge akzeptieren, die das Leben uns gibt. Die Schwierigkeiten und die Mühen sind ohnehin hinter der nächsten Ecke, egal was wir tun, um sie zu stoppen." Reggie rückte näher und überbrückte die Distanz zwischen ihnen. Dann hielt er still.

Willy blinzelte. Er wartete und überlegte dabei, ob er dem Rat folgen sollte. Es dauerte ein paar Sekunden, ehe Willy Reggie entgegenkam und sich nach oben streckte, um sie in intimen Kontakt zu bringen.

Willy liebte es, von Reggie berührt zu werden. Genauer: Willy liebte es, wenn Reggie ihn so berührte, wie es noch nie zuvor jemand getan hatte. Reggie umschloss seinen Schwanz und massierte ihn leicht. Willy schob ihm seine Hüften entgegen und schloss die Augen. Das war fantastisch und bewirkte, dass er sich lebendig und als Teil von etwas fühlte, das größer war als er selbst. Dabei war es nur eine einfache Berührung, aber für Willy war es so viel mehr.

„Oh Mann …" Reggie schnappte nach Luft. „Ich bewirke das."

„Was?", fragte Willy.

Reggie streichelte ihn wieder, verstärkte seinen Griff und Willy bog keuchend den Rücken durch und wand sich in dem verzweifelten Wunsch nach mehr. Reggie fuhr seinen Körper entlang und seine Lippen und Hände hinterließen eine prickelnde Spur der Hitze, die bis in sein Gehirn ausstrahlte und seine Ekstase steigerte. „Ich bewirke, dass du so … aussiehst und klingst …" Reggie massierte weiter.

Willy klammerte sich aus Angst, dass es ihn jeden Moment zerreißen könnte, an Reggie fest. „Ich kann nicht glauben, dass Sex sich so anfühlt."

Reggie hielt inne und sah Willy tief in die Augen. „Kann er, tut er aber normalerweise nicht."

„Hä?" Willy fragte sich, ob er richtig gehört hatte.

„Man kann Sex haben und man kann Liebe machen. Das sind zwei verschiedene Dinge." Reggie zog ihn noch näher. „Die meisten Eltern reden mit ihren Kindern über Sex und darüber, wie die Dinge funktionieren."

Willy rollte mit den Augen. „Kannst du dir vorstellen, wie diese Unterhaltung in meinem Elternhaus stattgefunden hat? Mein Dad hat sich mit mir hingesetzt und mir die biblische Version dessen serviert, was zwischen Mann und Frau passiert. Es war unfassbar schräg und wenn ich nicht die Sexualkunde gehabt hätte, die der Staat vorschreibt, dann hätte ich praktisch nichts gewusst, außer dass ich absolut nichts tun, niemanden ansehen und erst recht nicht berühren darf, bevor ich nicht verheiratet bin."

„Meine Eltern waren da etwas hilfreicher. Aber sie haben mir immer gesagt, dass man warten sollte, bis man jemanden liebt. Ich hatte eine Menge Sex, aber sobald das Herz beteiligt ist, ändert sich alles." Reggie beugte sich zu ihm. „Dein Herz schlägt ein wenig schneller, jede Berührung wird verstärkt, jeder Blick hat Bedeutung und du willst mehr."

„Mehr?", fragte Willy.

„Ja. Weißt du, es geht nicht um das Bedürfnis, zu kommen. Es geht darum, dass man mehr will. Wenn es nur Sex ist, dann ist der Lohn, dass du kommst. Wenn es Liebe ist, dann lohnt sich die Reise." Reggie ließ ihn los und legte die Hand mitten auf seine Brust. „Zusammen zu sein ist das, was zählt. Einander zum Stöhnen zu bringen und nach Luft zu schnappen. Wenn du zitterst, dann steigert das meine Lust. Dich in Ekstase zu sehen, wie du mit großen Augen und offenem Mund ungläubig staunst. Das ist Liebe machen. Wenn du das Vergnügen aus dem Genuss des Partners ziehst." Reggies Blick war so intensiv, dass Willy ihn beinahe körperlich fühlen konnte.

„Das ist also Liebe machen?", fragte Willy.

„Für mich schon", flüsterte Reggie und schluckte. Er streichelte mit den Fingerspitzen über Willys Wange. Das war es auch beim letzten Mal und deshalb bin ich bei unserer ersten Begegnung auch nicht mit dir in das Motel gegangen. Du verdienst, zu wissen, wie sich das anfühlt. Wie gut es sein kann." Reggie verlagerte sein Gewicht und drückte Willy gegen die Matratze. „Jedes Mal sollte für dich so sein."

„Aber wie kann es das?"

Reggie kicherte. „Du musst nichts weiter tun, als nur mit Leuten ins Bett zu gehen, an denen auch dein Herz hängt. Glaub mir, eine Menge Sex kann Spaß machen, aber das … das nimmt einem den Atem. Es lässt sich mit nichts vergleichen." Reggie senkte den Kopf, öffnete die Lippen und schloss die Augen. Willy hielt den Atem an. Reggie küsste ihn und die Energie, von der er gesprochen hatte, breitete sich in Willy aus wie Wellen in einem Teich.

Willy schlang die Arme um Reggie, legte die Hände auf seinen Rücken und drückte sie fester aneinander. Er wollte mehr Berührungsfläche, mehr Hitze, so viel Leidenschaft wie möglich.

„Ich glaube dir." Willy schnappte nach Luft, als Reggie mit den Händen über seine Hüften und dann unter ihn fuhr und seinen Hintern umfasste. Willy spreizte die Beine und Reggie schob sich zwischen sie. Er drückte sich ihm entgegen und sog hörbar die Luft ein, als ihre Erektionen sich berührten. Er verstand sofort, was Reggie ihm hatte sagen wollen. Willy verlor sich in Reggies Augen und hoffte, dass er nie wieder auftauchen würde. Er wollte in diese dunkelblauen Augen eintauchen und den Rest seines Lebens in diesen starken Armen verbringen.

Aber, wie sehr Willy sich das auch wünschte, es würde nicht passieren. Dieses Intermezzo zwischen ihm und Reggie war so etwas wie eine letzte Chance, ein Versuch, das Glück zu fassen. Außerhalb der Schlafzimmertür wartete die Realität und die würde sich nicht für immer fernhalten lassen, ganz gleich, wie berauschend Reggies Küsse waren oder wie sehr Willy sich nach seinen zärtlichen Berührungen sehnte.

„Reggie … ich …" Willy klammerte sich an Reggie fest, als dessen Finger vorsichtig seinen Eingang umkreisten. Willy war nicht sicher gewesen, dass er bereit war, aber Lichtblitze zuckten hinter seinen Augen, als er sie zukniff.

„Ich würde dir niemals wehtun", flüsterte Reggie und berührte ihn noch einmal. Willy dachte, er hätte zu Hause in der Abgeschiedenheit seines Zimmers erforscht, was er mochte. Aber er hätte sich niemals vorstellen können, wie ein fremder Finger oder Mund sich anfühlen würden. Er zitterte unkontrolliert, als Reggie die Reize und das Verlangen steigerte, bis Willy sich ergab und seine Lust und die Kontrolle Reggie überließ. Willy erlaubte Reggie, auf ihm wie auf einem Instrument zu spielen und bereute keine Sekunde davon.

Sein Gehirn, in dem die Gedanken im Kreis gerast waren wie Autos auf einer Rennbahn, schaltete ab. All seine Aufmerksamkeit konzentrierte sich auf Reggie. Er hob seine Hüften an und bewegte sich stöhnend im gleichen Rhythmus wie Reggie.

„Süßer", flüsterte Reggie ihm ins Ohr. „Lehn dich ein wenig zurück." Er befreite seine Hände und legte sie auf Willys Brust. „So ist es gut."

„Warum?" Oh Gott, er stellte die Frage schon wieder.

„Ich möchte …" Reggies Augen funkelten. Er rutschte tiefer und seine Zunge leckte eine Spur über Willys Brust, seinen Bauch, und weiter zu seinem …

„Oh Gott", stöhnte Willy und tat sein Bestes, seine Hüften still zu halten. Reggies Lippen legten sich um seinen Schwanz und jagten Wellen der Lust durch seinen Körper. „Du wirst es wieder tun."

Reggie ließ ihn los und grinste. „Gefällt dir das?" Er wartete die Antwort nicht ab, nahm ihn ganz auf und umgab Willy mit köstlicher feuchter Hitze, die seinen Kopf leerfegte. Zunächst versuchte Willy noch einen Rest von Kontrolle über seinen Körper zu behalten, aber bald überließ er sich Reggie, der ihn rasch überzeugte, dass er in den besten Händen war, die er sich je hätte vorstellen können. Er stöhnte und wand sich, als Reggie ihn immer wieder an den Rand der Erlösung brachte, bis sein aufgestautes Verlangen in einem gewaltigen Höhepunkt explodierte.

Willy lag ganz still mit geschlossenen Augen und ließ sich von der Wärme und Zärtlichkeit einhüllen. Er wagte nicht, sich zu bewegen, aus Angst, dass die Seifenblase des Glücks platzen könnte. Sie löste sich von selbst rasch genug auf und er setzte sich langsam auf. „Ich muss …" Willy hielt inne, als Reggie ein Taschentuch vom Nachttisch nahm, um sich selbst zu säubern. „Habe ich das getan?", fragte Willy und Reggie nickte lächelnd.

„Ich sagte dir doch, dass du sexy bist." Reggie warf das Taschentuch in den Müll, legte sich neben Willy und legte einen Arm um seine Taille.

„Ich kann nicht lange bleiben", sagte Willy, selbst als ihm die Augen zufielen.

„Ich weiß." Reggie zog ihn näher zu sich. „Das bedeutet trotzdem nicht, dass ich dich gehen lassen will." Er seufzte und nach ein paar Minuten setzte sich Willy langsam auf und stieg aus dem Bett, in dem Wissen, dass die Versuchung zu bleiben immer größer würde, je länger er zögerte.

Willy sammelte wortlos seine Kleidung ein und zog sich an. Reggie setzte sich auf und rutschte zur Bettkante. Willy bemühte sich, ihn nicht anzusehen. Sonst würde sich seine Entschlossenheit auflösen und er musste wirklich nach Hause. Er war ohnehin schon viel zu spät und riskierte unzählige Fragen beantworten zu müssen, wo er gewesen war. Die ganze Nacht wegzubleiben, würde es nur schlimmer machen. Er wollte es so lange wie möglich hinauszögern, diese Art von Fragen zu beantworten.

„Ich muss gehen."

Reggie nickte und zog ihn zu sich, bis ihre Lippen sich trafen. Reggie strich mit den Fingern durch sein Haar und ließ ihn dann los.

Willy hielt still und wollte sich nicht ganz von Reggie lösen. „Ich muss wirklich gehen." Bevor seine Willenskraft nachließ, drehte er sich um, ging aus dem Zimmer und schloss die Tür hinter sich. Er ging so schnell er konnte durch das Haus zum Auto und bog aus der Auffahrt. Die Einsamkeit, die er bei Reggie verdrängt hatte, lauerte im Inneren des Autos, wurde mit jedem Kilometer schlimmer und erreichte ihren Höhepunkt, als er vor seinem Elternhaus parkte.

Ein einzelnes Licht brannte auf der Veranda, als Willy leise hineinging. Er machte so wenig Lärm wie möglich, schlich in sein Zimmer und schloss die Tür. Es war nicht so spät, aber seine Abwesenheit war mit Sicherheit bemerkt worden und er würde sie am nächsten Morgen erklären müssen. Daran hatte er keinen Zweifel.

ALS WILLY am nächsten Morgen zum Frühstück herunterkam, stellte ihm seine Mutter wortlos seinen Teller hin. „Wo ist Dad?"

„Er musste ins Rathaus", antwortete sie und drehte sich wieder zum Herd. „Aber ich weiß, dass er mit dir reden will."

„Es tut mir leid, dass ich so spät gekommen bin. Ich habe nicht auf die Zeit geachtet." Seine Mutter würde sich gesorgt haben, obwohl er vor elf zu Hause gewesen war.

„Ruf das nächste Mal bitte an", sagte sie sanft und strich über seine Schulter.

Willy aß sein Frühstück, bedankte sich bei seiner Mom und ging zurück nach oben, um sich für die Arbeit fertig zu machen. Er musste um neun dort sein und es war kurz nach acht. Er hatte Zeit, aber das Haus zu verlassen, bevor sein Vater zurückkam, war vermutlich keine schlechte Idee.

Als er die Treppe hinunterstieg, kam ihm sein Vater entgegen. Sein strenger Ausdruck stoppte Willy mitten in der Bewegung.

„Komm. Wir müssen reden." Sein Vater kehrte um und Willy wusste, was das bedeutete. Er würde ihm einen Vortrag halten über was auch immer ihn beunruhigte.

Ruthie und Ezekiel hüpften hinter ihnen über die Treppe und zum Glück rief seine Mutter sie in die Küche zum Frühstück. Also gingen er und sein Vater ins Wohnzimmer. Willy setzte sich und ging in Gedanken alle Dinge durch, die er getan haben könnte, aber es fiel ihm nichts ein.

„Ich hörte, dass du gestern Abend auf dem Autobahnparkplatz gesehen worden bist." Sein Vater beugte sich vor. „Du darfst nie dort hinausfahren, der Platz hat einen furchtbaren Ruf. Du weißt, was da draußen mit Jamie Fullerton passiert ist. Dieser Ort hat ihn in Versuchung geführt und ich will nicht, dass so etwas mit meinem Sohn passiert." Sein Ausdruck war so heftig, dass Willy ein Stück zurückwich. „Was hast du da draußen gemacht?"

„Ich war auf der Toilette. Das ist alles. Großer Gott, Dad. Ist das wirklich nötig?" Willy stand auf. Er wollte so schnell wie möglich dort raus.

„Bist du sicher?"

„Ja, soweit ich weiß, war außer mir niemand in dem Gebäude. Ich war auf der Toilette, habe mir die Hände gewaschen und bin gegangen."

„Warum warst du überhaupt da draußen?"

106

Willy zuckte mit den Schultern. „Ich war ein wenig durcheinander, bin durch die Gegend gefahren und habe versucht einen klaren Gedanken zu fassen. Als ich bemerkte, wo ich war, ging ich zur Toilette und drehte um." Er seufzte. „Ich weiß, du hast diese ständige Angst um mich und alle anderen, aber es wird langsam ein bisschen zu viel. Ich habe jetzt einen Job und ich bin erwachsen. Die Art von Kontrolle, die du auszuüben versuchst, ist ein wenig zwanghaft." Er hatte noch nie zuvor so mit seinem Vater geredet.

„Zwanghaft!" Sein Vater musste ganz schön verärgert sein, wenn er die Stimme erhob. „Weil ich nicht will, dass mein Sohn zu einem …"

„Was, Dad?" Willys Augen wurden schmal und er wartete, dass sein Vater seine Gedanken in Worte fassen würde.

„Zu einem Sodomiten wie Jamie gemacht wird."

Willy schüttelte den Kopf. „Was denkst du denn? Dass da draußen jemand was ins Wasser mischt, das die Leute homosexuell macht? Wenn das wahr wäre, warum gibst du dann kein Gegenmittel ins Weihwasser?"

Sein Vater lief rot an. „Sei ja nicht so frech zu mir."

„Dann bring logische Argumente", entgegnete Willy rasch. „Und denk nach, bevor du so einen Unsinn redest."

Die Ohrfeige traf seine linke Wange. Willy hatte sie nicht mal kommen sehen. Sein Kopf schnellte zur Seite und das Geräusch hallte von den Wänden wieder.

Willy drehte sich zu seinem Vater, sah ihm in die Augen und schüttelte den Kopf. „Ich wusste immer, dass du ein Tyrann bist." Er stand still und beobachtete, wie sein Vater sich zurücklehnte. „Ich habe die Narben und den Handabdruck, um das zu beweisen." Er ging zur Haustür, hielt aber inne und richtete sich gerade auf. „Ich gehe jetzt zur Arbeit. Und ja, ich werde jedem, der fragt, erzählen, was passiert ist."

„Du redest mit mir nicht in diesem Ton!" Sein Vater stand auf, machte ein paar Schritte auf ihn zu und stand nun direkt vor ihm.

„Du kannst mich um Dinge bitten, aber ich bin dein Sohn und nicht dein Eigentum. Und ich habe nicht vor, öfter zu dem Parkplatz zu fahren. Wie gesagt, ich war dort auf der Toilette, sonst nichts." Willy atmete tief durch. „Und jetzt muss ich zur Arbeit." Er griff nach der Tür und stoppte. „Wer hat mich dort gesehen?", fragte Willy und der Ausdruck seines Vaters verhärtete sich. „Hast du dir mal überlegt, dass vielleicht er deine Hilfe braucht und nicht ich? Als ich in dem Gebäude war, war nämlich sonst niemand dort. Die einzigen Leute, die ich gesehen habe, kamen hinter dem

Gebäude hervor. Vielleicht waren ja sie diejenigen, die dort mehr als nur pinkeln wollten." Er ging hinaus und zog die Tür hinter sich zu. Nun hatte sein Vater etwas zum Nachdenken.

Willy lief zu seinem Auto und besah sich sein Gesicht im Rückspiegel. Dann startete er den Motor und fuhr mit einem leisen Lächeln zur Arbeit. Vielleicht würde Jamie ja nichts von dem verraten, was Reggie zu ihm gesagt hatte und er würde ihn weiterhin treffen können. Der Gedanke genügte, um zumindest für den Moment ein Lächeln auf seine Lippen zu zaubern. Willy wusste sehr gut, dass in dieser Stadt nichts lange privat oder geheim blieb.

8

REGGIE LÄCHELTE, als er Willys Textnachricht bekam. Er fragte, ob sie sich in Sue's Diner, gleich in der Nachbarschaft der Station, zum Mittagessen treffen könnten.

Ich muss dir etwas erzählen.

Reggie antwortete, dass er in einer Stunde dort sein könnte. Nach einigen Minuten stimmte Willy zu.

Eine Stunde später saß Reggie in einer der Nischen ganz vorne, nahe am Fenster.

„Warum hier?", fragte Willy, der ihm gegenübersaß.

„Wenn jemand uns sieht, wird niemand denken, dass wir etwas geheim halten wollen." Reggie lächelte und Willy nickte zustimmend. „Was wolltest du mir erzählen?"

„Mein Dad kennt jemanden von den Leuten, die ich auf dem Parkplatz gesehen habe. Einer von ihnen hat ihm erzählt, dass er mich dort draußen gesehen hat. Offenbar ist das der Ort, wo Hölle und Erde zusammenkommen, zumindest wenn es nach meinem Vater geht. Er wollte mir nicht sagen, wer es war, aber ich dachte, du solltest es wissen, falls du nachhaken willst."

Willy rieb sich leicht über die Wange und legte die Hand dann wieder in den Schoß. „Ich wollte es heute Morgen nicht versuchen. Wir hatten bereits eine Auseinandersetzung."

Zorn stieg in Reggie auf und er musste Galle schlucken, während er sich fragte, wie weit diese Auseinandersetzung gegangen war und ob mehr als nur Worte ausgetauscht worden waren. „Das muss ich gar nicht. Das eine Nummernschild ist auf jemanden registriert, den ich schon eine Weile im Auge habe." Er wollte Willy nicht erzählen, dass er gründlich nachforschen würde, warum Shawns Privatauto da draußen gewesen war und warum er abends hinter dem Gebäude abhing. Es hatte jedenfalls nichts mit Polizeiarbeit zu tun. „Eines der anderen Fahrzeuge ist auf James Calder zugelassen."

Willys Augen wurden schmal. „Du meinst Stadtratsmitglied James Calder? Der Besitzer der Bank von Sierra Pines und der Calder Mühle? Der den Ausbau der Bibliothek finanziert hat?"

„Genau der." Reggie senkte die Stimme. „Du darfst niemandem irgendwas erzählen. Aber ich wette, einer von denen hat deinem Vater gesagt, dass er dich gesehen hat. Das bedeutet, sie haben nichts Gutes vor und du bist gesehen und erkannt worden. Ich vermute, es deinem Vater zu erzählen, war ein Weg, dich zu warnen."

„Und Dad war heute Morgen im Rathaus, also kann ich mir ausrechnen, mit wem er gesprochen hat. Die Calders sind Mitglieder von Dads Schäfchen. Hast du auch rausgefunden, auf wen der Lieferwagen registriert ist?"

Reggie nickte. „Die Nummerntafeln stammen aus dem Jahr 2010 von einem Toyota Corolla, der einer Mrs. Claire Fitsimmons aus Pasadena gehört. Sie sind offenbar gestohlen. Ich habe sie überprüft. Sie ist neunundsiebzig Jahre alt und laut den Fahrzeugpapieren gehört ihr das Auto nicht mehr."

Willy kicherte. „Du willst sagen, diese Nummernschilder gehören einer kleinen alten Lady aus Pasadena?"

Reggie legte die Hand auf den Mund und rollte mit den Augen. Er wünschte, er hätte diese Verbindung hergestellt. „Witzig. Ich will sagen, dass ich so nicht weiterkomme. Ich weiß nur, dass da draußen irgendetwas faul ist und ein Mitglied des Stadtrates darin verstrickt ist." Er hasste so etwas. Es ging selten gut aus und solange er keine handfesten Beweise hatte, war es ein Spaziergang auf einem Minenfeld.

Eine Frau näherte sich dem Tisch. „Was kann ich Ihnen bringen?"

„Sue, das ist Sheriff Reggie Barnett. Sue ist eine Institution und eine der besten Köchinnen von Sierra Pines. Aber erzähl meiner Mama nicht, dass ich das gesagt habe."

„Meine Lippen sind versiegelt, Schätzchen." Sie lächelte und wandte sich Reggie zu. „Willkommen, Sheriff." Sie beugte sich zu ihm. „Können Sie mir mit etwas behilflich sein. Nachts hängen hier Leute bei der Hintertür herum. Ich mag das nicht, es macht mich nervös und ich habe Angst um meine Angestellten. Ich habe es dem alten Sheriff gesagt und er meinte, er würde sich darum kümmern, aber der faule Hohlkopf hat nie etwas gemacht."

„Natürlich." Reggie machte einen Anruf und erreichte Jasper. Er bat ihn nach dem rückwärtigen Parkplatz zu sehen. „Das sind Landstreicher und wir müssen dafür sorgen, dass sie weiterziehen. Entweder das oder wir nehmen sie mit."

Jasper stimmte zu und versprach dafür zu sorgen, dass es zur Patrouille hinzugefügt wurde.

„Danke." Sue richtete sich auf. „Was darf ich Ihnen bringen?"

„Ein Sandwich mit Hähnchensalat, Curly Fries und eine Portion Ranch Dressing zum Dippen", sagte Willy. Das hörte sich wirklich gut an, also bestellte Reggie dasselbe und ein Glas Wasser mit Eiswürfeln.

„Hey Willy", sagte ein Mann und rutschte neben Willy in die Nische.

„Hey Tony", antwortete Willy. „Wieso bist du schon wieder zurück?"

„Mom ist krank geworden und Dad brauchte Hilfe, also bin ich für ein paar Tage zurück. Sie wird untersucht. Es sollte nichts Schlimmes sein. Sie glauben, dass es die Nerven sind, aber sie wollen sichergehen." Tony sah zu Reggie. „Ist Willy in Schwierigkeiten oder so was?"

„Nein." Willy kicherte. „Das ist Sheriff Barnett. Wir haben uns ein paar Mal getroffen und uns angefreundet."

Reggie streckte Tony die Hand hin.

„Ich wollte euch nicht beim Mittagessen stören, aber ich habe dich gesehen und wollte nur Hallo sagen." Tony stand auf. „Wie sehen uns." Er eilte zur Theke, bezahlte seine Bestellung und nahm sie mit. Er winkte ihnen zu und war auch schon durch die Tür.

„Der ist nicht ohne", sagte Reggie.

„Nichts kann Tony aufhalten. Er versucht den Durchbruch im Filmgeschäft zu schaffen und ich hoffe, dass es gut geht. Aber ich glaube, dass er mehr Hoffnungen als Aussichten hat. Aber das ist okay. Er ist ein netter Typ und wir treffen uns immer, wenn er in der Stadt ist." Willy rutschte zur Seite, bis er wieder in der Mitte der Bank saß.

Ihre Unterhaltung verstummte, aber Willy sah ihn mit einem drolligen Ausdruck an und Reggie musste grinsen. Es war ziemlich offensichtlich, woran Willy dachte, und das war zugleich schmeichelhaft und gefährlich. Sie waren in der Öffentlichkeit und Willy sah ihn an, als wäre er der Mittelpunkt des Universums. Nicht dass daran etwas verkehrt war. Reggie fühlte sich mehr als geschmeichelt. Er liebte die Vorstellung, dass Willy so von ihm dachte. Aber diese Gefühle so schamlos offen zu zeigen, konnte gefährlich für sie werden. Trotzdem wollte Reggie nichts tun, das Willy verletzen würde.

„Wie läuft es auf der Arbeit?" Reggie setzte auf einen Themenwechsel zu etwas Banalem und es funktionierte.

„Sehr viel zu tun. Mr. Webster scheint mit mir zufrieden zu sein und ich arbeite hart. Ich möchte, dass er mich mag und mich behält. Ich habe heute Morgen auf dem schwarzen Brett im Laden auch eine Wohnungsannonce gesehen. Die wollte ich mir mal ansehen. Ich weiß nicht, ob ich mir so viel Miete schon leisten kann, aber ansehen schadet nicht."

Es verblüffte ihn immer wieder, wie reif Willy war. Er jammerte nicht über seine Situation und hatte kein Selbstmitleid. Willy machte einen Plan und tat sein Bestes, um ihn durchzuziehen. „Das ist wirklich gut, aber überstürze nichts, wenn es nicht nötig ist."

„Das werde ich nicht, aber ..." Willy wurde blass, als er über Willys Schulter sah. Reggie drehte sich um und folgte seinem Blick, als Pastor Gabriel in das Lokal stürmte und auf ihren Tisch zukam.

„Was hast du hier zu suchen mit ... ihm?" Er sprühte vor Zorn und seine Augen funkelten vor selbstgerechter Entrüstung.

„Was versuchen Sie mit meinem Sohn anzustellen", wandte er sich aufgebracht an Reggie.

„Ich denke, Sie sollten sich erst einmal beruhigen." Reggie fasste an seine Hüfte, bereit sich und Willy nötigenfalls zu verteidigen. Erinnern Sie sich, wo Sie sind und mit wem Sie sprechen." Er sprach nicht laut, hatte aber ein warnendes Grollen in der Stimme. „Ich mache gar nichts mit Ihrem Sohn. Ich bin der Sheriff dieser Stadt und ich werde mich und ihn gegen jede Drohung verteidigen. Haben Sie das verstanden?"

„Es ist mir egal, wer Sie sind oder warum Sie beschlossen haben, sich mit meinem Sohn ‚anzufreunden'. Aber ich werde diese Art von Einfluss auf ihn nicht dulden. Ich weiß nicht, was Sie mit Jamie Fullerton gemacht haben, aber irgendwie haben Sie ihn verleitet mit Ihrem ..."

„Bitte", sagte Willy, rutschte von der Bank und stellte sich neben seinen Vater. „Das ist nicht der richtige Ort."

„Hören Sie auf Ihren Sohn", bestätigte Reggie und stand ebenfalls auf. Die Augen aller Restaurantbesucher waren auf sie gerichtet. Reggie konnte die Neugierde in den vielen Blicken sehen, die in ihre Richtung starrten. Er zückte seine Brieftasche, zog einen Zwanziger und einen Fünfer heraus und ließ sie auf dem Tisch. Dann deutete er zur Tür. Er musste die Situation entschärfen, ehe sie eskalierte und außer Kontrolle geriet. Zumindest sagte seine Polizeiausbildung ihm das. Sein Herz fühlte sich, als wäre ihm der Boden unter den Füßen weggezogen worden. Es war genau das, wovor Willy ihn gewarnt hatte. Er ließ Pastor Gabriel vorgehen, nickte dann Willy zu und folgte so, dass er alle im Blick behalten konnte.

„Wie können Sie es wagen, hierherzukommen", begann Pastor Gabriel, kaum dass die Tür sich geschlossen hatte. „Wie können Sie es wagen, Ihre Art von …" Er verzog den Mund. „… in diese Stadt zu bringen … meine Stadt."

„Also erstens, Pastor, ist das nicht Ihre Stadt. Sie leben und arbeiten hier, so wie jeder andere auch. Warum sagen Sie mir nicht, worüber Sie sich so aufregen?" Er sprach sanft und gab sich unschuldig.

„Kommen Sie mir nicht so. Die ganze Stadt spricht davon, dass Sie schwul sind und dass Sie mit meinem Sohn gesehen wurden und versuchen ihn zu rekrutieren … oder was immer es ist, das Sie tun."

Reggie trat zurück, als Pastor Gabriel vor ihm ausspuckte und Willy zu sich zog.

„Reggie ist mein Freund", sagte Willy mit einer Stärke und Ruhe, die Reggies Herz erwärmte. „Er ist ein guter Mensch. Hör damit auf." Willy sah den Gehsteig entlang, wo Leute stehenblieben, um zuzusehen.

„Er ist ein Sodomit und ich will nicht, dass du mit so jemandem Zeit verbringst. Ich werde es nicht tolerieren. Und jetzt komm mit – wir gehen nach Hause." Er packte Willy am Arm, aber Willy befreite sich. Reggie sah nun selbst diesen selbstgefälligen ‚Ich bestimme über meine Familie'-Ausdruck, den Willy ihm beschrieben hatte.

„Ich habe Mittagspause und ich gehe zurück zur Arbeit." Willy trat zurück, drehte sich um und ging dann in Richtung Drogerie. Erleichterung breitete sich in Reggie aus, dass Willy sich aus der Situation herausgenommen hatte.

„Was Sie betrifft …" Pastor Gabriels Brust hob und senkte sich und seine Augen glühten. Wäre es ein Film gewesen, hätten sie wahrscheinlich rot zu leuchten begonnen. „Sie werden sich von meinem Sohn fernhalten und Sie werden …"

„Stopp!", fauchte Reggie. „Erteilen Sie mir niemals Befehle. Ich bin der Sheriff dieser Stadt und Sie sind nicht mein Boss." Er trat vor und streckte die Brust heraus. „Hören Sie auf oder ich verhafte Sie und zeige Sie an, weil Sie einen Polizeibeamten bedrohen." Das nahm Pastor Gabriel augenblicklich den Wind aus den Segeln und Reggie wurde leiser. Er musste die Situation beruhigen. „Ihr Sohn ist ein erwachsener Mann. Und er ist sehr gut in der Lage, seine eigenen Entscheidungen zu treffen, wie er sein Leben führen und mit wem er Zeit verbringen will." Noch während er die Worte aussprach, bereute Reggie, dass er so viel Aufruhr in Willys Leben gebracht hatte. Bilder von der Härte und den Anstrengungen, ihn zu kontrollieren, schossen Reggie durch den Kopf. Sie würden Willys junge Seele einschließen wie ein Käfig. Und das war alles seine Schuld.

„Ich denke, Sie sollten nach Hause gehen und sich Zeit nehmen, um nachzudenken, bevor Sie etwas tun, das Sie später bereuen."

Pastor Gabriels Haltung sackte ein wenig in sich zusammen. „Sie müssen sich von meinem Willy fernhalten. Ich werde nicht zulassen, dass Sie ihn verführen. Und was Ihre Position als Sheriff betrifft, habe ich vor, dafür zu sorgen, dass dieser Zustand so vorübergehend wie möglich ist."

Reggie lächelte kurz, schüttelte den Kopf und entschied, dass er genug davon hatte. „Ich wünsche Ihnen auch einen schönen Tag." Er trat zurück und wartete, bis der geschockte Pastor sich abgewendet hatte. Reggie hatte recht gehabt. Pastor Gabriel war es nicht gewöhnt, so abgefertigt zu werden und das brachte ihn aus dem Konzept. In gewisser Weise war er ein Tyrann, aber sobald seine Drohungen und sein Gepolter ignoriert wurden, verlor er seine Macht. Es war klar, dass Reggie im Moment nichts tun konnte, als sich zurückzuziehen, die aufgeschaukelten Emotionen etwas abkühlen zu lassen und es zu einem Abschluss zu bringen. Er würde in den nächsten fünf Minuten nicht ändern können, wie der Pastor dachte.

So sehr er seinen Job mochte und ihn behalten wollte, er machte sich wesentlich mehr Sorgen um Willy und wie er an irgendeinem Punkt die Wucht des Zorns seines Vaters abbekommen würde. Das beunruhigte ihn, besonders während er Willys Vater den Gehsteig entlang marschieren sah. Die Sache hatte das Potential, ganz übel auszugehen und es gab nichts, was Reggie dagegen tun konnte.

„Ist es wahr?", fragte Sam, als er mit Jasper auf den Fersen Reggies Büro betrat. „Wow, ein schwuler Sheriff in Sierra Pines", fügte Sam hinzu, als Reggie nickte. Es gab keinen Grund mehr, es zurückzuhalten.

„Ja. Ich bin schwul. Aber das hat keinen Einfluss auf den Job, den wir alle zu machen haben."

„Das sollte es nicht, nein", stimmte Jasper zu und biss sich auf die Lippe. „Und nur, um das festzuhalten, mir ist Ihre sexuelle Orientierung völlig egal. Es war angenehm, für Sie zu arbeiten." Das hörte sich verdächtig unheilvoll an.

„Was soll das heißen?", fragte Sam.

Jasper zuckte mit den Schultern und seufzte. „Pastor Gabriel und der Stadtrat werden durchdrehen, das wissen Sie. Ein schwuler Sheriff in Sierra Pines, einer Stadt, die alle für eine Art kalifornische Bastion der Familienwerte halten." Er rollte mit den Augen und wandte sich zu Reggie.

„Ich finde, dass Sie ein großartiger Sheriff sind und es ist mir egal, ob Sie schwul sind. Mich stört es nicht." Jasper wandte sich zum Gehen. „Ich bin dann auf Patrouille."

„Passen Sie auf sich auf", sagte Reggie und Jasper lächelte, als er das Büro verließ.

„Für Shawn wird es ein Fest sein", sagte Sam. Seine Augen waren schon seit Tagen klar. Der Geruch von Alkohol fehlte auch auffallend. „Ich will ihn nicht als Sheriff haben. Er wäre furchtbar. Shawn schert sich einen Dreck um das Revier und seine Leute. Alles was er will, ist die Machtposition des Sheriffs." Er schüttelte den Kopf. „Es wird Leute geben, die deshalb ein ziemliches Getöse machen werden. Es gibt aber auch eine Menge Leute in der Stadt, denen es egal sein wird, ob Sie schwul sind, solange Sie Ihren Job machen und sie beschützen."

Reggie hatte nicht erwartet, bei Sam Unterstützung zu finden. Das kam überraschend.

„Danke, Sam." Reggie nickte. „Ich weiß, wer ich bin und ob die Leute mich akzeptieren oder nicht …" Er zuckte mit den Schultern. „Ich werde meinen Job weiterhin machen. Deshalb bin ich hier. Der Pastor und der Stadtrat können machen, was sie wollen, aber sie haben wenig Macht über uns oder die Polizeiverwaltung." Er lächelte. Sam nickte und wandte sich zum Gehen.

„Ich patrouilliere auf der Nordseite. Gibt es etwas, worauf ich achten soll?"

„Fahren Sie über den Parkplatz hinter Sue's, wenn es möglich ist. Sie hat Landstreicher gemeldet."

„Kein Problem." Sam ging und Reggie lehnte sich in seinem Stuhl zurück, der dabei quietschte. Er hatte genug zu tun und musste sich an die Arbeit machen, aber es kümmerte ihn nicht, er machte sich Sorgen um Willy.

Reggie schnappte sein Telefon und schickte ihm eine Textnachricht, um sicherzustellen, dass er okay war. Er wartete auf eine Antwort und erhielt sie eine Stunde später. Reggie hatte keine Ahnung, was er sonst tun konnte. Nun lag alles bei Willy, der entscheiden musste, was er wollte.

Reggie hatte es wirklich versaut. Er hätte sich an seine eigenen Regeln halten sollen und nichts davon wäre passiert. Er würde nicht bei der Arbeit sitzen und sich solche Gedanken um Willy machen, dass seine Beine zitterten. Er wäre auch nicht in der Position, darüber nachzudenken, wie hart er würde kämpfen müssen, um seinen Job zu behalten. Es sah so aus, als hätte er die Unterstützung von zwei seiner Hilfssheriffs. Das war mehr, als er erwartet hatte. Er konnte dennoch weiterziehen und einen anderen Job finden, wenn es sein musste. Es war Willy, um den er sich wirklich sorgte. Es sah so aus, als würde die schlimmste aller Möglichkeiten Wirklichkeit werden. Er konnte sich einen neuen Job suchen oder um den jetzigen kämpfen, aber bei dem Gedanken, Willy nicht mehr sehen zu können, wurde ihm kalt, eisig, arktisch kalt. Reggie fragte sich, ob ihm je wieder warm sein würde.

9

WILLY SAß im Büro, beendete die Arbeit des Tages, schloss das Programm und fuhr den Computer herunter. Er fürchtete sich davor, nach Hause zu gehen.

„Willy", sagte Mr. Webster, als er hereinkam und sich in den anderen Stuhl setzte. „Ich glaube, wir müssen uns vielleicht mal unterhalten, du und ich."

„Ja, Sir."

„Es gehen in der Stadt Gerüchte über den Sheriff um und nun ja ... Ich habe euch beide zusammen gesehen."

Willy versuchte nicht hörbar nach Luft zu schnappen, aber es gelang ihm nicht.

„Das dachte ich mir."

„Ich ... ich ...", stammelte Willy und verstummte.

„Da gibt es nichts, wofür du dich schämen müsstest", sagte Mr. Webster und beugte sich vor. „Ich werde dich deshalb nicht rauswerfen oder so was." Er fuhr sich nervös über seine beginnende Glatze. „Aber es kommt Ärger auf dich zu und du weißt es."

„Ja, ich weiß." Willy war sich sehr bewusst, welcher Sturm der Entrüstung auf ihn zukam.

„Hast du Angst um Reggie oder um dich?" Mr. Websters Blick fiel auf Willys zitternde Hände. „Du bist noch jung und hast dein ganzes Leben vor dir. Aber was für ein Leben das sein wird, hängt davon ab, was für eine Art Mensch du sein willst und welche Entscheidungen du triffst. Ich weiß schon, dass du gewissenhaft bist und hart arbeitest ..."

„Ich weiß nicht, was Sie meinen."

Mr. Webster nickte. „Natürlich nicht. Ich habe den Großteil meines Lebens in dieser Stadt gelebt. Ich bin weggegangen, um Pharmazie zu studieren und ich wollte in die Großstadt. Mein eigenes Geschäft eröffnen oder vielleicht sogar eine Kette gründen. Dann wurde meine Mom krank und Dad sagte, er würde meine Hilfe brauchen. Also schob ich es auf und kam zurück. Ich bin nie mehr weggegangen. Ich bin hiergeblieben und habe mich um meine Eltern gekümmert. Später habe ich geheiratet und

Kinder bekommen, wie alle es von mir erwartet haben." Er seufzte leise. „Manchmal frage ich mich, wie anders mein Leben wohl verlaufen wäre, wenn ich nicht zurückgekommen wäre."

„Also sollte ich …?" Willy brach ab, unsicher, was er fragen wollte.

„Ich hatte große Pläne, aber an einem Punkt musste ich mich selbst fragen, was ich wirklich wollte. Das klingt nach einer einfachen Frage. Ist es aber nicht." Mr. Webster berührte Willys Hand. „Ich kenne deinen Dad schon lange. Ich wette, du weißt nicht, dass wir zusammen auf der Highschool und so etwas wie Freunde waren? Dein Dad war damals ein ganz anderer Mensch. Wild, verrückt und immer für einen Spaß zu haben. Er hat sich verändert, als er älter wurde, wie wir alle. Als Isaac starb, hat er sich noch einmal verändert und meiner Meinung nach nicht zu seinem Vorteil. Er versucht alles und jeden so gut er kann zu kontrollieren, damit er nicht noch einmal den Schmerz und den Verlust durchleben muss, den der Tod deines Bruders für ihn bedeutet hat."

„Ich weiß. Ich kann mich an diese Zeiten erinnern." Oh Gott, er sehnte sich danach. Er wollte seinen Dad zurück. Aber sein Dad war zusammen mit Isaac gestorben und jetzt hatte er nur mehr einen Vater.

„Dein Vater will entscheiden, was für eine Art Mensch du wirst. Aber dazu hat er kein Recht, außer du gibst es ihm. Ergibt das für dich Sinn?"

„Ich glaube schon."

„Zu entscheiden, was man will, scheint so leicht. Du stellst es dir vor, du sprichst es aus und dann bekommst du es. Aber so funktioniert das nicht. Manchmal muss man darum kämpfen und manchmal ist das, was man wirklich will, nicht das, was man ursprünglich dachte. Weißt du, ich dachte, ich wollte eine Ladenkette eröffnen, reich werden und an der Spitze eines Imperiums stehen. Aber ich bin zurückgekommen, habe meiner Familie geholfen, habe meine Frau getroffen und sie hat mein Leben verändert. Sie hat mir gezeigt, dass das, was ich tief in meinem Inneren wollte, ein Leben mit ihr war. Ich habe begonnen hier zu arbeiten, habe den Laden vom Vorbesitzer gekauft, ihn umgebaut und den Namen geändert. Jetzt ist er ein Teil meines Lebens."

„Ich glaube, ich verstehe", sagte Willy und lächelte.

„Ich bezweifle es. Denn ich habe Jahre gebraucht, um es ganz zu verstehen. Ich habe mich nicht hingesetzt und eine große Entscheidung getroffen. Ich bin dem Fluss des Lebens und meinem Herzen gefolgt. Alles was für mich auf dem Spiel stand, war mein alter Traum. Mir hat sich ein Weg eröffnet und ich habe ihn genommen. Der andere Weg ist nach und nach verschwunden und das ist in Ordnung. Meine Eltern und meine Freunde haben mich unterstützt."

Willy nickte. „Ich muss entscheiden, wer ich sein will und wie mein eigener Weg aussieht."

„Ja. Aber dein Weg wird auch die Wege vieler anderer Menschen verändern. Er wird deine Geschwister beeinflussen, deine Eltern, dich selbst und auch einen gewissen Sheriff, der dich scheinbar nicht aus den Augen lassen kann, wann immer ihr zusammen in einem Raum seid." Mr. Webster lächelte ihn an und Willy wurde ein wenig leichter ums Herz.

„Was soll ich tun?", fragte Willy.

Mr. Webster schüttelte den Kopf. „Ich weiß es nicht. Das kann ich dir nicht sagen. Es ist einer jener Momente, wo du deine eigenen Entscheidungen treffen musst. Dein Vater regiert deine Familie wie eine Art König. Er stellt die Regeln auf und ihr befolgt sie. Wenn du ihn lässt, wird dein Vater für den Rest deines Lebens alle Entscheidungen für dich treffen."

„Was Sie nicht sagen", brummte Willy.

„Mein Vater pflegte zu sagen, es kommt ein Punkt im Leben jedes Menschen, wo er entscheiden muss, welches Leben er führen will. Vielleicht bist du jetzt an so einem Punkt." Mr. Webster tätschelte seine Hand noch einmal. „Egal was du tust, vergewissere dich, dass es das Richtige für dich ist."

Willy nickte. „Aber was ist, wenn ..." Er schloss die Augen in dem Wissen, dass jede Wahl ihren Preis haben würde. Er wusste, wie sein Vater reagieren würde und wenn er nach Hause kam, würde er sich dem stellen müssen. Mr. Webster hatte recht. Willy würde Entscheidungen treffen müssen und von ihnen würde abhängen, was für ein Mensch er sein würde. „Danke."

„Kein Problem. Ich habe letztes Jahr dasselbe Gespräch mit meinem Sohn geführt. Er hatte die Chance im Osten zu studieren, aber Angst, so weit wegzuziehen. Diese Art von Veränderung kann Menschen schwerfallen. Robin und seine Mutter standen sich immer sehr nahe und nach ihrer Krebserkrankung vor ein paar Jahren war es schwer für ihn. Aber er hat sich dann doch entschieden zu gehen und er macht sich sehr gut in Yale. Er liebt das Leben dort und ich bezweifle, dass er je wieder zurückkommen und hier wohnen wird. Und das ist in Ordnung. Er muss seinen eigenen Weg finden, genau wie du."

„Ja, aber Ihr Sohn ist nicht schwul und Sie haben ihn deshalb nicht aus dem Haus geworfen." Willy starrte auf den Boden.

„Robin ist nicht schwul, aber hat seine Mutter und mich überrascht, als er seine neueste Freundin mit nach Hause gebracht hat. Sie ist aus Indien, was ein kleiner Schock war. Cheryl und ich haben nicht lange gebraucht, um darüber hinwegzukommen. Aber ich höre, dass Primas Eltern sich noch immer nicht mit der Tatsache anfreunden können, dass sie einen Jungen liebt, der kein Inder ist." Mr. Webster kicherte. „Wir haben sie kennengelernt und ich denke, das hat sehr dazu beigetragen, die Wogen zu glätten." Er zuckte mit den Schultern. „Eltern gefällt nicht immer, was ihre Kinder wollen. Aber du kannst dein Leben ebenso wenig für deinen Vater leben wie Prima ihres für ihre Eltern. Sie hat viel Mut gebraucht, um sich gegen sie zu stellen."

Willy nickte langsam. „Danke." Er würde allen Mut brauchen, den er aufbringen konnte, sich mit seinem Vater auseinanderzusetzen. „Ich weiß zu schätzen, dass Sie sich die Zeit für dieses Gespräch genommen haben. Manchmal ist es einfach, zu glauben, man wäre ganz allein."

„Das bist du nicht." Mr. Webster lächelte und verließ das Büro.

Willy stellte sicher, dass alles aufgeräumt war und ging dann auch. Er wollte nicht nach Hause gehen und überlegte, ob er zur Polizeistation gehen und nachsehen sollte, ob Reggie da war. Er kam aber zu dem Schluss, dass es besser war, seinem Vater nicht noch mehr Munition zu liefern, zumindest im Moment.

EINE STUNDE später stand Willy vor dem Haus und war wieder sehr allein. Er wusste, dass sein Vater drinnen war und seine Mutter wahrscheinlich in der Küche sein würde. Auch wenn sie vielleicht verständnisvoll und sogar mitfühlend reagieren würde, war er doch sicher, dass sie sich nicht gegen seinen Vater stellen und für ihn Partei ergreifen würde. Er wünschte, Reggie wäre bei ihm. Ohne nachzudenken, drehte er sich in Richtung der Polizeistation und lächelte. Vielleicht war er ja da. Willy brauchte Reggie nicht neben sich, um sich mit seiner Stärke verbinden zu können.

Willy marschierte zur Tür und ging hinein. Sofort hüllte ihn der Duft von Schmorbraten, Kartoffeln und Möhren ein. Die Wärme löste sich auf, als sein Vater vor ihm stand.

„Was hast du zu sagen?"

„Worüber?" Willy richtete sich zu voller Größe auf und verschränkte die Arme vor der Brust, wie er es bei Reggie gesehen hatte.

„Du musst in der Wahl deiner Freunde vorsichtiger sein. Ich erwarte, dass du dich von ihm fernhältst. Ich habe mich bereits mit einigen Ratsmitgliedern unterhalten und …"

„Was? Du hast die Absicht sie einzuschüchtern, damit sie sich gegen das Gesetz stellen?" Willy fühlte sich, als würde Reggie direkt hinter ihm stehen. „Vielleicht solltest du deine Haltung überdenken und aus der Steinzeit ins einundzwanzigste Jahrhundert kommen. Reggie ist ein guter Sheriff und du wirst eine Reihe von Geschäftsleuten in dieser Stadt finden, die ihn mögen. Du und die Ratsmitglieder werden das zu spüren bekommen, wenn ihr diese Hexenjagd nicht aufgebt. Du kannst glauben, was du willst. So wie jeder Mann und jede Frau in dieser Stadt. Mich eingeschlossen." Er tat sein Bestes, um seine Knie am Zittern zu hindern.

„Ich dulde diese Art von …"

„Was?", unterbrach ihn Willy. „Diese Art von Logik in deinem Haus? Vielleicht auch ein bisschen Mitgefühl und Emotionen?" Es sprach schnell und steigerte sich hinein. „Was ist aus meinem Dad geworden? Er ist verschwunden, seit Isaac tot ist. Alles was übrig ist, ist ein Vater, den ich nicht besonders mag. Er ist streng, steif, versteht keinen Spaß und ist sicher nicht jemand, in dessen Nähe ich gern bin. Ich will meinen Dad zurück." Sein Vater wippte leicht vor und zurück und Willy senkte die Arme. „Ich will den Mann zurück, der mich zum Fischen mitgenommen hat und mit uns campen gegangen ist. Der uns oft Geschichten vorgelesen hat – und nicht nur biblische. Ich möchte den Dad zurück, der abends mit uns Eis essen gegangen ist, wenn Mom bei der Frauenrunde war, und wir sollten es ihr nicht erzählen." Willy erinnerte sich, dass man Spaß mit seinem Vater haben konnte. „Ich vermisse die Samstage, an denen du mit Isaac und mir in den Bergen wandern warst. Du hast manchmal an deinen Predigten gearbeitet und laut den Bäumen gepredigt. Isaac und ich haben immer über das Echo gekichert, das die Wörter manchmal verzerrt hat und sie klangen dann nach etwas Unartigem." Er seufzte und zuckte mit den Schultern. „Weißt du noch, wie du Isaac das Autofahren beigebracht hast? Du bist mit uns in die Berge gefahren und hast mich ans Steuer gelassen, als ich das noch nicht durfte."

„Isaac ist tot", sagte sein Vater matt. „Und er kommt nicht mehr zurück."

„Ja. Isaac ist nicht mehr da. Aber der Rest von uns ist noch da und du verhältst dich manchmal, als wären wir alle mit ihm gestorben. Wir sind aber noch hier."

Willy griff nach der Hand seines Vaters. „Ich möchte einfach nur meinen Dad zurück", flüsterte er. Er ließ seine Hand wieder los und ging an seinem überrumpelten Vater vorbei in die Küche, wo seine Mutter stand und ihn schockiert anstarrte.

„Das war aber nicht das, worüber ich mit dir reden wollte", sagte sein Vater und kam ihm nach.

„Aber Willy hat recht", sagte seine Mutter. „Wir haben jahrelang in einer Wolke der Trauer gelebt und du bist unerträglich geworden." Sie knallte den Kochlöffel, den sie gehalten hatte, auf die Arbeitsfläche. „Ich will so auch nicht mehr leben. Ich will wieder fröhlich sein und ich weiß nicht, wie." Sie beugte sich über die Spüle und sein Vater legte die Hände auf ihre Schultern. Sie drehte sich um und er hielt sie fest. Das war das letzte, was Willy sah, als er leise aus der Küche schlich und hinauf in sein Zimmer ging. Er schloss die Tür, lehnte sich dagegen und rutschte fast auf den Boden bei dem Gedanken, was er gerade getan hatte.

„Willy?", fragte Ezekiel von der anderen Seite der Tür und klang, als wäre er den Tränen nahe. Willy stand auf, öffnete die Tür und zog Ezekiel in seine Arme. „Warum weint Mama?"

„Weil sie traurig ist. Aber es ist in Ordnung, denke ich."

„Wo ist Daddy?", schniefte er.

„Bei Mommy."

Ezekiel legte den Kopf auf Willys Schulter. „Gibt es ein Abendessen?"

„Ja. Bleib einfach noch ein bisschen hier und dann gehen wir zum Essen hinunter." Willy musste ihnen Zeit zum Reden geben. Er konnte sich kaum erinnern, dass seine Mutter sich mal zu Wort gemeldet hätte, jedenfalls nicht in Gegenwart der Kinder. Willy hielt Ezekiel ein paar Minuten im Arm und trug ihn dann die Treppe hinunter.

Willy wusste nicht, wie er sich verhalten sollte, als seine Eltern das Essen zum Tisch brachten. Er setzte Ezekiel auf seinen Platz und rief Ruthie zum Essen. Die beiden schienen auch nicht zu wissen, was sie tun sollten. Sie sahen zwischen ihren Eltern hin und her, als sie während des Essens miteinander redeten.

„Was hast du heute gemacht, Mom?", fragte Willy.

„Ich habe mit einigen der frischgebackenen Müttern gearbeitet. Sie wollten sich mit mir treffen. Ich liebe es, bei all den Babys zu sein." Seine Mutter lächelte und damit schien die Spannung, die im Raum hing, ein wenig nachzulassen. Selbst der Ausdruck in den Augen seines Vaters war ein wenig heller, als er es seit Jahren erlebt hatte.

Willy machte sich keine Illusionen, dass sich die Dinge so leicht zu seinen Gunsten ändern würden. Aber wer konnte das schon wissen? Vielleicht würde seine Mutter seinen Vater beeinflussen.

„Du und ich müssen uns immer noch unterhalten", sagte sein Vater nach einer Weile, als seine Mutter die Teller füllte und weiterreichte. Willy hatte natürlich nicht erwarten können, dass er seinen Vater von dem abgelenkt hatte, was er eigentlich wollte. Zumindest nicht für lange.

„Ich glaube, wir haben für heute Abend genug geredet", sagte seine Mutter. „So es nicht etwas gibt, worüber William mit dir sprechen will, solltest du es gut sein lassen." Sie teilte weiter das Essen aus, aber die Ansage war klar. Sein Vater sah sie an, aber sie wich seinem Blick nicht aus. „Ich bin es leid, zu trauern, dass Isaac nicht mehr bei uns ist. Es war ein Unfall und wir müssen wieder anfangen zu leben, ganz zu leben ... um der Kinder Willen. Und wenn du das nicht tust, dann werde ich einen Weg finden, wie ich es für mich tun kann." Sie stellte einen Teller vor seinen Vater und Willy wurde klar, in welch riesiges Wespennest er da gestochen hatte.

„Rachel", sagte sein Vater mit mehr echter Emotion und Zärtlichkeit, als Willy es in einer langen Zeit gehört hatte.

„Ich meine es ernst, Gabriel. Das geht jetzt lange genug so. Die Kälte, das bloße Existieren – wir verdienen etwas Besseres als das. Die Kinder sollen in einem Haus aufwachsen, das lebendig und glücklich ist. Das war es schon sehr lange nicht und ich möchte mehr als das."

Willy aß und ließ seine Eltern reden. „Es ist okay", sagte er zu Ezekiel, als der an seinem Ärmel zupfte.

Ezekiel war sich eindeutig nicht so sicher. „Daddy wird böse sein", sagte er. „Er macht mir Angst."

Willy legte den Arm um ihn und sah den Schock auf dem Gesicht seines Vaters. Ezekiel aß langsam und sein Blick wanderte zwischen Vater und Mutter hin und her. Willy aß auch, während Ruthie das Essen in sich hineinschaufelte, sich dann entschuldigte und den Raum verließ, ohne die Antwort abzuwarten.

„Die Kinder wissen nicht einmal, wie sie es einordnen sollen, wenn wir beide miteinander reden. Du hast Ankündigungen gemacht und Regeln festgelegt. Ich habe nichts gesagt, aber das ist vorbei. Ich kann so nicht mehr leben."

„Rachel, ich ..." Sein Vater wirkte tief erschüttert. Es kam nicht oft vor, dass Willy ihn sprachlos erlebte, aber nun schien er es zu sein.

„Willy ist alt genug, um zu entscheiden, mit wem er befreundet sein will. Er braucht deine Einmischung und deine selbstgerechten Predigten nicht." Sie stand auf und schob ihren Stuhl zurück. „Auch du weißt nicht alles, Gabriel. Willy ist in der Lage, sein eigenes Leben zu gestalten, seine eigenen Entscheidungen zu treffen und auch seine eigenen Fehler zu machen. Und Gott weiß, du hast viele gemacht in seinem Alter." Sie drehte sich zu Ezekiel und streichelte sanft über seinen Arm. „Komm und iss, Liebling. Es ist alles in Ordnung." Sie ging hinaus und Willy sah seinen Vater an, dem der Mund offenstand.

„Weißt du, Dad, ich schätze, jetzt ist nicht der richtige Zeitpunkt, um dir zu sagen, dass ich schwul bin, aber ich tue es trotzdem." Willy aß weiter, während sein Vater in seinem Stuhl zusammensackte.

„Ist das ein Scherz? Denn es ist mit Sicherheit nicht witzig", knurrte sein Vater.

„Nein, Dad. Es ist kein Scherz. Ich bin so schwul wie Jamie Fullerton und ich bin es leid, vor dir und allen anderen zu verbergen, wer und was ich bin. Ich habe mich jahrelang vor dir gefürchtet, aber ich werde nicht so weiterleben. Ich bin, wer ich bin. Und es gibt jemanden in meinem Leben, der mir wichtig ist. Ich war schon kurz davor, ihn deinetwegen aufzugeben." Willy legte seine Gabel weg. „Ich habe dir gesagt, dass ich meinen Dad zurückhaben möchte. Wenn ich ihn noch hätte, hätte ich mit ihm über die schwere Zeit reden können, die ich in den letzten Jahren hatte, aber mein Vater ... mit ihm kann ich nicht reden. Er ist, genau wie Mom gesagt hat, eine selbstgerechte Nervensäge." Willy stand auf. „Ich dachte immer, dass du mich rauswerfen würdest, wenn du es herausfindest. Aber es ist mir nicht mehr wichtig. Ich will glücklich sein, genau wie Mom. Und das kann ich hier nicht ... mit dir." Willy verließ das Zimmer und ging zur Treppe.

„Wohin gehst du?"

„Nach oben, um meine Sachen zu packen. Ich habe noch keine Ahnung, wohin ich gehen werde, aber ich werde mein Leben nicht nach deinen Vorstellungen leben, nur um dich glücklich zu machen." Willy nahm die ersten Stufen und fühlte sich mit jedem Schritt sehr viel besser. Er musste seinen eigenen Weg finden.

Sein Vater schrie ihn nicht an und kam ihm nicht nach, er hielt ihn aber auch nicht auf.

Willy ging in sein Zimmer und holte seinen alten Koffer unter dem Bett hervor. Er packte ihn rasch, schnappte dann seinen Laptop und steckte ihn in seinen Rucksack. Er brauchte nur zehn Minuten, um alles zu packen, was ihm wichtig war. Er setzte sich auf die Bettkante und fragte sich, was er nun tun würde. Dann nahm er sein Telefon.

10

REGGIE SAß in seinem Streifenwagen und fuhr Richtung Süden zu einem Unfallort. Die Feuerwehr war bereits auf dem Weg und laut ersten Berichten gab es mehrere Verletzte und mögliche Todesopfer. Als er sich näherte, wurde das Ausmaß des Unfalls sichtbar. Ein weißer Lieferwagen lag auf der Seite und neben der Straße stand ein Laster, dessen Vorderseite zerbeult war.

„Es war ein Unfall. Sie hatten nicht einmal die Scheinwerfer an", sagte der Fahrer immer und immer wieder, als Reggie auf ihn zukam. „Sie sind auf meine Spur geraten und ich konnte nicht ausweichen."

„Ich verstehe. Bitte bleiben Sie bei Ihrem Fahrzeug. Ich bin gleich wieder da und dann reden wir."

„Als er umkippte, ging die Hintertür auf und vier oder fünf Leute kamen heraus." Der Fahrer lehnte sich an seinen Truck. Reggie winkte den Sanitätern und sie kamen hergelaufen, um ihm zu helfen. Fast gleichzeitig traf auch Jasper ein und Reggie bat ihn, den Verkehr zu regeln. Sobald sich die Nachricht von dem Unfall verbreitete, würden Schaulustige vorbeifahren.

„Wie geht es dem Fahrer?", fragte Reggie, als die Rettungskräfte ihn aus dem Fahrzeug bargen.

Die Feuerwehrmänner schüttelten den Kopf, als die Sanitäter den Mann in einen Rettungswagen luden und ohne Sirene davonfuhren. Ein sicheres Zeichen, dass er bereits tot war.

Reggies Telefon vibrierte in seiner Tasche und er zog es heraus. „Oh nein", murmelte er, als er Willys Nachricht las. *Ich bin bei einem Unfall im Einsatz. Fahr zum Haus, ich komme so schnell ich kann,* sendete er als Antwort.

„Sehen Sie sich das an", sagte Howard, der Feuerwehrhauptmann. „Da war sonst niemand in dem Lieferwagen, als wir hier ankamen." Er deutete auf die Rückseite des Lieferwagens und Reggie spähte durch die offenen Türen. Decken lagen überall verstreut, eine Kühlbox war aus dem Wagen gefallen und lag nun auf der Straße, Flaschen und Eis überall verteilt. Dazwischen Schuhe und Kleidungsstücke verteilt, Frauenkleidung.

Reggie ging in die Hocke und untersuchte eine der Decken. „Das sieht nach Blut aus." Er ging zu seinem Wagen, kam mir einem Spurensicherungskoffer zurück und sammelte alles ein, was er finden konnte.

„Hier drüben ist noch mehr Blut", sagte Howard und deutete zu den Bäumen. „Noch jemand wurde verletzt." Einige Tropfen Blut führten zu den Bäumen.

Einer der Feuerwehrmänner stellte sich zur Verfügung mit Jasper zu tauschen und Reggie zog ihn von der Verkehrskontrolle ab. „Bewachen Sie den Schauplatz, ich bin gleich zurück." Reggie folgte der Blutspur in den Wald und benutzte seinen Scheinwerfer, um den Weg zu beleuchten. Er kam nicht weit. Die Blutspur endete nach wenigen Schritten. Das Unterholz war dicht und es war schon dunkel. Das war kein Kinofilm und um diese Zeit eine Suche zu veranstalten, würde nur andere in Gefahr bringen, sich zu verletzen. „Ist hier jemand?", rief er. „Wir sind hier, um zu helfen." Er wartete auf eine Antwort und rief dann noch einmal.

„Warum sollten sie einfach davonlaufen?", fragte Jasper, als Reggie wieder bei ihm war.

„Weil sie Angst haben und weil keiner von ihnen hier sein sollte." Reggie beschriftete den blutigen Stoff als Beweismittel und ging dann langsam den Inhalt des Lieferwagens durch. Er fand wenig Persönliches, bis er die Suche erweiterte. Eine Tasche war aus dem Van geschleudert worden und vielleicht zehn oder zwölf Meter entfernt gelandet. Darin befanden sich Kleider und ein kleines spanisches Gebetbuch. „Großer Gott", murmelte Reggie. „Kein Wunder, dass sie selbst verletzt geflohen sind. Sie hatten Angst, von irgendwem gesehen zu werden."

„Ich verstehe nicht", sagte Jasper.

„Beschriften Sie das und bringen Sie es zur Spurensicherung. Dann sichern Sie den Van und alles, was drinnen ist. Lassen Sie ihn abschleppen und aufs Revier bringen. Wir müssen den gesamten Inhalt untersuchen." Das würde Stunden dauern. Es war Zeit, dass er seine Leute einsetzte. „Rufen Sie Sam an, er soll sich zum Dienst melden. Kümmern Sie sich um das Fahrzeug, wenn es ankommt."

„Ich bin dran." Jasper eilte davon und sprühte nur so vor Eifer.

Reggie ging kopfschüttelnd zurück zum Rettungswagen, wo der Truckfahrer mit einer Decke über den Schultern saß.

„Sind Sie in Ordnung? Wie heißen Sie?"

„Jack Parnell. Die sagen, ich würde unter Schock stehen, aber ich bin okay."

„Erzählen Sie mir von dem Unfall", forderte Reggie ihn auf.

„Es war dunkel und sie kamen aus Süden. Sie hatten die Scheinwerfer nicht an. Und als ich sie sah … Ich machte eine Vollbremsung und streifte die Fahrerseite. Der Van drehte sich und kippte um. Ich bin sofort zur Seite gefahren und habe angehalten. Die hinteren Türen gingen auf und fünf Leute kamen heraus. Ich fragte, ob sie in Ordnung seien. Sie sprachen Spanisch und einer war verletzt, aber die anderen haben ihm geholfen. Sie packten ihre Taschen und liefen zu den Bäumen. Ich glaube nicht, dass sie allzu schwer verletzt waren. Sie verschwanden einfach. Es war wohl so eine Art Wunder." Er senkte den Kopf. „Ich wollte doch niemanden verletzen, ich habe sie einfach nicht gesehen."

Reggie machte sich Notizen und stellte sicher, dass er alle persönlichen Informationen hatte.

„Der Fahrer ist tot, nicht wahr?", fragte der Trucker und Reggie nickte. „Das dachte ich mir. Die Seite hat den Aufprall voll abbekommen. Wahrscheinlich sollte ich froh sein, dass sonst niemand verletzt wurde. Saßen diese Leute einfach so auf der Ladefläche?"

„Ich glaube nicht. Da waren Sitze. Ich vermute, dass sie angeschnallt waren. Wir werden mehr wissen, sobald wir den Wagen untersuchen. Aber sind Sie sicher, dass es Ihnen gut geht?"

Er nickte langsam. „Ja. Der Truck ist beschädigt und ich habe ein paar blaue Flecken, das ist alles." Er atmete tief durch. „Warum hatten sie nur die Scheinwerfer nicht an. Ich hätte sie gesehen und hätte ausweichen können. Sie waren auf der Mittellinie und ich hatte zu wenig Zeit, um zu reagieren."

Reggie nahm keinerlei Hinweise auf Ausflüchte wahr, nur Aufrichtigkeit und Reue. „Danke."

„Kann ich jemanden anrufen, der mich abholt?", fragte der Fahrer.

„Natürlich", antwortete Reggie. „Können wir etwas tun, um zu helfen? Wir können den Truck abschleppen lassen."

„Ich habe meine Firma angerufen. Die wollten sich darum kümmern. Ich war nur nicht sicher, wie lange Sie mich brauchen würden." Er ließ den Kopf hängen.

„Ich kann Sie ja kontaktieren, falls ich noch etwas brauche. Rufen Sie Ihre Freunde oder Ihre Familie an." Reggie drehte sich um und beobachtete, was die anderen taten. Die hinteren Türen des Lieferwagens waren geschlossen worden. Jasper stand Wache, als der Abschleppdienst ihn auflud. Damit war eine Aufgabe erledigt und kurz darauf kam ein weiterer Abschleppwagen und kümmerte sich um den Truck. Stück für Stück wurde die Unfallstelle geräumt. Jasper fuhr hinter dem Van her zum Revier und Reggie kümmerte sich um die letzten Details, ehe er den nun geräumten Schauplatz verließ.

REGGIE STELLTE sicher, dass alles unter Dach und Fach und alle Beweise gesichert waren. Dann fuhr er nach Hause. Das Haus war dunkel, als er ankam und er fragte sich, ob Willy da war. Er ging hinein und fand Willy zusammengerollt auf dem Sofa unter dem Überwurf, der sonst über der Lehne hing und im Hintergrund lief leise der Fernseher. Reggie ging leise aus dem Zimmer, um seine Dienstwaffe zu verstauen und kam wieder zurück.

„Hey", sagte Reggie und setzte sich vorsichtig auf den Rand des Sofas. „Was ist passiert?" Er strich Willy sanft über den Rücken, begeistert, dass er da war.

Willy drehte sich langsam um und blinzelte ihn an. „Nun, ich habe es meinem Vater gesagt. Ich verstecke mich nicht mehr. Es war eine der seltsamsten Unterhaltungen, die wir je geführt haben und dann ging Mom auf ihn los. Das war ziemlich unerwartet. Dann habe ich es ihm gesagt. Ich will nicht mein Leben lang lügen müssen. Ich weiß, mein Vater heißt das nicht gut, aber zumindest weiß er jetzt, wer ich bin." Willy gähnte.

„Bist du wirklich okay?" Reggie rückte näher. Er war beeindruckt und stolz. „Du hast eine Menge hinter dir."

„Ich glaube schon. Mein Dad hat mich nicht angeschrien oder so. Ich glaube, dazu war er einfach zu sehr aus dem Gleichgewicht."

„Was hat er gesagt."

Willy schüttelte den Kopf. „Nichts. Ich habe einfach das Haus verlassen. Er hat mich nicht zurückgehalten und meine Mom auch nicht. Mein Dad hat sich aufgeregt, dass ich mit dir befreundet bin." Er seufzte. „Zu Hause ist für eine sehr lange Zeit ziemlich alles schiefgelaufen. Ich habe ihm gesagt, dass ich unglücklich bin und meinen Dad zurückhaben will." Willy setzte sich auf und Reggie umarmte ihn. „Es war so unwirklich. Ich glaube nicht, dass ich meinen Vater je sprachlos erlebt habe."

„Ich habe mir wirklich Sorgen gemacht, als du mir getextet hast", sagte Reggie.

„Ich wusste nicht, wohin ich gehen sollte. Ich weiß, dass mein Dad mich nicht ausdrücklich rausgeworfen hat, aber ich konnte nicht bleiben." Willy lehnte sich an ihn und Reggie schlang die Arme um ihn. „Ich schätze, ich habe gehofft, dass du es verstehen würdest."

„Das tue ich." Aber Reggie wollte auch nicht, dass Willy seine Familie aufgab.

„Hast du was gegessen? Wie spät ist es?" Willy gähnte wieder. „Tut mir leid, dass ich eingeschlafen bin." Er angelte sein Telefon vom Couchtisch. „Nichts. Ich hatte wohl gehofft, dass jemand anrufen würde."

Reggie konnte Willy verstehen. „Gib ihnen ein bisschen Zeit. Nach dem, was du mir erzählt hast, wird dein Dad ziemlich viel zu verarbeiten haben." Reggies Magen knurrte. Willy sprang auf und lief zum Kühlschrank.

„Ich habe Pasta und Sauce gemacht. Ich werde etwas davon für dich aufwärmen. Ich hatte nicht erwartet, dass du so spät kommen würdest. Das muss wirklich schlimm gewesen sein." Er nahm einen Teller heraus und schob ihn in die Mikrowelle.

„Das war es. Aber ich glaube, ich habe jetzt eine bessere Vorstellung, was in der Stadt vor sich geht. Du hast doch erzählt, dass du dachtest, du hättest Stimmen gehört, als du den weißen Lieferwagen gesehen hast, richtig?", fragte Reggie.

„Ja." Willy holte ein Bier und brachte es ihm. Als die Mikrowelle klingelte, eilte er zurück und brachte einen Teller Pasta, der so köstlich und pikant nach Knoblauch und Oregano duftete, dass Reggie das Wasser im Mund zusammenlief. Er reichte ihn Reggie und setzte sich neben ihn auf das Sofa. „Als hätten sich mehrere Leute leise unterhalten. Aber ich konnte nicht verstehen, was sie gesagt haben."

Reggie nahm einen Bissen und summte leise. „Glaubst du, es könnte daran gelegen haben, dass sie nicht Englisch sprachen?"

Willy überlegte und kuschelte sich noch etwas enger an Reggie.

„Möglich. Ist schwer zu sagen. Wie gesagt, ich konnte sie nicht richtig verstehen und dann kam diese Gruppe von Männern hinter dem Gebäude hervor. Warum?"

Reggie nahm einen weiteren Bissen und schluckte. „Es gab heute Abend einen Unfall. Ein Lieferwagen wurde angefahren und kippte um. Der andere Fahrer hat ausgesagt, es wären fünf Personen aus dem hinteren Teil des Vans herausgekommen. Sie wirkten erschrocken und liefen in den Wald. Es gab eine Spur, aber es war schon zu dunkel, um ihr zu folgen. Ich versuche es morgen, wenn es hell ist. Aber ich bezweifle, dass ich etwas finden werde."

„Warum? Was vermutest du?"

„Irgendeine Art von Menschenhandel. Menschen, die illegal transportiert werden. Ich bin nicht sicher, zu welchem Zweck die Leute hier waren. Vielleicht haben sie jemanden bezahlt, um sie über die kanadische Grenze und dann nach San Francisco oder Los Angeles zu bringen. Es ist abgelegen hier und es ist unwahrscheinlich, dass die Strecke so gut überwacht wird wie die Hauptrouten."

„Glaubst du, es ist das, was auf dem Parkplatz passiert?", fragte Willy.

Reggie nickte, nahm noch einen Bissen und stöhnte. Die Pasta schmeckte verdammt gut und er fühlte sich plötzlich ausgehungert. „Überleg mal." Er aß weiter und das Bedürfnis zu essen verdrängte beinahe alles andere. „Sie müssten einen Platz haben, an dem sie ihre Geschäfte abwickeln … Vielleicht ebnet ihnen jemand den Weg, damit sie nicht aufgehalten werden und niemand Fragen stellt." Je länger er darüber nachdachte, umso klarer wurde ihm, dass es das sein konnte, worin Shawn verwickelt war. Reggie stellte den Teller auf den Tisch und ballte die Hände zu Fäusten. Reggie würde den Bastard an den Eiern aufhängen, wenn sich das als wahr herausstellen sollte. „Ich habe auf National Geographic mal eine Dokumentation darüber gesehen. Sie benutzen abgelegene Plätze. Sie brauchen sichere Bereiche, wo sie auftanken und Leute aussteigen lassen können. Der Autobahnparkplatz wäre günstig für sie. Er ist ziemlich isoliert und wenn sie jemanden haben, der sie vor Störungen warnt, können sie sich sicher fühlen und einfach weiterfahren, ohne dass jemand Fragen stellt."

„Ja, aber würden sie ihre Route nicht ändern? Es hat einen Unfall gegeben und sie müssen wissen, dass einer ihrer Vans von der Polizei kassiert wurde. Sie können diese Strecke nicht mehr nutzen und werden eine andere suchen."

Dieser Logik konnte Reggie nicht widersprechen. „Vielleicht. Aber sie müssen eine Menge investiert haben, um ihre Organisation aufzubauen, wie auch immer die aussieht. Das werden sie nicht so einfach aufgeben. Sie werden sich vermutlich zurückziehen, aber sie werden wiederkommen, sobald sie denken, dass die Situation sich abgekühlt hat." Er überlegte bereits, wie er nachhelfen konnte, dass sie das denken würden. Er zog Willy näher zu sich. „Im Moment mache ich mir mehr Sorgen um dich und deinen Vater. Wirst du wirklich zurechtkommen?"

„Ich weiß es nicht", sagte Willy. „Ich musste aus dem Haus und erst mal eine Weile von ihm weg. Du warst der erste Mensch, den ich kontaktieren konnte, aber ich weiß nicht, wie es von hier aus weitergeht." Willy zuckte mit den Schultern. „Alles, was ich mitnehmen konnte, habe ich im Auto. Das ist so ziemlich alles …" Er drehte sich um und verbarg das Gesicht in Reggies Hemd.

„Mach dir keine Sorgen, Süßer. Du kannst hierbleiben, solange du es willst und brauchst." Reggie wollte Willy in sein Schlafzimmer führen und nicht mehr gehen lassen. Er vergrub seine Nase in Willys Haar und atmete seinen Duft ein. Er war nicht sicher, ob Willy weinte, und er würde nicht fragen. Manchmal musste ein Mann eben auch weinen, aber Reggie wollte nicht, dass er sich dafür rechtfertigen musste. Reggie hielt ihn einfach fest und saugte die Wärme auf, die von ihm ausging.

„Ich weiß nicht, wie es weitergeht. Ich weiß, dass mein Vater fuchsteufelswild sein wird, wenn er erst mal wieder emotionalen Boden unter den Füßen hat. Und er wird auf dich losgehen."

Reggie drückte ihn fester. „Ich bin ein großer Junge. Ich kann auf mich aufpassen. Ich kann aushalten, was dein Vater oder der Rest dieser verdammten Stadt gegen mich hat. Ich habe es satt, mich zu verstecken, nur um anderen Leuten zu gefallen. Ich bin, wer ich bin." Er hob Willys Kinn an. „Und du bist, wer du bist." Er lächelte. „Und ich kann dir nicht sagen, wie stolz ich bin. Willy, du bist wahrscheinlich der mutigste Mann, den ich je getroffen habe."

Willy schüttelte den Kopf. „Hat schon einmal jemand auf dich geschossen?", wollte er wissen. In der Situation erschien ihm die Frage seltsam, aber Reggie nickte. „Hast du dir in die Hose gemacht oder bist weggelaufen?"

„Nein, ich bin in Deckung gegangen und habe den Schützen verwundet, sodass er festgenommen werden konnte."

„Siehst du, das ist Mut. Ich habe nichts weiter getan, als den Mund aufzumachen." Willy schloss die Augen und lehnte sich wieder an ihn. „Ich hatte es satt, dass mein Vater über mein Leben bestimmt und das habe ich ihm gesagt."

Reggie zuckte mit den Schultern. „Was du getan hast, war deinem Vater und deiner Familie zu sagen, wer du wirklich bist. Das war, als würdest du nackt vor ihnen stehen. Du hast dein Inneres entblößt und die Angst davor überwunden, was passiert, wenn ihnen nicht gefällt, was sie sehen. Das ist wahrer Mut. Im Leben geht es nicht darum, ob man angeschossen wird.

Mut ist nicht gleich Mut. Den Helden zu spielen ist einfach. Da braucht es ein paar Sekunden, um die Situation in den Griff zu bekommen. Heldenmut ist etwas Momentanes, Flüchtiges. Courage kommt von innen und erlaubt uns, die zu sein, die wir sind." Er hob Willys Kinn an, beugte sich zu ihm und küsste ihn. „Courage ist übrigens wahnsinnig sexy." Er vertiefte den Kuss und die Hitze schoss wie eine Fontäne durch seine Wirbelsäule.

Willy schlang die Arme um Reggies Hals, drückte sich an ihn und erwiderte den Kuss. Er gab jedes bisschen Energie zurück, die Reggie aussandte. „Ich will dich, Reggie", flüsterte Willy und als Reggie zurückwich, lief eine Träne über Willys Wange. „Ich dachte … Ich dachte, ich könnte einfach zu meinem alten Leben zurückkehren. Dass ich noch ein letztes Mal mit dir zusammen sein könnte und dann wäre das Leben wie vorher. Aber das kann ich nicht. Weißt du, du warst da – es war dir nur nicht bewusst."

„Ich verstehe nicht." Die Worte klangen rau, als Reggie versuchte, sie an dem Kloß in seinem Hals vorbeizubekommen.

„Als ich es meinem Dad gesagt habe, warst du mit mir dort, hast neben mir gestanden. Ich konnte dich fühlen. Ich hatte dich mit dabei, damit du mir hilfst, mutig zu sein." Willy schnappte nach Luft und sprach immer schneller. „Mein Dad und ich haben uns unterhalten, nur dass ich diesmal geredet habe. Ich hatte das alles so satt. Ich habe ihm alles gesagt, was ich fühle. Und dann habe ich einfach weitergemacht. Und als er von dir anfing, habe ich ihm gesagt, dass ich schwul bin und dass er vielleicht nicht so viel weiß, wie er denkt. Aber du warst mit mir dort, direkt neben mir. Ich konnte dich beinahe fühlen."

„Hast du es für mich getan?", fragte Reggie beinahe entsetzt. Er machte sich keine Illusionen, dass ein solches Geständnis ohne Konsequenzen bleiben würde. Der Gedanke, dass Willy wegen etwas leiden würde, was er für ihn getan hatte … Der Kloß in Reggies Hals wurde größer.

„Nein. Ich habe es getan, weil mir klar geworden ist, was für ein Mann ich sein will. Weißt du, ich wollte der Mann sein, der gut genug und stark genug ist, um dein Partner zu sein. Ich wollte jemand sein, auf den ich stolz sein kann und ich wollte gut genug für dich sein." Eine weitere Träne lief über Willys Wange.

„Süßer, du warst schon am Tag deiner Geburt gut genug für mich." Reggie presste seine Lippen auf Willys, schmeckte ihn und wollte mehr, immer mehr. Er konnte es aber nicht bekommen, egal was er tat. „Ich frage mich nur, was ich je getan habe, um dich zu verdienen."

„Mich?"

Reggie nickte, strich mit dem Daumen über Willys Unterlippe und die Hitze prickelte auf seiner Fingerkuppe. „Ich bin älter als du und ich habe in meinem Job das Beste und das Schlimmste in Menschen erlebt, aber du bist atemberaubend. Deine Stärke und ..." Er konnte nicht weitersprechen. Stattdessen stand Reggie auf, streckte die Hand aus und zog Willy auf die Füße. Reggie ließ alles liegen und stehen, machte das Licht aus und führte Willy in den Flur. Er hielt kurz beim Gästezimmer, ging dann zu seinem Zimmer und drückte mit dem Fuß die Tür auf. Als er den Raum betrat, zog er Willy in seine Arme.

Ihre Lippen trafen sich in einem Aufflammen von Leidenschaft, das Reggie komplett zu überwältigen drohte. Er hob Willy hoch, setzte ihn auf dem Bett ab und trat langsam zurück. „Ich liebe es, dich da zu sehen."

Willy lächelte und bewegte sich leicht. „Und ich mag, wie es sich anfühlt."

Reggie streifte Willys Schuhe ab, zog ihm die Socken aus und strich mit den Fingern über seine Füße und unter seine Hose bis zu den Unterschenkeln. Willys Beine zitterten unter seinen Händen und er massierte fester.

„Macht es mich pervers, dass sich das so gut anfühlt?", fragte Willy. „Ich habe gehört, dass manche Menschen einen Fußfetisch haben und ..."

Reggie musste kichern. „Nein, die Füße massiert zu bekommen, macht dich nicht pervers." Er lehnte sich vor, strich mit den Händen über Willys Beine, weiter über sein Hemd bis hinauf zum Hals. „Ich habe Typen gekannt, die es mochten, von einem Kerl mit den Zehen gefickt zu werden. Das ist pervers. Ich habe sogar einmal einen Mann getroffen, der es mochte, nackt von mehreren Männern umgeben zu sein, die ihn alle nur mit ihren Füßen stimuliert haben. Das ist abartig."

„Ich bin so langweilig gewöhnlich", neckte Willy und Reggie rollte mit den Augen.

„Du, mein Süßer, bist alles andere als gewöhnlich." Reggie grinste, zog Willy das Shirt über den Kopf und entblößte seine Brust. Er spielte mit einem Nippel und Willy zitterte. „Jeder Mann hat Dinge, die er mag und die ihn erregen. Ich habe letztes Mal einige entdeckt, aber ..." Er leckte mit der Zunge über die harte Knospe.

„Reggie ...", stöhnte Willy und Reggie war klar, dass er noch dabei war, zu entscheiden, ob er das wirklich als erregend oder als unangenehm empfand, weil das Gefühl so überwältigend war.

„Geh einfach mit. Hör auf deinen Körper und er wird dir sagen, was er will." Reggie leckte über Willys vibrierenden Bauch und umkreiste seinen Nabel mit der Zunge. Er konnte nicht genug von ihm bekommen. Die salzige Süße erinnerte ihn an die Karamelle von der Küste, nur leckerer – süchtig machend. „Was sagt er dir?"

Willy schluckte, sein Mund stand offen und die Augen wurden glasig. „Ich will ... Ich brauche ...", keuchte er und Reggie öffnete Willys Gürtel. Er streifte ihm die Jeans ab und ließ sie auf den Boden fallen. Willy lag nun fast nackt auf dem Bett und seine Erektion drückte gegen das Gefängnis seiner weißen Shorts.

„Was willst du?" Reggie atmete tief ein, denn der Raum füllte sich mit dem köstlichen Duft von Erregung und Mann. Willy war jung und Reggie hatte sich gefragt, ob er zu jung war, aber er wusste eindeutig, was er wollte. Das Feuer in seinen Augen bewies das.

„Ich möchte, dass du mit mir Liebe machst. Ich muss wissen, wie du dich anfühlst." Willy begegnete Reggies Blick und sein Ausdruck war fest wie Stahl. „Du hast einmal zu mir gesagt, dass es zwischen uns so gut wäre, weil wir Liebe machen würden. Nun, ich will sicher sein. Ich will wissen, dass du mich liebst, denn ich weiß, dass ich dich liebe." Er setzte sich auf, zog Reggie zu sich und eroberte seine Lippen.

Eigentlich sollte Reggie in dieser Beziehung der erfahrene Partner sein, aber Willy lernte schnell und er zog Reggie mit Leichtigkeit in seinen Bann.

„Wie kannst du so sicher sein?" Reggie musste es fragen.

Willy rutschte zurück. „Willst du sagen, du empfindest nichts für mich?" Er verschränkte die Arme vor der Brust und musterte Reggie. „Denn falls du mir das aus irgendwelchen seltsamen Gründen einreden willst, lügst du."

„Tue ich das?" Reggie hob die Augenbrauen. „Du durchschaust mich."

„Aber natürlich. Du bist ein offenes Buch für mich, Sheriff. Du versuchst, als harter Typ rüberzukommen, als der mächtige Sheriff, aber du bist butterweich. Zumindest wenn du mich ansiehst."

Verdammt. Reggie versuchte einen harten Blick, aber Willy lachte ihn aus. „Siehst du? Du kannst es versuchen, aber ich weiß, wer du wirklich bist. Du bist ein sensibler, liebevoller Mann, der bereit ist, sein Glück für andere zurückzustellen." Er rollte dramatisch mit den Augen und sah für einen Moment viel jünger aus. „Nicht viele Menschen sind bereit, das für andere zu tun." Er befreite seine Arme und schob eine Hand in Reggies

Nacken. Die Bewegung hinterließ eine Spur der Wärme. „Ich verspreche aber, dass ich es niemandem sagen werde."

Reggie kicherte. „Das solltest du auch nicht, denn das hier" – er sah zwischen ihnen hin und her – „wird Gott weiß was auslösen und wir werden alle Stärke brauchen, die wir aufbringen können."

„Also gibt es ein Wir?", fragte Willy.

Reggie machte einen Satz, schlang die Arme um Willy und hielt ihn fest. „Du kannst es glauben. Ich würde gegen alle Mächte der Hölle kämpfen, um dich sicher und in meinen Armen zu wissen. Die Stadt, dein Vater und alle anderen können zum Teufel gehen. Natürlich nur, wenn du mich haben willst." Reggies Eingeweide zogen sich zusammen und er hielt den Atem an.

„Dich haben wollen? Ich wollte dich schon in der ersten Nacht und du hast mich so verdammt lange warten lassen. Natürlich will ich dich haben." Willy riss Reggies Hemd auseinander, sodass Knöpfe in alle Richtungen flogen.

„Das war ein Uniformhemd." Reggie besah sich das, was davon noch übrig war.

„Habe ich Polizeieigentum zerstört? Wirst du mich einsperren und den Schlüssel wegwerfen?" Willy hatte einen schrägen Sinn für Humor. Er kicherte und streckte die Hände aus. „Leg mir Handschellen an und verhafte mich." Er ließ sich zurück auf das Bett fallen.

Reggie streifte sein Hemd ab und Willys Kichern verstummte. Reggie sah seinen Adamsapfel hüpfen, überbrückte die Distanz zwischen ihnen und eroberte Willys Lippen. Er drückte ihn fester gegen das Bett. Reggie gab die Kontrolle auf. Er versank in dem Kuss und schaffte es dabei, seine Hose abzustreifen. Er stöhnte leise, als Willy an seiner Unterlippe knabberte. Der Kuss wurde rau, ernst, sogar verzweifelt. Willy klammerte sich an ihm fest und krallte die Finger in Reggies Rücken, während er Willy so intensiv verschlang, wie er nur konnte.

Er streifte Willy das letzte Kleidungsstück ab und zog sich dann selbst aus. „Du bist faszinierend. Habe ich dir das schon mal gesagt?"

„Ein oder zwei Mal", sagte Willy lächelnd. „Aber ich höre es gerne." Seine Augen wurden dunkel und Reggie kam ihm wieder ganz nahe. Willy legte die Beine um Reggies Taille und stöhnte, als Reggie seinen Hintern mit den Händen umfasste. Kaum etwas war aufregender als Willy, wenn er sich Reggie überließ.

Reggie mochte es, die Kontrolle zu haben, er fühlte sich dann sicher. Außerdem gab es nichts Besseres als die Geräusche, die Willy machte, wenn er erregt war. Leises Wimmern und sanftes Stöhnen, das lauter wurde, wenn Reggie an seinem Hals saugte oder einen Nippel rieb, bis Willy ganz atemlos war. Und wenn Reggie mit den Lippen an ihm hinunter wanderte und Willys langen, schlanken Schwanz in den Mund nahm ... es war die süßeste, erregendste Musik.

„Ich will alles", sagte Willy und krallte sich ins Laken. „Sex mit allem, was dazugehört."

Reggie stoppte. „Bist du sicher?" Oh Gott, der bloße Gedanke, sich in Willys heißer Enge zu versenken, ließ seinen Schwanz vor Freude hochspringen, aber er wollte nichts überstürzen.

„Ja." Willy legte die Hände um Reggies Wangen. „Bitte. Ich möchte dich in mir fühlen."

Reggie schnappte nach Luft. Er fummelte an der Nachttischschublade herum, ließ die erste Packung Kondome fallen und kramte nach einer anderen. Er fand das Gleitmittel, bekam endlich eine weitere Verpackung in die Finger und ließ die Schublade offen. Er hätte sie sonst wahrscheinlich fest genug zugeknallt, um die Lampe umzuwerfen. Reggie war schon lange keine Jungfrau mehr, aber in dieser Nacht fühlte er sich wie eine. Seine Handflächen waren feucht und seine Hände zitterten ein wenig, als er das Gleitmittel öffnete und mehr auf seinen Fingern verteilte, als er beabsichtigt hatte.

„Ich will, dass es wirklich gut für dich wird. Wenn es wehtut, dann sag mir das und ich höre sofort auf." Er reizte Willys Eingang und versenkte langsam einen Finger in ihm. Willy verstummte und Reggie biss sich auf die Lippe, bis Willy keuchte und stöhnte.

„Oh Gott." Er umschloss Reggies Finger und zitterte leicht.

Reggie ließ sich Zeit, achtete auf jeden Atemzug, verfolgte jedes Stöhnen und Zittern und beobachtete Willy, als er den Rücken durchbog.

„Ich bin bereit. Bitte, ich bin bereit." Willy zog ihn in einen Kuss. „Lass mich nicht betteln. Das werde ich, wenn ich muss."

„Ich will dich nicht drängen", sagte Reggie und seine Beine zitterten. Er war schon eine Weile bereit. Sein Schwanz zeigte zur Decke und mit jedem Geräusch von Willy jagte ein Schauer des Verlangens durch seinen Körper. Mit zitternden Händen streifte Reggie das Kondom über und verteilte das Gleitmittel üppig. Er kniete sich zwischen Willys Beine und ihre Blicke trafen sich, als er langsam in ihn eindrang.

Reggies Brust schmerzte im besten Sinn als die Liebe und das Vertrauen, die sich in Willys Augen spiegelten, ihn in Kombination mit der Hitze, die ihn umgab, beinahe überwältigten. Er musste vorsichtig sein, obwohl sein Instinkt ihn vorwärts drängte. Er musste langsam vorgehen. Das hier war für Willy und sollte ihn glücklich machen. Reggie erinnerte sich an seine eigenen Worte, dass Willy mit jemandem zusammen sein sollte, der das erste Mal zu etwas Besonderem für ihn machte. Damals auf dem Parkplatz hätte er sich nie träumen lassen, dass einige Wochen später er derjenige sein würde, dem Willy sein erstes Mal anvertraute.

„Was machst du?", fragte Willy und riss Reggie aus seinen Gedanken. „Hör nicht auf."

„Ich habe über dich nachgedacht." Reggie grinste, küsste Willy und hielt still. Erlaubte ihm, sich anzupassen und Atem zu holen. „Etwas, was ich in letzter Zeit oft getan habe."

„Ja, Ich auch. Ich denke ständig an dich." Willy stöhnte leise, als Reggie sich wieder zu bewegen begann. Dieses Mal verdrehte er die Augen und er schnappte nach Luft. „Verdammt ..."

„Ich weiß." Reggie bewegte sich langsam, wippte mit den Hüften und achtete darauf, im Rhythmus von Willys Atmung zu bleiben. „Du bringst mich um den Verstand."

„Ich? Du bist der mit den wippenden Hüften und dem Schwanz, der mich an Stellen berührt, von denen ich nicht einmal wusste, dass sie existieren. Heilige Scheiße, ich sehe Sternchen." Willy klammerte sich an ihn und Reggie legte die Hand auf Willys Brust.

„Ich weiß, das ist neu, aber ich möchte, dass du mich ansiehst, wenn du mich fühlst." Reggie nahm auch Willys Hand und legte sie auf seine Brust. „Ich kann dich fühlen. Es ist, als wärst du ein Teil von mir."

„Ich weiß." Willy hielt still, als Reggie seine Lippen berührte. „Ich wünschte, wir könnten für immer so zusammen sein. Wenn ich bei dir bin, kann mir nichts etwas anhaben und ich fühle mich stark."

„Du bist stark, das hast du heute bewiesen." Reggie blinzelte, um die Feuchtigkeit aus seinen Augen zu vertreiben. „Ich will, dass du bei mir bleibst. Ich möchte für dich sorgen und ich möchte, dass du für mich sorgst. Ich weiß, es ist viel zu früh und wir müssen noch so viel übereinander lernen, aber das ist es, was ich mir wünsche." Er bewegte seine Hüften rascher. „Ich möchte nachts mit dir schlafen und morgens neben dir aufwachen. Ich will so verdammt viele Dinge, aber im Moment kann ich sie einfach nicht greifen." Er küsste Willy und drückte sie beide in die Kissen. Er versuchte

Worte zu benutzen, um auszudrücken, was er fühlte, war sich aber nicht sicher, ob es ihm gelang. Also überließ er das Sprechen seinem Körper und nach Willys Stöhnen und Wimmern zu urteilen, kam seine Botschaft deutlich an.

„Ich liebe dich", flüsterte Reggie, als er die Grenze dessen erreichte, was er aushalten konnte. Er war entschlossen, Willy zuerst kommen zu lassen und hielt sich mit äußerster Mühe zurück.

Willy stöhnte laut und seine Euphorie, als er in die Erlösung taumelte, löste den letzten Rest von Reggies Kontrolle auf und er raste in seinen eigenen kraftvollen Höhepunkt.

Er fühlte sich wie auf Wolken und schwebte für ein paar Sekunden selig. Als er wieder zu sich kam, lächelte Reggie voller Freude. Willy grinste ihn mit halb geschlossenen Augen an. Er sah verführerisch und so wunderschön aus, dass Reggie die Luft wegblieb. Er suchte nach Worten, aber er fand keine. Es war einfach zu groß für Worte, so sehr liebte er Willy Thomas.

Reggie blinzelte, um sicher zu sein, dass es kein Traum war. Zum Glück war es real und er stand langsam auf, beseitigte die Spuren und kam mit einem Waschlappen zurück. Reggie säuberte Willy vorsichtig, brachte Waschlappen und Handtuch zurück ins Bad und stieg wieder ins Bett.

„Was machen wir jetzt?", flüsterte Willy.

„Schlafen." Reggie schlang die Arme um Willy.

„Ich meinte mit meinem Dad, den Leuten in der Stadt, allem?" Willy rollte sich weg. „Ich glaube, ich habe wirklich Mist gebaut."

Reggie zog ihn näher zu sich. „Wir gehen einen Schritt nach dem anderen. Mach dir keine Sorgen um deinen Dad oder die Leute in der Stadt. Dein Vater ist, wie er ist und die die guten Leute von Sierra Pines sind es auch. Wichtig ist, dass du entscheidest, wer du bist. Dass du keine Lüge leben willst … und ich kann dir sagen, dass mich das sehr glücklich macht."

„Warum?" Die Lieblingsfrage war wieder da. Reggie hatte den Verdacht, dass Willy bis zu seinem Lebensende Fragen stellen würde und das war völlig in Ordnung für ihn.

„Weil du hier bei mir bist." Reggie küsste Willys Schulter. „Du hast all das durchgezogen und mich dann angerufen." Er hielt ihn fest an sich gedrückt. „Ich liebe dich. So einfach ist das. Und ich habe es ernst gemeint. Ich werde dich beschützen und mich um dich kümmern und ich werde Himmel und Hölle in Bewegung setzen, um dich glücklich zu machen, denn du hast mich glücklich gemacht."

„Aber wie habe ich das geschafft?"

Reggie schloss die Augen und suchte nach einer Antwort. Nur eine fiel ihm ein. „Ich hatte diese Regeln aufgestellt, wie mein Leben zu funktionieren hat. Hier in Sierra Pines Sheriff und überall anders ein schwuler Mann sein. Aber das war Mist. Ich war nicht ich selbst und ich war nicht glücklich. Du hast mich glücklich gemacht und du bist hier bei mir." Oh Gott, er war sich nicht mal sicher, ob er es erklären konnte. Reggie wusste, dass es ein dürftiger Versuch war. „Entspann dich und versuch etwas zu schlafen. Ich weiß, dass negative Folgen aller Art am Horizont auftauchen werden und wir uns damit auseinandersetzen müssen." Aber für den Moment hatte Reggie das, was er wirklich wollte. Und er würde es nicht mehr auslassen, wenn er es verhindern konnte.

„Aber ich muss fragen. Was wenn sie dich feuern?" Willy biss sich auf die Lippe und Reggie tat sein Bestes, um seine Nervosität wegzuküssen.

„Dann suche ich mir einen anderen Job und kann nur hoffen, dass du mit mir kommst." Das war die einzige Antwort, die er hatte, die sein Herz nicht in Millionen Stücke zerbrach.

11

NACH DER Nacht mit Reggie aus dem Bett zu kommen, war beinahe unmöglich gewesen. Reggie musste aufs Revier und Willy in den Laden. Dabei hätte sich Willy am liebsten für ein paar Tage bei Reggie verkrochen und sich vor allen und allem versteckt.

„Guten Morgen", sagte Mr. Webster, als Willy ihn an der Hintertür traf und aufschloss. „Ist alles in Ordnung?"

Willy zuckte mit den Schultern. „Ich bin Ihrem Rat gefolgt. Ich wusste, dass Sie recht haben. Also habe ich meinem Vater die Wahrheit gesagt und ich habe keine Ahnung, wie es jetzt weitergeht. Er wird jedenfalls nicht glücklich sein, so viel steht fest."

„Wo hast du übernachtet?" Willy war dankbar für Mr. Websters Fürsorge. Er schloss auf und Willy folgte ihm hinein.

„Bei Reggie." Willy schloss die Tür und versperrte sie von innen. „Ich wusste nicht, wohin ich gehen sollte. Mein Freund Tony ist in der Stadt, aber er wohnt bei seiner Familie und ich wusste, dass ich auf Reggie zählen kann."

Mr. Webster lächelte. „Das liegt daran, dass du ihm wichtig bist, und er dir auch. Ein wichtiger Teil einer entstehenden Beziehung ist, dass man sich auf den anderen verlassen kann. Was beunruhigt dich, abgesehen von deinem Vater?"

„Es geht ja noch nicht so lange. Ich habe Reggie erst vor ein paar Wochen getroffen. Jetzt habe ich mich geoutet und die ganze Stadt wird es wissen. Die Leute werden über mich reden und wer weiß, was passiert? Reggie ist toll, aber was ist, wenn ihm klar wird, dass ich nur ein einfacher Junge bin und dann trifft er vielleicht jemand Besseren und ..." Willy zwang sich, den Mund zu halten, denn er plapperte drauflos wie ein Idiot. „Ich sollte eine Beruhigungspille nehmen, damit sich nicht mehr alles im Kreis dreht."

„Hast du mit Reggie gesprochen?", fragte Mr. Webster und schaltete das Licht an.

Willy öffnete das Büro und blieb in der Tür stehen. „Ich weiß nicht, was ich sagen soll." Nach letzter Nacht und all den unglaublichen Dingen, die Reggie zu ihm gesagt hatte, wollte er nicht einen Haufen Fragen stellen, die den Anschein erweckten, als hätte er Zweifel.

Mr. Webster kicherte. „Ihr Kids. Alles ist immer eine Riesensache und so voller Angst und Sorgen. Sag ihm einfach, wie du dich fühlst. Ich bezweifle, dass ein Mann wie er ungehalten oder erschrocken ist. Ich glaube viel eher, dass er deine Fragen beantworten wird, so gut er kann." Er ging an Willy vorbei und setzte sich in einen der Bürostühle. „Was wenn er genauso empfindet? Es wird nicht alles perfekt sein, weder für dich noch für ihn. Im Moment ist grade viel los mit seinem Job, mit deinem Job und mit dem ganzen Familiendrama."

Willy setzte sich und wippte mit einem Bein. „Ich liebe ihn und ich habe trotzdem Angst."

„Wenn du keine hättest, würde ich mir Sorgen machen. Mein Rat ist, rede mit ihm und mach einen Schritt nach dem anderen."

„Was ist mit meinem Dad?", sagte Willy, als jemand an die Hintertür klopfte. Willy sprang auf und öffnete sie. „Was machst du hier?", fragte er Reggie, der in kompletter Uniform ein eindrucksvoller Anblick war.

„Ich wollte dir den Schlüssel zum Haus bringen." Er legte ihn in Willys Hand. Willy nickte und betrachtete das kleine Stückchen Metall.

„Danke." Willy war unsicher, was er sonst sagen sollte. „Ähm …" Er trat zurück und Reggie kam herein.

„Wir können über alles reden, aber ich möchte, dass du weißt, es gibt einen Platz, wo du wohnen und kommen und gehen kannst, wie es für dich passt." Reggie sah auf die Uhr. „Ich muss in fünf Minuten bei einem Termin im Rathaus sein. Aber mach dir keine Sorgen, okay?" Er umarmte Willy und hielt ihn fest. „Entspann dich einfach und versuch dir keine Sorgen zu machen. Es wird sich schon alles lösen, wenn du es so willst."

Willy nickte. „Ja. Das ist es, was mir Sorgen macht. Dinge lösen sich gewöhnlich nicht leicht für mich."

Reggie lächelte. „Dann wird sich das vielleicht jetzt ändern." Er bewegte sich nicht, hielt ihn einfach eine Minute lang im Arm und ein Teil von Willys Nervosität verflüchtigte sich. „Schreib mir eine Textnachricht, wenn irgendwas passiert." Reggie ließ ihn los und trat zurück. „Ich muss gehen. Er strich über Willys Hand und beugte sich zu ihm. „Was ich letzte Nacht gesagt habe, war ernst gemeint."

„Ich weiß. Ich liebe dich auch." Es auszusprechen bewirkte, dass Willy sich gleich viel besser fühlte. „Ich muss noch ein paar Dinge vorbereiten, damit wir öffnen können."

Reggie nickte. „Ich weiß, dass du nervös bist. Aber erinnere dich daran, wer du bist und was du getan hast. Das war sehr mutig."

„Amen", sagte Mr. Webster aus dem Büro und Willy grinste.

„Bis heute Abend." Willy atmete tief durch und ließ ein wenig mehr von seiner Unruhe ziehen. Reggie war voll und ganz auf seiner Seite. Er war nicht allein. Er hatte Freunde und Menschen, denen er wichtig war, selbst wenn seine Familie sich abwandte, wovon er ausging.

Reggie umarmte ihn noch einmal und ging. Willy schloss die Tür und kehrte ins Büro zurück, um das Wechselgeld für die Kasse vorzubereiten.

„Du lächelst", neckte Mr. Webster und klopfte ihm auf die Schulter. „Erinnere dich an dieses Gefühl, wenn es ungemütlich wird und alles wird gut sein." Er verließ das Büro und Willy brachte die Vorbereitung der Kassen zu Ende. Mr. Webster erledigte alle anderen Aufgaben und öffnete den Laden, während Willy sich an die Arbeit machte.

Er verbrachte den Vormittag mit seinen Zahlen und Computerprogrammen und brachte alles auf den neuesten Stand. Mr. Webster brachte ein paar Sandwiches und Willy aß am Schreibtisch. Den Nachmittag verbrachte er im Verkaufsraum und füllte einen Aufsteller mit Snacks für die Spiele am Wochenende.

„Willy."

Das war eine bekannte Stimme. „Hey Mom", sagte er leise, drehte sich um und fing Ezekiel auf, der auf ihn zu rannte.

„Ich habe dich vermisst", sagte Ezekiel.

„Ich dich auch." Willy erwiderte seine Umarmung und setzte ihn wieder ab.

„Wie ist …" Er war nicht einmal sicher, was er fragen sollte.

„Liebling, geh und such etwas Süßes für dich und für Ruthie aus." Sie schickte Ezekiel weg und drehte sich zu ihm. „Ich habe mir Sorgen gemacht, als du weggegangen bist. Bist du in Sicherheit?"

„Ja, Mom. Ich kann bei Sheriff Barnett wohnen. Er ist wirklich ein guter Mensch und ich bin ihm wichtig." Willy umarmte sie innig. „Ich konnte einfach nicht bei Dad bleiben. Ich hoffe, du verstehst das."

Sie erwiderte die Umarmung. „Ja, das tue ich. Dein Vater gibt es nicht gerne zu, aber er verliert leicht die Beherrschung und …" Sie drückte ihn noch fester. „Ich habe ihm einige Dinge durchgehen lassen, weil ich auch Angst vor ihm hatte."

„Ich habe keine Angst mehr und ich werde ihn nicht über mein Leben bestimmen lassen. Ich bin jetzt auf mich gestellt und so wird es auch bleiben.

Ich habe einen Job und vielleicht suche ich mir eine Wohnung. Reggie hat mir einen Schlüssel zu seinem Haus gegeben und es gefällt mir wirklich gut bei ihm. Er ist ein ganz besonderer Mann." Willy trat zurück, als das Klingeln der Eingangstür einen Kunden ankündigte. Das war schließlich ein Geschäftsraum.

„Das hoffe ich." Sie hielt seine Hand. „Dein Vater und ich haben viel geredet und einige Dinge müssen sich ändern. Wir waren beide nach Isaacs Tod in einer Warteschleife gefangen und ich denke, wir haben uns beide nicht befreit. Wir haben jahrelang getrauert und es ist Zeit, dass wir aufhören. Ich wünsche mir das, aber ich glaube, dein Vater hat noch nicht herausgefunden, wie er das anstellen soll." Sie holte ein Taschentuch aus ihrer Handtasche und tupfte sich die Tränen aus den Augenwinkeln.

„Das müsst ihr, für Ruthie und Ezekiel. Sie verdienen ein Leben, das mehr als Diktat und Angst ist. Sie brauchen Spaß und Lachen. Das brauchen wir alle." Willy drückte ihre Hand. „Und Mom, sie verdienen die Chance, die zu sein, die sie sind. Ob Dad dem zustimmt oder nicht. Ich verdiene das auch und ich werde mich nicht abhalten lassen." Er seufzte. „Bitte sag Dad, dass ich zuhören werde, wenn er mit mir reden will. Aber er wird zu mir kommen müssen. Ich werde ihn nicht aufsuchen." Er umarmte sie noch einmal und deutete auf die Kartons. „Ich muss wieder an die Arbeit."

„Bitte komm einmal zum Essen. Ich möchte eine Gelegenheit haben, dich zu sehen."

Willy hätte beinahe genickt. „Ich überlege es mir. Aber gilt die Einladung nur für mich oder auch für Reggie?" Seine Mutter antwortete nicht. „Denk darüber nach." Er drehte sich zu Ezekiel, der mit zwei Päckchen M&Ms in der Hand grinsend durch den Gang lief. Das war etwas Besonderes für ihn und er war ganz aufgeregt.

„Sei brav."

„Kann ich dir heute Abend eine Geschichte vorlesen?", fragte Ezekiel.

„Nicht heute Abend, aber bald. Ich verspreche es." Willy sah zu seiner Mutter und sie nickte. Er wusste, dass sie darunter litt, und das schmerzte auch ihn. „Ich kann nicht zurück, es wird nicht mehr so sein wie vorher. Ich kann es einfach nicht." Er hoffte, dass sie es verstand. „Er kann so erdrückend sein und ich muss meinen eigenen Weg gehen, egal was er denkt." Dann ging er wieder an die Arbeit und ihm wurde bewusst, wie viel er tatsächlich zu verlieren hatte.

WILLY SOLLTE um fünf nach Hause gehen, aber Mr. Webster hatte besonders viel zu tun und so blieb er im Verkaufsraum und kümmerte sich um die Kunden.

„Oh mein Gott, bist du okay?", fragte Tony leise, als er auf ihn zukam. „Du hast es endlich getan."

Willy schnappte nach Luft und Tony rollte mit den Augen.

„Ach bitte, ich wusste es. Nicht dass es mir etwas ausmacht, aber dein Dad muss an die Decke gegangen sein. Pastor Gabriels Sohn – schwul." Tony presste dramatisch die Hand auf den Mund und fächelte sich Luft zu. „Er hat sich und die gesamte Familie so lange als Inbegriff von Tugend und Perfektion hingestellt, dass ihm jetzt die Ohren wackeln müssen." Er sah sich um. „Wie kommst du zurecht?"

Willy lächelte. Er liebte Tonys Energie. „Ich bin okay. Ich war irgendwie darauf vorbereitet, dass das passieren würde, also bin ich einfach gegangen, nachdem ich es ihm gesagt hatte. Ich bin nicht rumgehangen, um abzuwarten, was er tun oder wie er reagieren würde." Er kam näher. „Ich habe es sogar geschafft, den Spieß ein wenig umzudrehen und die Unterhaltung auf ihn zu beziehen und was für ein Vater er war." Willy hob die Hand und Tony schlug ein. „Ich habe ihm gesagt, dass ich meinen Dad zurück will … und das ist wahr." Er richtete sich auf. „Was hast du gehört?"

Tony sah sich wieder um. „Nun, sehen wir mal. Bisher gibt es keinen Konsens. Aber ich habe gehört, dass der Sheriff dich verführt hat." Er schnappte gespielt nach Luft. Manchmal fragte sich Willy, ob nicht Tony der schwulere von ihnen war. „Ich habe das von einer Freundin meiner Mom gehört und ihr gesagt, dass das völliger Schwachsinn ist. Hetero oder schwul ist man, das ist keine Wahl. Sie hat mir widersprochen und ich sagte ihr, sie solle sich damit abfinden. Und dass du es verdienen würdest, fair behandelt zu werden und nicht Gegenstand von Dorfklatsch zu sein. Mom sagte dasselbe und damit war das Thema gegessen."

„Gut. Ich schätze, das ist das Beste, was ich erwarten kann."

„Weißt du, ich glaube, den meisten Leuten ist es im Grunde egal. Dann bist du halt schwul. Es wird ein paar Eifrige geben, die darüber reden, aber viele davon brauchen einfach irgendetwas, worüber sie sich auslassen können. Die Leute kennen dich, seit du ein Baby warst und du hast dich immer liebevoll um deine Geschwister gekümmert."

„Du meinst, sie hassen mich nicht?", fragte Willy, als zwei Ladys hereinkamen. Eine sah ihn an und drehte sich weg. Die andere kam mit offenem Mund geradewegs auf ihn zu, schien sich aber eines Besseren zu besinnen und klopfte ihm im Vorbeigehen auf die Schulter.

„Siehst du? Die Leute werden immer noch denken, was sie wollen, aber vergiss sie. Die meisten Leute sind cool und ziemlich in Ordnung." Tony grinste. „Ich bin noch ein paar Tage hier und dann muss ich zurück. Aber wenn du ..." Er wandte seine Aufmerksamkeit der Straße zu. „Verdammt", flüsterte er, als Reggie vorbeischlenderte. „Er ist scharf genug, um mich für Männer zu interessieren." Tony klopfte ihm auf den Rücken.

„Aber was, wenn sie auf ihn losgehen?", sprach Willy seine tiefsitzenden Ängste aus.

„Dieser Mann kann selbst auf sich aufpassen. Ich wette, die Hälfte des Klatsches in der Stadt basiert auf Enttäuschung, weil er schwul und deshalb nicht im Heiratspool ist. Denn ich wette, einige Eierstöcke sind auf Hochtouren gelaufen, jedes Mal, wenn er vorbeigekommen ist."

Willy musste sich bemühen, nicht laut zu lachen. „Du bist vielleicht fies."

„Ich weiß. Vielleicht sollte ich Drehbuchautor werden und nicht Schauspieler. Vielleicht könnte ich so beim Film den Durchbruch schaffen." Tony grinste und Willy rollte mit den Augen.

„Gib deinen Tagesjob lieber noch nicht auf." Sie lachten beide, als Mr. Webster aus dem Lager kam. Er winkte und Willy packte seine Sachen.

„Arbeitet Reggie?", fragte Tony. „Wir könnten essen gehen, wenn du möchtest."

„Ich müsste ihm eine Textnachricht schicken, aber wahrscheinlich schon. Es gab ein paar Probleme, an denen er arbeitet." Er schickte die Nachricht, aber Reggie antwortete, dass es spät werden würde. Willy sagte ihm, dass er mit einem Freund essen gehen würde und er ins Restaurant nachkommen sollte, wenn er konnte.

Sie gingen durch den Hintereingang, Willy fuhr zum Lokal und parkte dahinter. Er war ein wenig nervös, wie die Leute reagieren würden, aber niemand schien ihnen viel Aufmerksamkeit zu schenken. Sue begrüßte sie und sie suchten sich einen Tisch.

„Wie geht es dir, Schätzchen?", fragte Cindy, als sie ihre Bestellung aufnahm. „Dein Vater war immer ein wenig zu selbstgerecht. Also lass dich nicht unterkriegen." Sie grinste und nahm ihre Getränkebestellung auf.

„Siehst du, vielen Leuten ist es egal und manche werden dich verteidigen." Tony lächelte und blätterte durch die Speisekarte. „Ich nehme einen Salat. Mein Dad hat aufgekocht und mich so eifrig mit gebackenem Hähnchen und Tiefkühlkost gefüttert, dass ich auf meine Taille achten muss, sonst engagiert mich keiner." Er sagte Cindy, was er wollte und Willy bestellte ein Sandwich mit Speck und Salat und dazu gebackene Zwiebelringe.

„Hey", sagte Willy, als Reggie auf ihre Nische zukam und sich zu ihm setzte. „Du erinnerst dich an Tony?"

„Nett, dich wiederzusehen." Er schüttelte Tony die Hand.

„Wie war es im Rathaus?", fragte Willy.

Reggie grinste. „Sie haben versucht mir Ärger zu machen, aber es gibt nichts, was sie tun können. Bürgermeister Fullerton hat mich unterstützt und gesagt, es wäre völlig unbedeutend. Es käme auf den Menschen an, nicht darauf, wen er liebt." Reggie schmunzelte. „Er hat wirklich eine ganz andere Tonart angeschlagen." Reggie winkte Cindy herüber und gab seine Bestellung auf. „Ich habe nur kurz Zeit und dann muss ich wieder gehen."

„Ist etwas Besonderes los?", fragte Tony.

„Das könnte sein und deshalb muss ich ein Auge darauf haben." Reggie sah Willy an. „Wenn du nach Hause kommst, vergewissere dich, dass du alle Türen hinter dir versperrst." Es war seltsam, dass Reggie ihm das sagte. Die Leute versperrten hier nicht ständig ihre Türen. Es musste als wirklich etwas los sein.

„Natürlich, das werde ich."

„Willy hat erzählt, dass du Schauspieler bist", sagte Reggie, als Cindy Tonys Salat brachte und dann mit dem Rest des Essens wiederkam.

„Ich versuche es. Es ist schwer hineinzukommen und auf sich aufmerksam zu machen. Jeder kommt mit großen Träumen nach L.A., es irgendwie zum Film zu schaffen. Ich dachte, es würde ganz leicht sein." Tony zuckte mit den Schultern. „Ich habe schnell rausgefunden, dass es eine Menge harter Arbeit ist. Aber ich gebe mein Bestes und ich habe immer noch Hoffnung. Ich habe einiges an guter Arbeit abgeliefert und ich bekomme nächste Woche einen Rückruf. Ich habe es tatsächlich für diese Rolle in einer Sitcom durch die erste Runde eines Castings geschafft. Als ich dran war, habe ich die Rolle ziemlich tuntig angelegt, obwohl der Typ hetero sein soll. Mein Agent sagt, es hätte ihnen gut gefallen. Also wer weiß." Er grinste und nahm einen Bissen von seinem Salat. „Was ist mir dir? Warum Gesetzeshüter?"

„Es war etwas, das ich immer machen wollte. Mom und Dad hatten andere Vorstellungen, aber das macht mich glücklich und ich bin gut darin." Reggie nahm so große Bissen von seinem Burger, dass er das Ding fast in einem Stück verschlang.

„Mach langsam, niemand nimmt ihn dir weg." Es war ziemlich offensichtlich, dass Reggie angespannt und nervös war. Willy aß langsamer und rutschte zur Seite, als Reggie fertig war.

„Ich muss zurück." Reggie drückte seine Hand. „Wir sehen uns später und vergiss nicht, was ich dir gesagt habe." Er ließ mehr Geld als nötig auf dem Tisch zurück und eilte hinaus.

„Du hast Glück", stellte Tony fest.

Willy beugte sich über den Tisch. „Ich stimme zu, das habe ich. Aber woraus schließt du das?"

„Er strahlt eine solche Intensität aus. Die letzte Frau, mit der ich was hatte, die war auch so … sagen wir einfach, das Mädel war verdammt gut. Sie war umwerfend. Sie war für alles zu haben, auch Dinge, an die ich nie gedacht hätte. Oh Mann, das waren sechs tolle Wochen."

„Hast du mit ihr Schluss gemacht?", fragte Willy.

„Nein, ihr Mann ist nach Hause gekommen. Ich wusste nicht, dass sie verheiratet war, aber plötzlich … na ja, du weißt schon. Es ist schlimm, der Toy Boy zu sein." Tony stöhnte für zwei Sekunden und grinste dann breit. „Es hat Spaß gemacht, solange es gedauert hat."

„Du bist schrecklich."

„Hey, ich war der, der benutzt worden ist. Offenbar dachte sie, dass man mit mir eine Menge Spaß haben konnte." Er zuckte mit den Schultern. „Ich kann mich nicht beklagen. Es war schön und jetzt ist es vorbei."

„Hast du auch gelegentlich ernsthafte Verabredungen?", fragte Willy.

„Habe ich. Und es gibt da eine Frau, die ich wirklich mag. Ich habe mich ein paar Mal mit ihr getroffen und mich gut mit ihr unterhalten. Wir haben miteinander geredet, aber ich weiß nicht wirklich, ob sie interessiert ist. Sie ist Model und sehr beschäftigt. Ich würde gerne mehr Zeit mit ihr verbringen und sie besser kennenlernen. Aber ich habe halt einen bestimmten Ruf und ich glaube, sie hat ein wenig Angst, dass ich nur an Sex interessiert bin und nicht an ihr als Mensch … oder so." Tony legte seine Gabel zur Seite. „Ich will einfach nur mit ihr ausgehen."

„Dann frag sie. Lade sie zum Essen ein oder noch besser: Biete ihr an, für sie zu kochen. Ich schwöre dir, so habe ich Reggies Aufmerksamkeit erregt. Ich habe für ihn gekocht und es hat funktioniert."

„Du weißt, dass ich nicht koche", jammerte Tony. „Ich kann sehr gut aufwärmen, aber kochen ... Ich würde Wasser anbrennen lassen." Er verzog das Gesicht und Willy rollte mit den Augen.

„Es geht um Geduld und darum, dass du dir Zeit nimmst. Ich kann dir ein paar einfache Rezepte schicken, wenn du das möchtest. Ich könnte dir sogar eine Anleitung geben." Willy freute sich für seinen Freund. Er aß sein Sandwich auf und knabberte an einem Zwiebelring. Dann reichte er Tony einen, als er sah, dass der die Ringe heißhungrig beäugte. „Wenn du das mit der Verabredung hinbekommst, unterstütze ich dich beim Kochen."

Willy wandte sich zu einem der anderen Tische, als es dort Unruhe gab. Aber sie legte sich wieder und er sah zurück zu Tony. „Beobachten mich die Leute?"

„Vielleicht ein bisschen", sagte Tony. „Aber sie haben sich wieder weitgehend ihrem eigenen Leben zugewandt. Wenn sie sehen, dass du wie jeder andere bist und immer noch so langweilig und uninteressant, wie du immer warst, vergessen sie es schnell wieder." Er grinste und Willy boxte ihn gegen den Arm.

„Das ist ziemlich gemein, selbst wenn es wahr ist. Ich muss der langweiligste Mensch der Welt sein." Warum sollte Reggie noch mal langfristig an ihm interessiert sein? Irgendwann würde er herausfinden, dass an ihm nichts Besonderes war und dann würde es vorbei sein.

„Quatsch, ich mache doch nur Witze. Ich kenne dich schon sehr lange und du bist nicht langweilig, also mach dir keine Sorgen." Tony runzelte die Stirn. „Entspann dich, der Mann vergöttert dich. Jedes Mal, wenn er dich ansieht, ist das offensichtlich." Er lehnte sich über den Tisch. „Ich würde viel dafür geben, jemanden zu haben, der mich so ansieht. Also stell es nicht in Frage. Sei glücklich und genieße es, verliebt zu sein." Er aß den Rest seines Salats, den Zwiebelring und einen weiteren, den er von Willys Teller stibitzte, solange noch welche übrig waren.

„Soll ich dich irgendwohin mitnehmen?"

„Nein, ich kann von hier zu Fuß zu meinem Auto gehen." Tony bezahlte sein Essen und Willy legte seinen Anteil dazu und gab Cindy ein gutes Trinkgeld. Sie verließen das Restaurant. Willy verabschiedete sich von Tony und umarmte ihn. Tony ging in Richtung Stadt, Willy zu seinem Auto.

Er parkte aus, wendete und fuhr auf den Sierra Drive. Er bog links ab, um zu Reggies Haus hinauszufahren. Ein weißer Lieferwagen kam ihm entgegen und Willy erkannte ihn sofort. Er hielt an, drehte um, indem er um den Block fuhr und war wieder auf dem Sierra Drive, diesmal in die

Gegenrichtung. Er zückte sein Telefon und rief Reggie an, landete aber auf der Sprachbox.

„Reggie, ich sehe den weißen Van. Ich folge ihm auf dem Sierra Richtung Norden aus der Stadt. Ruf mich bitte an. Ich werde versuchen, ihm eine Weile zu folgen."

Er legte auf und fuhr langsam. Er wollte nicht zu nahe kommen und landete auf der Schnellstraße, die aus der Stadt führte. Er behielt den Van in den Kurven im Blick und sah ihn schließlich auf einem Hügel, wo er einen Parkplatz ansteuerte. Willy hielt am Straßenrand und rief Reggie noch einmal an. Er kam wieder auf die Sprachbox. Er schickte eine Textnachricht und wartete ein paar Minuten, ehe er auch auf den Parkplatz fuhr. Er parkte neben dem Van und stieg aus, um zur Toilette zu gehen. Diesmal horchte er genau, als er an dem Van vorbeiging. Ein Flüstern drang an sein Ohr, aber er wollte nicht stehenbleiben, falls er beobachtet wurde. Er ging zur Toilette, die menschenleer war. Er wusch sich die Hände und machte sich auf den Rückweg. Das war total bescheuert und Reggie würde ihm die Hölle heiß machen, sobald er zurück war, da war Willy sich sicher. Er wollte direkt zu seinem Wagen zurück. Männer standen bei dem Van und lehnten sich an die Motorhaube. Willy schenkte ihnen bewusst keine Beachtung, als er zu seinem alten Auto ging. Er öffnete die Fahrertür und wollte einsteigen, als jemand ihn von hinten packte und ihn vom Fahrzeug wegzerrte. „Halt still oder ich breche dir das Genick", knurrte der Mann und zog ihn so schwungvoll zurück, dass Willy beinahe hinfiel.

„Was machen wir mit ihm?", fragte ein anderer Mann.

„Öffne die Hintertüren", sagte der Mann, der ihn festhielt.

Ehe Willy reagieren konnte, wurde er in den Wagen gestoßen und schlug mit dem Kopf auf dem Boden des Vans auf. Sein Kopf dröhnte, als die Türen zugeknallt wurden. Dann war es still. Sein Kopf schmerzte und er bemühte sich, nicht bewusstlos zu werden. Willy hatte Angst, die Augen zu öffnen, aber er musste sehen, wo er war.

Drei Paar ängstliche Augen sahen ihn an. Alle waren asiatischer Abstammung. Der Geruch im Inneren war beißend. Terror hautnah. Sie sagten nichts, wichen zurück, sahen einander an und drückten sich gegen die Wände. Willy zog sein Telefon aus der Tasche. Der Bildschirm hatte einen Sprung und als er versuchte, ihn zu entsperren, passierte nichts. Als der Motor gestartet wurde, wusste er, dass er wirklich tief in der Scheiße steckte.

„Bleib wo du bist und mach keine Dummheiten, sonst werfen wir dich irgendwo raus, wo dich außer den Wölfen und den Bären niemand findet."

Das Fenster zur Fahrerkabine wurde geschlossen und der Lieferwagen fuhr los.

12

REGGIE FLUCHTE, als er die Nachricht abhörte, trat aufs Gaspedal und schaltete das Blaulicht an. Er rief zurück, aber niemand antwortete. Er düste durch die Stadt, während er in sein Funkgerät sprach. „Alle verfügbaren Einheiten auf den Sierra Richtung Norden." Er beschrieb Willys Auto und rief dann die Vermittlung an. „Marie, verbinden Sie mich mit Pastor Gabriel."

„Ja, Sir", antwortete sie und ein paar Sekunden später hatte er ihn in der Leitung.

„Pastor, hier ist der Sheriff und das ist ein dienstlicher Anruf. Hat jemand in der Familie Willy in der letzten Stunde gesehen?" Reggie musste sicherstellen, dass er nicht zurück in der Stadt war. Es war weit hergeholt, aber er musste es versuchen.

„Nein. Was ist passiert?" Pastor Gabriel schien ehrlich besorgt.

„Ich bin nicht sicher. Er hat mir eine Nachricht hinterlassen, dass er einem Van folgt, den er zuvor schon einmal beobachtet hatte." Reggie fuhr weiter und telefonierte über die Freisprechanlage des Autos. Seine Anspannung wuchs dabei ins Unermessliche.

„Nähere mich dem Parkplatz", berichtete Jasper, als Reggie ihn anfunkte.

„Bleiben Sie dran." Reggie schaltete auf Funk um. „Überprüfen Sie den Rastplatz. Melden Sie alles, was Sie dort vorfinden." Sein Magen verkrampfte sich und er schaltete wieder auf Telefon um, während er so schnell Richtung Norden raste, wie er sich und dem Wagen zutraute.

„Ich tue mein Bestes. Ich mache einige Anrufe, um sicherzustellen, dass er nicht bei Freunden ist." Reggie diktierte seine direkte Nummer. „Rufen Sie mich an, wenn Sie irgendwas herausfinden. Ich bin bereits auf der Suche nach ihm."

Pastor Gabriel stimmte zu und Reggie legte auf und schaltete wieder auf Funk.

„Willys Auto ist auf dem Parkplatz. Es ist leer und der Parkplatz verlassen. Niemand zu sehen."

„Scheiße. Willy sagte, er würde einem weißen Van Richtung Norden folgen. Wir müssen ihn finden. An mir ist er nicht vorbeigekommen. Fahren Sie über einen anderen Weg von hinten zur Landkreisgrenze und wir errichten dort eine Straßensperre. Ich nähere mich jetzt dem Parkplatz und fahre auf der Schnellstraße weiter."

„Ich bin dran, Sheriff", bestätigte Jasper.

Reggie raste vorbei, als Jasper gerade aus dem Parkplatz bog. Jede Sekunde zählte und Reggie betete, dass sie nicht zu viel Vorsprung hatten. Er fuhr so schnell er konnte, das Blaulicht zuckte, die Sirene heulte und der Wagen rüttelte, als er über Unebenheiten rumpelte und die Reifen fast abhoben, weil er so rasant in die Kurven ging. Er wagte nicht Tempo wegzunehmen. Er hatte Willy gerade erst gefunden und er durfte ihn auf keinen Fall verlieren. Reggie würde sie bis zur Landesgrenze verfolgen und auch darüber hinaus, wenn es sein musste.

Einige Kilometer vor ihm blitzte in einer Kurve etwas Weißes auf. „Jasper, wo sind Sie?"

„Auf der Landstraße. Ich fahre so schnell ich kann. Ich bin etwa zehn Kilometer von der Landkreisgrenze entfernt."

„Ich habe Sichtkontakt. Das verdächtige Fahrzeug fährt Richtung Norden, ich verfolge es", rief Reggie und konzentrierte sich auf das Fahren. Alles was Reggie tun musste, war dranbleiben. Sie würden ihm nicht entkommen.

„Wir fangen sie ab", antwortete Jasper.

Der Van bremste ab, wendete auf zwei Reifen und kippte dabei beinahe um. Reggie schleuderte und die Hinterreifen rutschten, ehe er wieder Bodenhaftung hatte und ihnen nachjagte. Er gab per Funk seine neue Position durch, trat aufs Gaspedal und hielt Kontakt, als er die Verfolgung fortsetzte.

Die Aktionen des Fahrers wurden unberechenbarer. Reggie konnte ihre Anspannung beinahe fühlen und das machte ihm noch mehr Angst. Wenn der Fahrer um jeden Preis entkommen wollte, würde er leichter einen Fehler machen, der allen Insassen das Leben kosten konnte.

„Ich bin auf der River Road und fahre Ihnen entgegen", meldete Sam.

„Ausgezeichnet. Wir werden die Kreuzung in etwa eineinhalb Minuten erreichen. Fahren Sie dorthin!"

Reggie umklammerte das Lenkrad so fest er konnte und wurde ein wenig langsamer. Falls Willy in dem Van war, hoffte er, dass er in Sicherheit war und sie ihn rechtzeitig erreichten. Er hoffte aber auch, dass es die

Situation entschärfen würde, indem er dem Van etwas mehr Raum gab, sodass der Fahrer dann vorsichtiger wäre. Es war nicht sehr wahrscheinlich, aber er musste versuchen, alle Insassen des Vans so wenig wie möglich zu gefährden.

„Geschätzte Ankunftszeit sechzig Sekunden", sagte Sam und Reggie hielt die Luft an, als der Van in einer Kurve beinahe kippte.

Sein Telefon klingelte und er meldete sich. „Hier ist der Sheriff", sagte er und sein Herz schlug schneller und schneller, während seine Reflexe präziser wurden.

„Pastor Gabriel hier. Niemand hat Willy gesehen." Er klang verstört. „Ich habe jeden angerufen, der mir in den Sinn gekommen ist. Er war mit seinem Freund Tony essen. Er scheint der letzte zu sein, der ihn gesehen hat." Er seufzte.

„Wir haben sein verlassenes Auto auf einem Parkplatz sichergestellt. Wir verfolgen ein Fahrzeug. Ich rufe an, sobald ich etwas weiß. Danke fürs Nachforschen. Ich werde alles tun, was in meiner Macht steht, um ihn zurückzubringen." Reggie war nicht einmal sicher, ob sich Willy in dem Lieferwagen befand. Aber es war die einzige Spur, die er hatte und er würde sie mit allen Mitteln verfolgen.

„Was kann ich tun?", fragte Pastor Gabriel. „Er ist mein Sohn und …"

Reggie zögerte, als der Van bei einem Schlagloch ins Schleudern kam und vermied die Stelle, so gut er konnte. „Beten Sie bitte. Ich denke, das haben wir alle nötig. Ich rufe Sie an, sobald ich mehr weiß. Danke für Ihre Hilfe." Er beendete das Gespräch und beschleunigte, auf die Gefahr, seine eigene Sicherheit zu gefährden. Wenn er den Van verlor, hatten Willy und wer immer noch da drin sein mochte, geringe Überlebenschancen.

Als sie sich der Kreuzung näherten, wurde er wieder langsamer. Sams Streifenwagen stand quer. Der Van konnte nirgendwo hin. Reggie bremste ab und Sekunden später kam Jasper hinter ihm zum Stehen. Offenbar hatte der Anfänger gut aufgepasst und schnell gelernt. Reggie schaltete den Lautsprecher an. „Steigen Sie aus und legen Sie sich flach auf den Boden."

Die Beifahrertür öffnete sich und ein Mann kam heraus. Er drehte sich zu Reggie und schoss auf sein Auto. Der Schuss hallte von den Bergen wider. Die Windschutzscheibe bekam Risse, blieb aber bis auf ein Loch ganz. Die Kugel steckte in Reggies Sitz. Er duckte sich und zog seine Waffe. Hinter ihm wurde das Feuer erwidert. Dann wurde es still.

„Sind Sie in Ordnung, Sheriff? Ein Verdächtiger getroffen", sagte Jasper.

Reggie zielte, als die Fahrertür geöffnet wurde und ein Mann ausstieg. „Werfen Sie die Waffe weg und legen Sie sich flach auf den Boden. Sie haben zwei Sekunden", schrie Reggie.

Der Mann ließ seine Waffe fallen, ging zu Boden und hob die Arme über den Kopf. „Ich gebe auf", sagte er erstickt. „Nicht schießen."

„Geben Sie mir Deckung", rief Reggie Jasper zu, als er hinlief, die Waffe wegkickte, die Fahrerkabine überprüfte, dem Mann Handschellen anlegte und ihn vorerst dort liegen ließ. „Was ist mit dem anderen?", fragte Reggie Jasper.

„Sam hat ihn", rief Jasper, während er den Mann am Boden sicherte.

„Stellen Sie die Waffe sicher und bringen Sie sie zur Spurensicherung." Er würde den Mann erst aufstehen lassen, wenn das erledigt war.

Jasper tütete die Waffe ein und sicherte sie. Erst dann stand Reggie auf und trat zurück.

„Schafft ihn ins Auto und ruft einen Krankenwagen für den anderen Kerl." Reggie ging aus dem Weg, als Jasper den Verdächtigen abführte und lief zur Rückseite des Vans. Er hatte seine Waffe im Anschlag, als er die Türen öffnete.

Der Gestank war das erste, was er wahrnahm. Er drehte sich weg, um Luft zu holen, als der beißende Geruch ungewaschener Körper und mangelnder Basishygiene ihn überrollte. Vier Paar Augen sahen ihn an, drei in Panik und eines, von dem Reggie so erleichtert war, es zu sehen, dass seine Knie weich wurden. „Jasper", rief er laut, als er begann, den Leuten aus dem verdreckten Van zu helfen. Die Frauen schienen kein Englisch zu sprechen und Reggie half ihnen vorsichtig heraus, bevor er Willy in seine Arme zog. „Bist du verletzt?" Verdammt, er wollte ihn an Ort und Stelle ausziehen, ihn untersuchen und dafür sorgen, dass diese Arschlöcher für jeden Kratzer und jede Schramme bezahlten.

„Nein. Ich bin okay. Ich wurde nur herumgeschleudert. Aber bitte hilf den anderen. Ich glaube, sie hatten schon eine Weile kein Wasser und nichts zu essen mehr."

Er war ein unglaublicher Mann. Gott weiß, was er durchgemacht hatte, aber er sorgte sich um die anderen.

„Ich habe Wasser im Kofferraum." Willy eilte hin, schnappte sich drei Flaschen und reichte sie den Frauen. Er fand auch Reggies Snackvorräte und verteilte sie. Die Frauen waren wirklich hungrig, denn sie stürzten sich auf das Wasser und stopften sich das Essen gierig in den Mund. Reggie wollte ihnen sagen, dass sie nicht zu schnell essen sollten, aber er hatte keine Worte.

„Was machen wir jetzt?", fragte Willy sanft.

Sam kam zu ihnen. „Ich hoffe, das ist okay, aber ich habe die Staatspolizei eingeschaltet. Sie sind auf dem Weg. Ich habe die Situation erklärt und sie schicken einen Dolmetscher für asiatische Sprachen mit. Hoffentlich kann der ihnen helfen."

Die Frauen hatten aufgegessen, saßen am Straßenrand und sprachen leise miteinander. Reggie verstand kein Wort, aber nach ihrem Tonfall war ihm klar, wie besorgt sie waren.

Eine Sirene drang an ihre Ohren, wurde lauter und ein Rettungswagen kam zu ihnen. Sie kümmerten sich um den verletzten Gefangenen, banden ihn auf eine Trage und fuhren ab. Ein zweiter Krankenwagen kam und die Sanitäter untersuchten die drei Frauen. Sie erklärten, dass sie unterernährt, ansonsten aber gesund zu sein schienen. Sam blieb bei den Frauen, während Reggie ein Hotelzimmer für sie arrangierte. Das mindeste, was er tun konnte, war ihnen zu helfen, sich zu waschen und eine Nacht zu schlafen.

Sam ging besonders fürsorglich mit ihnen um und sie schienen auf ihn anzusprechen, also dachte Reggie, dass er die richtige Entscheidung getroffen hatte. Als alle Verdächtigen und Opfer versorgt waren, wandte er sich endlich Willy zu. „Was hast du dir nur dabei gedacht, sie zu verfolgen? Du hast mich zehn Jahre meines Lebens gekostet." Er zog Willy in eine innige Umarmung. „Tu mir das nie wieder an. Ich glaube, mein Herz würde es nicht aushalten." Er klammerte sich an Willy fest, als die Erkenntnis, wie nahe er dran gewesen war ihn zu verlieren, wie eine Bombe einschlug.

„Ich habe angerufen, aber du bist nicht rangegangen. Ich wollte nur sehen, wo sie hinfahren, damit du übernehmen kannst. Als ich den Parkplatz verlassen wollte, haben sie mich geschnappt. Ich denke, sie wollten nach Norden fahren. Die Frauen sprechen nicht Englisch, aber eine hat ein paar Worte gesagt. Eines davon war ‚Kanada‘." Er hielt inne. „Das nächste Mal nimm meine Anrufe an, okay?" Willy klopfte ihm auf die Schulter. „Ich habe nur versucht, zu helfen."

„Ich sehe schon, dass deine Hilfe mich noch mal ins Grab bringt", seufzte Reggie. Er stand eine Weile ganz still, ließ Willy dann los und deutete auf seinen Wagen. Sie stiegen ein, fuhren zurück zur Stadt und er drückte Willy sein Telefon in die Hand.

„Du musst deine Familie anrufen und ihnen sagen, dass du okay bist."

Willy stöhnte. „Du hast sie angerufen?"

„Dein Vater hat bei jedem, der ihm eingefallen ist, nachgefragt, ob du nicht vielleicht doch noch in der Stadt bist. Er hat uns eine Menge unnütze Recherche erspart und uns ermöglicht, viel rascher zu ihnen aufzuholen." Willy starrte auf das Telefon und tippte dann die Nummer ein. Er sah zu Reggie, aber im Moment war daran nichts zu ändern.

„Vater", sagte Willy. „Ja, es geht mir gut. Reggie hat sie eingeholt und mich gerettet." Seine Stimme versagte. „Es geht mir wirklich gut. Es waren Menschenhändler. Sie haben den Parkplatz als Zwischenstation benutzt. Ich glaube, sie nehmen dort manchmal Leute auf oder setzen sie ab. Ich habe die Fahrer reden gehört." Tränen liefen über Willys Wangen und Reggie war kurz davor anzuhalten und ihn zu trösten. „Sie wollten mich umbringen. Ich weiß das. Sie mussten mich von der Stadt wegbringen. Ich konnte sie reden hören. Sie hatten vor, ein paar Stunden weiterzufahren, mich umzubringen und mich irgendwo im Wald abzulegen. Ich wäre nie gefunden worden und es wäre vorbei gewesen. Aber Reggie hat mich gerettet." Willy brach zusammen. „Ich bin okay, Dad, wirklich", sagte er unter Tränen. „Ich hatte schreckliche Angst, aber ich wusste, dass Reggie mich befreien würde. Er ist der Beste und er sagt, dass er mich immer beschützen wird." Willy wischte sich über die Augen und Reggie griff nach seiner Hand.

Reggie wollte ihn trösten, aber er musste auch zurück aufs Revier. Er hatte eine Menge Arbeit vor sich und wer wusste, welche Überraschungen sie erwarteten. Er hatte so ein Gefühl, dass diese Festnahmen erst der Anfang des Falls waren.

„Ja, Dad, wirklich. Es sind viele Informationen auf einmal, aber ich habe den Van gesehen, Reggie angerufen und den Wagen verfolgt. Ich hatte ihn davor schon gesehen und na ja …" Er räusperte sich. „Reggie ist ein guter Mensch. Er ist ein bisschen so, wie du warst, bevor Isaac gestorben ist … Ich weiß, Dad. Aber du musst es versuchen. Ich vermisse ihn auch." Willy ließ Reggies Hand los und wischte sich die Tränen ab. „Ist das wirklich so wichtig? Reggie ist ein Mann und ich liebe ihn. Wie viele Texte gibt es über Nächstenliebe? Abgesehen von ‚richte nicht …'. Dad, du hast eine Menge über andere geurteilt. Versuch zur Abwechslung mal froh zu sein. Ich versuche nämlich glücklich zu sein." Er schluckte, senkte das Telefon und beendete das Gespräch.

„Ist alles in Ordnung?" Reggie war sehr besorgt, aber das Gespräch hatte positiv geklungen und Willy hatte seinen Vater tatsächlich Dad genannt, was Reggie von ihm noch nicht oft gehört hatte.

„Ich glaube schon. Er ist sich seiner Sache so sicher wie eh und je. Besser als so wird es vielleicht auch nicht." Willy gab Reggies Telefon zurück, sah aus dem Fenster und fuhr sich wieder über die Augen. „Danke, dass du mich gerettet hast."

Reggie wurde langsamer, als er den Stadtrand erreichte und hielt vor der Station. „Ich werde tun, was immer nötig ist, um zu garantieren, dass du sicher und glücklich bist. Punkt. Wenn das bedeutet, irgendein Arschloch bis an die Tore der Hölle zu verfolgen, werde ich es tun." Er parkte und stieg aus. „Ich muss deine Aussage aufnehmen und ich muss dich wie einen Zeugen behandeln. Ich werde Jasper beauftragen mit dir zu arbeiten, denn ich kann es nicht tun. Ich muss eine gewisse professionelle Distanz wahren."

„Das verstehe ich", gab Willy zu und folgte ihm nach drinnen.

In der Station war die Hölle los.

Marie und die Hilfssheriffs schrien. Jasper und Shawn standen sich gegenüber und sahen aus, als würden sie sich jeden Moment prügeln. Sam versuchte sie zu trennen, aber das schien nicht zu funktionieren. Marie drückte sich in eine Ecke und schien nach einem Fluchtweg zu suchen.

„Was ist hier los?", schrie Reggie so laut er konnte und nützte die ganze Kraft seiner Stimme. Alle hielten inne.

„Einer unserer Verdächtigen hat Shawn erkannt", sagte Jasper, ohne sich wegzudrehen. „Er muss seine Dienstwaffe aushändigen und sich ergeben. Jetzt."

„In Ordnung. Jasper, halten Sie sich zurück." Reggie wandte sich an Sam. „Haben Sie etwas gehört?"

Sam nickte. „Der Verdächtige, der nicht angeschossen wurde, hat versucht, auf Shawn loszugehen. Er hat tatsächlich gefragt, wo er war und warum er sie nicht gewarnt hat. Er hat Shawn wild beschimpft."

Reggie hatte bereits die Hand auf seiner Waffe. „Das reicht. Shawn, kommen Sie in mein Büro. Sofort." Er sah Shawn auf die Finger, als er ihm folgte. „Sam, kümmern Sie sich um den Verdächtigen und kontaktieren Sie die Rettungskräfte. Stellen Sie sicher, dass unser verwundeter Verdächtiger im Krankenhaus bewacht wird. Jasper, Sie befragen Zeugen und nehmen Aussagen auf. Lassen Sie mich wissen, wenn die Kollegen von der Staatspolizei eintreffen."

Er schloss die Tür und behielt Shawn im Blick.

„Sie sagen mir doch nicht, dass Sie einem Kriminellen glauben werden?", sagte Shawn indigniert.

„Im Augenblick muss ich vorsichtig sein. Sie werden Ihre Dienstwaffe und Ihre Marke abgeben und Sie sind ab sofort suspendiert." Reggie empfand keine Befriedigung dabei. Er hatte Shawn nie vertraut und vermutet, er könnte in irgendwas verwickelt sein, aber Menschenhandel? Aus der Verzweiflung und dem Leid anderer Geld zu machen? Wenn das stimmte, würde er ihm den Hals umdrehen.

„Das kann nicht Ihr Ernst sein." Shawn stand breitbeinig da und versuchte einschüchternd zu wirken. Das zog bei Reggie nicht. „Sie haben mich seit dem Tag Ihrer Ankunft gehasst und hatten es auf mich abgesehen. Und jetzt sagt irgendein Abschaum irgendwas und Sie nehmen es als Vorwand, um mich zu feuern?" Er legte seine Waffe auf den Schreibtisch. Reggie nahm sie, sperrte sie weg und fühlte sich gleich besser.

„Tatsächlich waren Sie es, der mich gehasst hat. Sie mochten es, wie die Dinge vorher waren. Sie haben unter dem alten Sheriff Ihr Ding abgezogen und hatten praktisch die Kontrolle über die Stadt und konnten Ihren kleinen Geschäften nachgehen. Ich habe einen Zeugen, der Ihr Privatauto am Parkplatz gesehen hat. Ich nehme an, es war ein Treffen mit Ihren Geschäftspartnern. Ich hatte damals keinerlei Beweise, aber wir haben Sie beobachtet." Reggie stand auf. „Ich werde dieser Sache relativ rasch auf den Grund gehen. Wenn Sie involviert sind, dann helfen Sie mir oder ich brate Sie am Spieß." Er öffnete die Tür. „Sie haben den Befehl, an Ihrem Schreibtisch zu bleiben und das Gebäude nicht zu verlassen. Wenn Sie es doch tun, stelle ich einen Haftbefehl aus und nehme Sie schneller fest, als Sie sich umsehen können." Er starrte Shawn an und sah zu, wie er das Büro verließ, sich an seinen Schreibtisch setzte und die Arme über der Brust verschränkte.

Reggie stoppte bei der Vermittlung und bat Marie, ein Auge auf Shawn zu haben. „Wenn er versucht abzuhauen, rufen Sie mich an und lassen Sie ihn verhaften."

„Wirklich?", fragte sie mit einem breiten Grinsen.

„Sie können darauf wetten." Reggie erwiderte ihr Lächeln und sah sich in der Station um. Jasper und Willy saßen an einem Tisch und unterhielten sich leise. Er machte sich auf die Suche nach Sam und fand ihn im Verhörraum. Er ging und beobachtete die Szene durch den Einwegspiegel. Der Verdächtige schwitzte, zog an seinem Kragen und fuhr sich mit den Händen durch das schüttere braune Haar. Er schien zu reden und Reggie wollte nicht unterbrechen. Er wartete deshalb bis Sam aufstand, den Raum verließ und zu ihm kam.

„Oh Mann", sagte Sam leise. „Ich habe ihn ziemlich unter Druck gesetzt und er ist eingeknickt und hat gesungen. Der Typ ist nicht allzu helle und ich glaube nicht, dass er viel darüber weiß, wie die Dinge funktioniert haben. Aber er hatte den Auftrag, am Parkplatz zu halten und die Frauen zur Toilette gehen zu lassen. Er sagt, das hätte er getan, Menschenfreund, der er ist. Dann hatte er die Anweisung zu warten, denn jemand sollte zwei weitere Mädchen bringen. Mit denen sollte er dann nach Norden fahren bis Seattle, wo Jobs auf die Mädchen warteten." Er stöhnte und Reggie wusste genau, welche Art von Arbeit sie vorgefunden hätten. Die Frauen hatten wahrscheinlich keine Ahnung und dachten, sie würden in einer Fabrik oder vielleicht als Hausmädchen arbeiten. Aber unter all dem Schmutz und der schrecklichen Kleidung waren sie hübsch … also wären sie wesentlich wahrscheinlicher zur Prostitution gezwungen worden.

„Hat er gesagt, wen er treffen sollte?", fragte Reggie und beobachtete, wie der Verdächtige herumzappelte. Er hatte nicht erwartet, dass Sam so viele Informationen aus ihm herausbekommen würde. Er schien verborgene Fähigkeiten zu haben, was toll war.

„Nein, er hatte keinen Namen, nur dass er ihn an einem Codewort erkennen würde: ‚Distel'. Er wusste aber, dass er einen Hilfssheriff anrufen sollte, der Bescheid wusste, wenn er in Schwierigkeiten geraten sollte. Er hat Shawn hier eindeutig erkannt und ich habe ausdrücklich nach ihm gefragt. Er sagt, er hätte ihn bei mehreren Gelegenheiten gesehen. Er kannte zwar seinen Namen nicht, hat aber sowohl ihn als auch sein Auto identifiziert." Sam zeigte Reggie seine Notizen.

„Also selbst wenn wir Shawn drankriegen, ist da noch jemand anderer?" Reggie stöhnte. „Und ich glaube, ich weiß auch, wer es ist. Und wenn das stimmt, dann wird das eine sehr hässliche Sache." Daran bestand wenig Zweifel. „Reden Sie weiter mit ihm. Versuchen Sie so viel wie möglich über diesen anderen Mann und Details über die Treffen mit Shawn herauszubekommen. Ich will ihn festnageln und sehen, ob unser geschätzter Kollege sich gegen seine Gefolgsleute stellt."

„Wird gemacht", sagte Sam.

„Rufen Sie mich, wenn Sie nicht weiterkommen", sagte Reggie und ließ Sam wieder an die Arbeit gehen. Er kehrte zur Station zurück, setzte sich Shawn gegenüber und fixierte ihn, ohne mit einer Wimper zu zucken.

„Was?", knurrte Shawn.

„Es sieht aus, als ob sich unter Ihnen ein Abgrund auftut." Reggie grinste. „Ich habe hier einen Verdächtigen, der fröhlich singt und fahre gleich ins Krankenhaus, um mit dem anderen zu reden. Ich vermute, dass der lauter und länger singen wird, um seinen erbärmlichen Hintern zu retten." Er saß still und genoss es, zu sehen, wie Shawn sich auf die Lippe biss. Dann stand er auf und sah nach Jasper, der mit Willy fertig war.

„Ich werde den Bericht jetzt tippen und lasse ihn dann von Willy unterschreiben."

„Gut. Lassen Sie mich wissen, wenn Sie fertig sind. Dann bringe ich Willy am Weg zum Krankenhaus zu seinem Auto." Reggie war inzwischen ziemlich sicher, dass ihm ein Mann fehlte und er überlegte, wer Shawn ersetzen könnte. Er zwang sich, seine Aufmerksamkeit wieder auf die Gegenwart zu richten und auf die Aufgaben, die noch zu erledigen waren. Zum Glück traf die Staatspolizei mit dem Dolmetscher ein. Er brachte ihn zu den drei Frauen und bat den leitenden Beamten in sein Büro.

„Jack Penner", sagte Jack und schüttelte Reggie die Hand, nachdem er sich auch vorgestellt hatte.

„Danke, dass Sie gekommen sind", sagte Reggie und setzte sich an seinen Schreibtisch.

„Sie haben einen Menschenhändler-Ring gesprengt. Gute Arbeit. Wir waren schon eine Weile hinter diesen Typen her." Jack schien sehr zufrieden.

„Es gibt hier eine Komplikation. Einer meiner Hilfssheriffs ist involviert. Ich habe genug Beweise, um ihn festzunehmen, aber mein Zeuge ist einer der Fahrer. Für eine solide Anklage brauche ich mehr. Ich fahre jetzt zum Krankenhaus, um mit unserem anderen Verdächtigen zu reden, und dann klettern wir die Leiter hoch."

Jack grinste. „Sie wissen, wer es ist."

„Ja, aber ich möchte ihn noch eine Weile schmoren lassen und sehen, wie viel Fortschritt wir machen. Shawn wird immer ängstlicher, je länger es dauert. Ich habe ihm sein Handy abgenommen und das Telefon auf seinem Schreibtisch abgeschaltet. Er kann also nichts tun, als dort zu sitzen und sich Sorgen zu machen. Das ist schön. Ich möchte, dass er sieht, wie seine Welt Stück für Stück zusammenbricht."

Jack kicherte. „Das ist teuflisch brillant. Ich werde einen meiner Männer zu ihm setzen und den Druck ein wenig erhöhen. Wenn wir dann bereit sind, mit ihm zu reden, wird er alles ausspucken, nur um seine Haut zu retten."

„Ich muss ihn dazu bringen, uns seinen Boss auf einem Silbertablett zu servieren. Er schwitzt bereits Blut. Wir werden sehen, was unsere Damen zu sagen haben und dann müssen wir tun, was immer wir können, um ihnen zu helfen."

„Ich bin schon dran. Gehen Sie und reden Sie mit Ihrem Verdächtigen. Wir sehen zu, dass wir hier alles im Griff haben."

„Ich weiß Ihre Hilfe zu schätzen. Schließlich habe ich aus bekannten Gründen einen Hilfssheriff zu wenig." Reggie rief Sam ins Büro und machte die beiden miteinander bekannt. „Arbeiten Sie mit Jack zusammen und versorgen Sie ihn mit allem, was er braucht. Ich bringe jetzt Willy zu seinem Auto und fahre dann ins Krankenhaus." Reggie stand auf. „Rufen Sie mich an, wenn Sie etwas brauchen."

Vor ihm lag eine lange Nacht und er musste loslegen.

DAS HAUS war schwach beleuchtet, als Reggie endlich nach Hause kam. Das Licht des Fernsehers zuckte hinter dem Fenster, also war Willy da. Er stellte das Auto in der Garage ab, ging hinein und fand Willy schlafend auf dem Sofa vor.

„Hey Süßer. Du hättest ins Bett gehen sollen." Reggie schaltete den Fernseher aus und legte die Arme um Willy. Willy rollte sich zusammen und bewegte sich kaum, als Reggie ihn ins Bett trug.

„Tut mir leid, ich habe versucht, wach zu bleiben", murmelte Willy. „Ist alles in Ordnung?"

„Ja. Shawn ist in einer Zelle und ich rede morgen mit ihm. Beide Verdächtige haben ausgesagt, dass er an dem Ring beteiligt war. Er kann die Nacht ruhig im Knast verbringen. Ich bin zu müde, um mich mit ihm auseinanderzusetzen." Reggie setzte Willy auf das Bett und schlug die Decke zurück. Willy streifte seine Shorts und sein T-Shirt ab und kuschelte sich unter die Decke.

„Was ist mit den Frauen?"

„Sie sind in einem Hotel und wir haben sichergestellt, dass sie genug zu essen und zu trinken haben. Die Staatspolizei arbeitet daran, sie zurück zu ihren Familien zu bringen. Sehr wahrscheinlich werden sie abgeschoben. Sie wurden illegal über die Grenze gebracht und offenbar mit dem Versprechen eines besseren Lebens und eines Jobs angelockt. Die Staatspolizei wird dafür sorgen, dass ihnen nichts geschieht." Reggie gähnte. „Der Rest wird bis morgen warten." Er machte das Licht aus, ging ins Bad, um sich zu waschen und sich die Zähne zu putzen. Dann legte er sich zu Willy.

Der war zum Glück bereits eingeschlafen. Reggie hatte sich Sorgen gemacht, dass er unter Schock stehen würde, aber er schien den Vorfall ganz gut weggesteckt zu haben. Die Ereignisse würden ihn aber garantiert einholen. Er rollte sich neben Willy ein und schickte ein stilles Dankgebet zum Himmel, dass er ihn heil zurückbekommen hatte. Das war das Wichtigste für ihn. Willy war in Sicherheit und Reggie hatte die Schwachstelle in seinem Revier gefunden. Mit dem Rest konnte er sich nach und nach beschäftigen.

„Reggie?", fragte Willy und drehte sich um. „Bist du sicher, dass alles in Ordnung kommt?"

Reggie hielt ihn fest. „Ich hoffe es wirklich. Jack hilft mit, die Organisation bis zu den Wurzeln auszuheben und sobald ich Beweise gegen die Köpfe habe, nehmen wir uns die auch vor. Es wird nicht lange dauern, bis wir in der Lage sein werden, der Spur zu den richtigen Leuten zu folgen." Reggie küsste ihn sanft. „Versuche zu schlafen und es hinter dir zu lassen. Ich bin hier und du bist sicher."

WILLY SCHRECKTE hoch und weckte Reggie aus dem Tiefschlaf.

„Es ist gut."

„Da ist jemand." Willy schlug die Decke zurück, stand auf und zog seinen dünnen Bademantel über.

Ein zaghaftes Klopfen ertönte und Reggie drehte sich stöhnend um. Er ging davon aus, dass jemand, der um diese Zeit vor seiner Tür stand, ihn sprechen wollte. Er stand auf, schlüpfte in seine Hose und eilte mit Willy auf den Fersen durch das Haus zur Vordertür.

Reggie öffnete sie und war überrascht, Pastor Gabriel auf seiner Veranda vorzufinden. Er sah zu Willy und dann wieder zum Pastor, bereit in den Beschützermodus zu wechseln, falls nötig. „Kann ich Ihnen helfen?"

„Entschuldigen Sie die Tageszeit, aber ich habe die ganze Nacht nicht geschlafen und ich muss meinen Sohn sehen."

In seiner Stimme war nichts Drängendes und nicht der kleinste Anflug von Härte. Reggie meinte elterliche Sorge herauszuhören. Er trat zur Seite und ließ ihn herein. Er drehte sich zu Willy und legte einen Arm um ihn, in dem Versuch, die Bedenken zu zerstreuen, die sich in seinen Augen spiegelten.

„Du hast deine Mutter und mich zu Tode erschreckt. Geht es dir gut? Bist du verletzt worden?"

Willy schüttelte langsam den Kopf und blieb, wo er war. „Es geht mir gut, Dad. Ich wurde in dem Van etwas herumgeschleudert, aber Reggie hat mich schnell gefunden. Sie hatten keine wirkliche Chance, mich zu verletzen." Er kam näher, blieb aber hinter Reggie und hielt sich an seinem Arm fest. „Es tut mir leid, dass ihr euch Sorgen gemacht habt, aber es ist alles in Ordnung, wie ich dir schon gestern gesagt habe."

Reggie verharrte zwischen den beiden, als der Pastor einen Schritt auf sie zu machte.

„Ich weiß, viele Dinge waren … schwierig zwischen uns. Aber ich möchte das ändern. Ich möchte etwas Besseres." Er verschränkte die Hände. „Ich weiß nicht, was ich tun soll. Meine Überzeugungen sagen mir die eine Sache, aber mein Sohn … Es ist sehr schwierig." Er seufzte und schwieg.

„Du warst dir deiner Sache immer so sicher. So überzeugt, dass das, was du glaubst, die Wahrheit ist. Aber Dad, das stimmt nicht. Deine Überzeugungen sind genau das – eine Meinung, nicht mehr. Ja, du hast starke Überzeugungen, aber die habe ich auch. Und ich werde mich deinen nicht länger fügen. Ich muss mein eigenes Leben führen. Reggie hat dazu beigetragen, mir das zu zeigen." Willy umklammerte seinen Arm fester. „Vielleicht können wir uns annähern und miteinander auskommen. Aber das setzt voraus, dass du mich als den Mann akzeptierst, der ich bin."

Reggie konnte die Stärke fühlen, die sich in Willy aufbaute. Sie war immer dagewesen, aber jetzt kam sie an die Oberfläche und blieb dort.

„Pastor, ich liebe Ihren Sohn." Reggie drehte sich zu Willy und lächelte. „Das ist keine vorübergehende Verliebtheit. Er ist stark, klug, sanft, ein unglaublicher Mensch."

„Reggie", sagte Willy und errötete bezaubernd. Aber diese offene Bekundung der Zuneigung machte Pastor Gabriel nur noch nervöser und er trat von einem Fuß auf den anderen.

„Ich hatte gehofft, dass ich dich überzeugen kann, nach Hause zu kommen und wieder Teil der Familie zu werden. Dass du …"

„Die Dinge wieder so mache, wie du es willst und ich wieder unter deiner Kontrolle bin?" Willy schüttelte den Kopf. „Ich gehe nicht zurück in dieses Haus voller Trauer und Schmerz. Und ich werde nicht mehr unter deinem Einfluss leben. Das ist mein Leben und ich werde meinen eigenen Weg finden." Willy trat vor und stand seinem Vater nun gegenüber.

„Wirst du hier leben?", fragte Pastor Gabriel.

„Ich weiß es noch nicht. Ich habe einen Job und ich sehe mir Wohnungen an. Ich habe vielleicht noch nicht mein ganzes Leben durchgeplant, aber ich bin selbstständig und lebe mein Leben und so wird es auch bleiben. Die Leute in der Stadt werden vielleicht über mich reden und mich komisch anschauen, aber das ist mir egal. Sie werden darüber hinwegkommen, sobald etwas anderes passiert, worüber sie reden können. Die Frage ist, willst du Teil meines Lebens sein oder nicht?" Er stemmte die Hände in die Hüften und Reggie wünschte, er hätte Willys Augen in diesem Augenblick sehen können. Er konnte sich nur ausmalen, wie stahlhart sie sein mussten. „Ich glaube nicht dieselben Dinge wie du. Kannst du damit leben?"

Reggie berührte Willys Schulter, nur um ihn daran zu erinnern, dass er für ihn da war. Es musste eines der härtesten, schwierigsten Dinge sein, die jemand tun konnte, einem Elternteil zu widersprechen und sich von ihm loszusagen.

„Ich schätze, ich werde es lernen müssen", sagte Pastor Gabriel. „Du bist immer noch mein Sohn und ich liebe dich." Seine Unterlippe zitterte. „Ich weiß nicht, ob es mir gelingt, einige der Entscheidungen zu verstehen, die du getroffen hast oder …"

„Dad, schwul zu sein ist keine Entscheidung. Es ist, was ich bin. Du und Mom habt nichts getan, das mich dazu gemacht hat. Ich bin einfach so geboren." Willy ging rückwärts, bis er Reggie berührte. „Ich könnte leugnen, wer ich bin. Aber das würde nur zu einem unglücklichen Leben führen." Er griff nach der Hand seines Vaters. „Du hast immer gesagt, dass Gott keine Fehler macht, Menschen machen Fehler. Dann bin ich, wer ich bin und das ist kein Fehler. Wenn du eine Beziehung mit mir willst, dann musst du das akzeptieren." Willy ließ seine Hand los.

Pastor Gabriel stand bewegungslos da und blinzelte. Reggie hatte diesen bis ins Mark erschütterten Ausdruck schon öfter gesehen. Ein Teil des Fundaments, auf dem er sein Leben aufgebaut hatte, war zu Sand geworden und er wusste nicht, wie er damit umgehen sollte. „Ich …"

„Ein Freund hat mir vor ein paar Tagen einen guten Rat gegeben. Denk darüber nach, was du wirklich willst, Dad. Sind deine Überzeugungen so wichtig für dich und das, was du bist, dass sie es wert sind, deinen Sohn zu verlieren?" Willy wartete ein paar Sekunden, aber Pastor Gabriel ließ sich nicht anmerken, was er fühlte. Dann drehte Willy sich um und ging zurück durch den Flur Richtung Schlafzimmer und das Klicken einer sich schließenden Tür klang durch das Haus.

Pastor Gabriel nickte und drehte sich um. „Es tut mir leid, dass ich Sie so früh gestört habe." Er verließ das Haus, Reggie schloss die Tür und kehrte ins Schlafzimmer zurück.

„Süßer", sagte Reggie, als er das Zimmer betrat. Willy saß auf der Bettkante und hob den Kopf. „Es tut mir so leid", sagte Reggie leise.

Willy schüttelte den Kopf und wischte sich über die Augen. „Nein, da gibt es nichts, was dir leidtun müsste. Mein Vater … Dad … ist, wie er ist und ich kann das nicht ändern. Das kann nur er und er kann mit Veränderungen gar nicht gut umgehen. Also …" Er zuckte mit den Schultern. „Zumindest konnten wir miteinander reden und mehr habe ich mir auch nicht erhofft." Er griff nach der Tür. „Ich sollte mich anziehen. Vielleicht kann ich eine Wohnung finden."

Der Gedanke, dass Willy weggehen könnte, versetzte Reggie einen schmerzhaften Stich. „Bleib hier. Du kannst im Gästezimmer wohnen, wenn es das ist, was du möchtest." Reggie zog Willy zu sich. „Ich meine, du musst nicht mit mir in meinem Zimmer bleiben. Dass du mein Bett teilst, ist keine Bedingung dafür, dass …" Oh Gott, er war so nervös wie eine Katze mit einem langen Schwanz in einem Raum voller Schaukelstühle.

„Du willst, dass ich bleibe? Wirklich?" Das Lächeln auf Willys Lippen war wie ein Sonnenaufgang, langsam und strahlend.

Reggie räusperte sich. „Ja, verdammt. Ich will, dass du bleibst. Und wenn wir schon davon reden, was ich möchte, dann möchte ich, dass diese Seite des Bettes deine ist und die andere meine, solange du mich haben willst. Ich möchte, dass du lächelst, wenn du mich im Laden siehst und ich möchte diesen Ausdruck in deinen Augen sehen, wenn ich meine Uniform trage." Reggie grinste und fuhr sich über die Augen.

„Aber es sind erst ein paar Wochen und …"

„Dann lass deine Sachen im Gästezimmer, wenn du dich damit besser fühlst. Wir müssen nichts überstürzen. Solange du in Sicherheit bist und ich dich halten kann …" Reggie legte die Arme um Willy. „… dann werden wir mit allem fertig, einschließlich des Klatsches in der Stadt, deines Vaters und Gott weiß was noch auf uns zukommt." Er lächelte, als Willy nickte und näherrückte.

„Aber ist das nicht ziemlich viel?", fragte Willy zögernd.

Reggie schüttelte den Kopf. „Nein, es ist ein geringer Preis … für dich." Er drückte Willy an sich. Es gab noch viel zu tun, aber er hatte das Wichtigste. Um den Rest konnte er sich … später kümmern.

Er drückte Willy zurück auf das Bett. Definitiv später.

EPILOG

Im Hintergrund lief instrumentale Weihnachtsmusik, als Willy den Ständer mit den Süßigkeiten auffüllte. Um diese Jahreszeit war der Laden immer voll, was toll war. Willy hatte die Schaufensterdekorationen entworfen und angebracht und auch viele andere Dekorationen im Inneren. Es war sehr festlich und Mr. Webster war erfreut, vor allem weil er sich nicht darum kümmern musste.

Es hatte sich herausgestellt, dass nach all den Jahren im Geschäft Mr. Webster etwas von einem Mr. Srooge an sich hatte. „Ich möchte nur, dass diese Saison endlich vorbei ist", sagte er leise, als er auf Willy zukam. „Es ist jedes Jahr dasselbe. Sie wollen den einen Artikel, von dem ich nicht genug bestellt habe und beschweren sich dann tagelang darüber." Er rollte mit den Augen. „Meine Familie ist immer ganz aufgeregt und ich komme heim und bin total erschöpft von den langen Arbeitstagen."

„Warum bitten Sie sie nicht, hier mitzuarbeiten? Sie sind alt genug, um zu helfen. Lassen Sie sie vielleicht etwas Geld für die Ferien verdienen", schlug Willy vor. „Ich kann sie beschäftigen."

Mr. Webster schmunzelte. „Ich wette, das könntest du. Zum Teufel, du könntest den kompletten Laden ganz ohne meine Hilfe führen." Er klopfte Willy auf die Schulter und reichte ihm einen Umschlag. „Das ist dein Weihnachtsbonus und die Ankündigung einer Gehaltserhöhung. Du hast es verdient."

Willy öffnete den Umschlag und blinzelte, als er den Betrag sah. „Das ist zu viel."

„Nein, ist es nicht", sagte Mr. Webster, klopfte Willy noch einmal auf die Schulter und eilte nach hinten zu einem Kunden, der nach ihm suchte.

Willy betrachtete den fünfhundert Dollar Scheck, steckte ihn in die Tasche und machte sich wieder an die Arbeit bei den Süßigkeiten. Als er fertig war, brachte er die leeren Kartons weg und holte die letzten Weihnachtssachen aus dem Lager. Es waren noch zwei Wochen bis Weihnachten und es sah aus, als würden die Feiertagsprodukte bis dorthin beinahe ausverkauft sein, was großartig war. Jeder in Sierra Pines schien in Weihnachtsstimmung zu sein.

„Willy!"

Willy schob den Einkaufwagen aus dem Lager, als Ezekiel auf ihn zugerannt kam. Willy umarmte seinen Bruder und hob ihn hoch.

„Siehst du? Ich war wirklich gut." Er zeigte Willy ein Arbeitsblatt aus der Schule mit einem Stern und einem Smiley darauf. „Ich bekomme oft welche."

„Das ist toll", sagte Willy. „Bist du mit Mom hier?"

Ezekiel schüttelte den Kopf und deutete hinter sich, wo Willys Vater auftauchte, gefolgt von Reggie. Das war ein seltsamer Anblick.

„Dad?", fragte Willy. Er hatte seinen Vater in den letzten Monaten nicht allzu oft gesehen und wenn, dann war er eher kühl und reserviert. Er hatte nie etwas Schlimmes oder Verletzendes gesagt – distanziert war die beste Beschreibung, die Willy einfiel.

„Pastor", sagte Reggie, als er auf Willy zuging. „Ich wollte dich zum Mittagessen abholen, aber es scheint, als hättest du schon Gesellschaft."

„Ezekiel, warum gehst du nicht und siehst, ob du ein Weihnachtsgeschenk für deine Schwester findest?", schlug sein Vater vor. Ezekiel lief zu dem Gang mit den Süßwaren. Was er wohl aussuchen würde?

„Willy, Reggie", begann sein Dad. „Ich …" Er gestikulierte hilflos. „Wir haben am Weihnachtsabend eine Familienzusammenkunft und wollten euch beide einladen."

Willy sah zu Reggie, während die Aufregung seinen Puls hochschnellen ließ. „Hat Mom dich dazu angestiftet?"

Sein Dad zögerte. „Nein, es ist Zeit, etwas von meinem Stolz und meiner Sturheit abzulegen." Der Schmerz in den Augen seines Vaters sagte Willy, dass er ehrlich war. „Du bist mein Sohn und ich bin dein Dad und es ist Zeit, dass ich mich wieder so verhalte. Zumindest werde ich es versuchen." Er drehte sich um und folgte Ezekiel. Ein kindliches Quietschen ertönte, als sein Vater Ezekiel hochhob und beide lachten.

„Können wir hingehen?" Willy schwor sich, dass er nicht weinen würde, aber er war so verdammt nah dran.

„Natürlich können wir. Ich werde meine Eltern anrufen und ihnen sagen, dass wir unsere Pläne ein wenig anpassen müssen. Sie hatten ihr Familientreffen für den zweiten Weihnachtstag geplant, es wird also in Ordnung sein." Reggie legte den Arm um Willy und der fühlte augenblicklich, wie seine rotierende Welt sich wieder beruhigte.

„Danke. Das ist das erste Zeichen, dass …"

„Ich weiß, mein Süßer", sagte Reggie sanft. „Warum sagst du nicht Mr. Webster, dass du Mittagspause machst und holst deinen Mantel, damit ich mit dir essen gehen kann? Ich möchte dir eine Menge erzählen."

„Gib mir eine Minute", sagte Willy und lief ins Büro, um seinen Mantel zu holen. Er sagte Mr. Webster, dass er essen gehen würde und schlüpfte in den Mantel. Im Hinausgehen winkte er Rose an der Kasse zu und sie winkte zurück.

Es schneite dicht, als sie zum Restaurant gingen. „Ich dachte, du wärst in Sacramento und würdest erst morgen wieder zurück sein."

Der Fall von Menschenhandel war rasch viel größer geworden als ihre kleine Stadt. Die Fänge der Organisation hatten bis Los Angeles und San Diego gereicht. Es schien, als hätte Reggie genug aufgedeckt, dass Jack die Spuren bis zum Ursprung zurückverfolgen konnte. Dutzende von Menschen waren verhaftet worden.

„Shawn hat sich schuldig bekannt und gegen James Calder ausgesagt, der sich ebenfalls schuldig bekannt hat. Die beiden werden eine Menge Zeit hinter Gittern verbringen, aber ihre Aussagen ziehen auch wesentlich schlimmere Leute aus dem Verkehr. Dieser Teil des Falls ist zu Ende. Der Staat stellt mehr Geld für einen weiteren Hilfssheriff zur Verfügung. Er soll mithelfen, dass so etwas in unserer Gegend nicht wieder vorkommt."

„Du musst also zwei Hilfssheriffs einstellen?"

„Nur einen. Jack sagt, er möchte sich der Truppe hier anschließen. Er mag die Gegend und war auf der Suche nach einem Ort, an dem er sich niederlassen kann. Er übernimmt Shawns Position als mein Hauptassistent und ich muss mich nach jemandem für die freie Stelle umsehen. Jack beginnt nach Weihnachten. Ich hätte den Posten längst besetzen müssen, aber ich wollte sicherstellen, dass ich jemanden einstelle, der auch wirklich hierher passt."

„Und du denkst, das ist Jack?", fragte Willy und öffnete die Tür zum Restaurant.

„Ja. Er hat mir erzählt, dass sein Lebensgefährte ihn vor einem Jahr verlassen hat und er wollte weg und irgendwo neu beginnen." Reggie zwinkerte und Willy kicherte. „Sam und Jasper arbeiten beide gut mit ihm zusammen und kennen ihn schon, er sollte also ziemlich leicht zu integrieren sein." Sie fanden einen Tisch, zogen ihre Mäntel aus und setzten sich. „Die ganze Stadt braucht eine Chance, zu verdauen, was geschehen ist."

„Ja, aber wenn man bedenkt, dass niemand Shawn wirklich mochte und James Calder ein aufgeblasener Idiot war, werden sie darüber

169

hinwegkommen, glaube ich. Besonders jetzt, wo der Prozess zu Ende ist und die Geschichte aus den Nachrichten verschwinden wird." Willy überflog die Speisekarte und legte sie wieder weg. Er kannte sie auswendig und bestellte Salat mit Hähnchen, sein Lieblingsessen. „Ich bin froh, dass du zurück bist."

„Ich auch. Es soll heute Nacht stürmisch werden. Es sind fünfundzwanzig Zentimeter Neuschnee vorhergesagt. Ich wollte zurück sein, bevor es losgeht." Reggie strich über Willys Finger und zog die Hand wieder zurück. So gut wie jeder wusste, dass sie ein Paar waren. Die meisten Leute kümmerte es nicht. Einige wenige versuchten Ärger zu machen und kamen damit nicht weit. Im Prinzip verhielten Reggie und er sich in der Öffentlichkeit einfach vorsichtig.

„Es ist gut, dich wieder zu Hause zu haben", flüsterte Willy sanft. „Das Haus scheint immer so leer." Vor allem ihr Bett.

NACH DEM Mittagessen ging Willy zurück zur Arbeit und fuhr dann nach Hause. Er hatte sich in Reggies Haus schnell heimisch gefühlt und Willy brachte dieses Gefühl mit Reggie in Verbindung. Wenn er weg war, schien es nie richtig warm zu werden, egal wie gut er heizte. Ohne Reggie fühlte es sich einfach leer an.

Willy fuhr in die Garage, ging hinein und bereitete etwas für das Abendessen vor. Reggie kam ein wenig später und schaltete die Weihnachtsbeleuchtung ein, um das Haus festlicher zu machen. Manchmal war Reggie auch nur ein großes Kind.

„Was gibt es zum Abendessen?"

„Es gibt Steaks und Kartoffeln. Außerdem habe ich heute auf dem Markt frische Möhren gekauft. Ist das okay?", fragte Willy, als Reggie den Küchentisch umrundete, Willy bei der Hand nahm und ihn zum Sofa führte.

„Ich weiß, es ist früh, aber ich habe dein Weihnachtsgeschenk hier. Ich habe versucht, bis zum Fest zu warten, aber das hat nicht funktioniert."

„Aber das ist zu früh, Reggie. Warum verpackst du es nicht und legst es einfach unter den Baum?" Er war nicht Ruthie, die lange vor dem Fest auf alles schielte, was unter dem Baum lag. Ihre Mutter musste ihre Weihnachtsgeschenke immer verstecken.

„Ich fürchte, das kann ich nicht." Reggie stand auf. „Warte hier." Er lief hinaus und kam mit einer großen Kiste wieder, die er vor ihm auf den Boden stellte.

Willy hielt die Luft an, als er sie öffnete. Ein großer schwarzer Welpe versuchte herauszuklettern. Willy zog ihn heraus und drückte ihn sofort an sich. Der Welpe wedelte und zappelte wie verrückt und leckte über Willys Kinn.

„Sein Name ist Bär und er ist ein schwarzer Labrador. Die Leute, die ihn ursprünglich zu sich genommen haben, konnten ihn nicht behalten. Ich hatte gehofft, jemanden zu finden, der ihn bis Weihnachten beaufsichtigt. Aber dann dachte ich, es wäre besser, wenn er sich in seinem neuen Zuhause einlebt."

„Reggie", sagte Willy leise. „Das ist …" Er wischte sich über die Augen und Reggie setzte sich zu ihm und legte den Arm um ihn.

„So bist du nicht allein, wenn ich weg muss. Und nur damit du es weißt: Meine Eltern haben ihr neues pelziges Enkelkind bereits zu den Weihnachtsfeiertagen eingeladen."

„Danke. Ich wollte immer schon einen Hund …" Willy küsste ihn. „Das ist perfekt. Ich liebe dich so sehr." Er küsste Reggie inniger, bis der Hund zu zappeln und zu winseln begann. Willy setzte ihn auf den Boden und er ging neugierig schnuppernd durchs Zimmer und erforschte alles. „Bedeutet das, ich werde am Weihnachtstag kein Geschenk bekommen?" Willy lachte, als Reggie ihn in die Kissen drückte.

REGGIE KÜSSTE die Frage weg. Er wusste, dass der Ring sicher zwischen seinen Socken in der Schublade lag, sogar schon verpackt, und nur auf den Weihnachtsmorgen wartete.

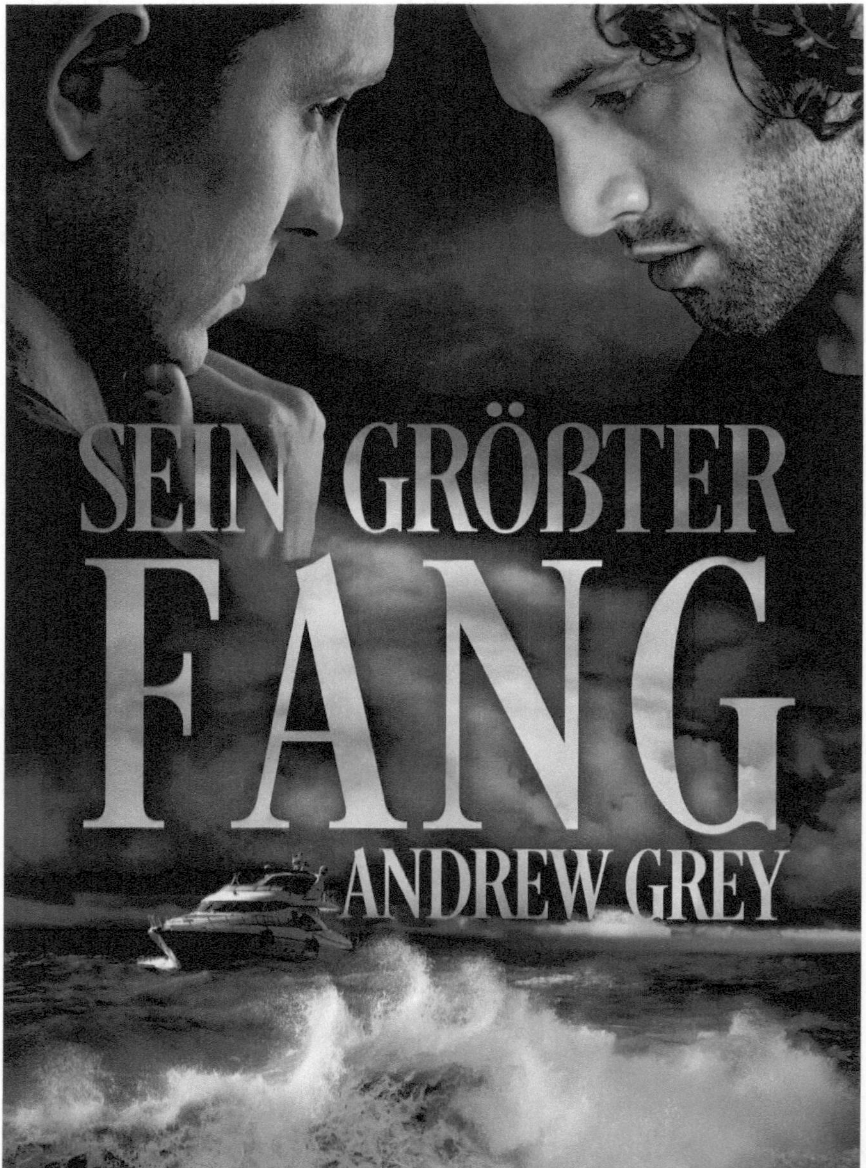
SEIN GRÖßTER
FANG
ANDREW GREY

Es könnte der Fang seines Lebens werden.

Zweimal im Jahr flieht William Westmoreland vor seinem unerfüllten Leben in Rhode Island nach Florida, um sich auf Mike Jansens Fischerboot einzumieten und auf den Golf hinauszufahren. Der Ausblick dort bietet zwar mehr als nur das kristallblaue Wasser und die tropischen Gefilde, aber William hat sich nie weiter vorgewagt. Er ist einfach nicht der Typ für eine Urlaubsromanze.

Mike hat seinen Charterservice in Apalachicola gegründet, um für seine Tochter und seine Mutter sorgen zu können. Ihre Sicherheit ist ihm dabei immer wichtiger als seine eigene. Er will sich nicht eingestehen, dass seine Zuneigung zu William mit jedem seiner Besuche wächst.

An einem wunderschönen Tag beginnt Williams und Mikes letzte Fischfangtour, aber ein unberechenbarer Hurrikan bringt alles ins Wanken und die beiden Männer sitzen plötzlich fest. Mitten in Regen und Sturm werden sie von der Leidenschaft überwältigt, die sie all die Jahre unterdrückt haben. Zurück im Alltag warten allerdings zu viele Verpflichtungen auf William. Werden die beiden es schaffen, die Distanz zwischen ihnen zu überwinden und einen Ort zu finden, an dem sie beide ganz sie selbst sein können? Ihre Reise mag von rauem Seegang geprägt sein, aber die hoffnungsvolle Zukunft, die sie am Ende erwartet, ist die Turbulenzen wert.

www.dreamspinner-de.com

Das Licht der Liebe

ANDREW GREY

Ein Titel der Herzenssachen Serie

Trevor ist ein umwerfend attraktiver Mann und der erfolgreiche Besitzer einer Kette von Autowerkstätten. Er ist gewöhnt, im Mittelpunkt der Aufmerksamkeit zu stehen, bewundert zu werden und zu bekommen, was er will. Vor allem sind das leidenschaftliche Affären ohne Bindung mit Männern, die er in Clubs kennenlernt. Das erwartet er auch, als er James begegnet. Entsprechend groß ist sein Erstaunen, als dieser sich von Trevors unwiderstehlichem Charme völlig unbeeindruckt zeigt. Trevor muss seine Gewohnheiten über Bord werfen und mit James auf einer anderen Ebene in Kontakt treten. Das beginnt damit, dass er anbietet, James nach Hause zu bringen, statt ihn mit seinem zugedröhnten Begleiter fahren zu lassen.

Nachdem James als Kind sein Augenlicht verloren hat, sind seine Möglichkeiten der sozialen Interaktion stark eingeschränkt. Er verbringt den Großteil seiner Zeit mit der Arbeit an einer Blindenschule. Trevors Welt ist ihm fremd. Er hat sich seine Unabhängigkeit schwer erkämpft und auch er weiß, was er will. In diesem Fall bedeutet das, dass er seine Komfortzone verlassen und Trevors Herz erobern muss.

Trevor ist bereit, es zur Abwechslung mit wahrer Liebe und Hingabe zu versuchen. Doch bevor er der Mann werden kann, den James braucht, muss er sich erst den Schatten seiner Vergangenheit stellen.

www.dreamspinner-de.com

COWBOYS IM ZAHMEN OSTEN

ANDREW GREY

Brighton McKenzie erbt eines der letzten Fleckchen Farmland in den städtischen Außenbezirken von Baltimore. Die Farm war schon im Besitz der Familie, als Maryland noch eine Kolonie war, aber nun liegt sie schon eine ganze Weile brach. Es wäre so einfach, sie zur Bebauung zu verkaufen, aber Brighton möchte dem Wunsch seines Großvaters entsprechen und sie wieder aufleben lassen. Leider ist er seit einem Unfall auf einen Krückstock angewiesen und braucht daher Hilfe.

Tanner Houghton arbeitete auf einer Ranch in Montana, bis der Vater eines rachsüchtigen Exfreundes ihn aufgrund seiner Sexualität feuerte. Tanner kommt der Einladung seines Cousins nach Maryland nach und ist begeistert, eine Chance zu bekommen, wieder der Arbeit nachzugehen, die er liebt.

Brighton fühlt sich augenblicklich von dem äußerst attraktiven und hochgewachsenen Tanner angezogen – er verkörpert alles, was Brighton an einem Mann gefällt. Aber Brighton hält sich zurück, denn Tanner ist sein Angestellter – und warum sollte sich ein vor Leben strotzender Mann wie Tanner überhaupt für ihn interessieren? Doch das ist nicht ihr größtes Problem. Sie müssen sich den Intrigen von Brightons Tante widersetzen, plötzlich will Tanners Exfreund ihn wieder zurück, und dann müssen sie einen Weg finden, die Farm finanziell rentabel zu machen, bevor sie Brightons Familienerbe verlieren.

www.dreamspinner-de.com

FEUER UND WASSER

ANDREW GREY

Buch 1 in der Serie – Carlisle Cops

Officer Red Markham kennt die Schattenseiten des Lebens. Von einem Autounfall, der seinen Eltern das Leben kostete, hat er hässliche Narben davongetragen, die ihm den Umgang mit anderen Menschen schwer machen. Sein Job als Polizist auf den Straßen von Carlisle, Pennsylvania, trägt ebenso dazu bei, da sich in letzter Zeit Drogenmissbrauch mit tödlichem Ausgang häuft. Eines Nachmittags wird Red wegen eines Kindes, das bei einem Unfall fast ertrunken wäre, zum örtlichen Schwimmbad gerufen. Am Unfallort stellt er fest, dass das Kind von dem Rettungsschwimmer Terry Baumgartner gerettet wurde. Red ist nicht überrascht, als der gut aussehende Terry ihn und sein hässliches Gesicht keines Blickes würdigt.

Mit anzuhören, dass einer der Rettungskräfte ihn für oberflächlich hält, öffnet Terry die Augen. Vielleicht ist er doch nicht so nett, wie er immer gedacht hat. Seine Freundin Julie schlägt vor, dass er Menschen unterstützt, denen es nicht so gut geht, indem er Essen an ältere Leute liefert. Auf seiner Tour trifft er die offenherzige Margie, eine Frau, die sagt, was sie denkt. Es stellt sich heraus, dass sie die Tante von Officer Red Markham ist.

Reds und Terrys Welten prallen aufeinander, als Red versucht, den Ursprung der Drogenwelle zu finden und Terry vor seinem Exfreund zu beschützen, der ein Nein nicht akzeptieren kann. Zusammen finden sie vielleicht mehr, als sie erwartet hatten – wenn sie es schaffen, hinter die Fassade des anderen zu blicken.

www.dreamspinner-de.com

ERLÖSUNG IM FEUER

ANDREW GREY

Buch 1 in der Serie – im Feuer

Dirk Krause ist ein Mistkerl wie er im Buche steht. Er macht sich selbst das Leben zur Hölle und jeden in seiner Umgebung unglücklich. Als er während eines Brandeinsatzes verletzt wird, ist er sogar zum Krankenhauspersonal unausstehlich, und natürlich ist er niemanden aus seiner Einheit wichtig genug, um ihn zu besuchen.

Lee Stockton ist das neueste Mitglied auf der Feuerwache, das den undankbaren Job aufgebrummt bekommt, Dirk einen Blumenstrauß von den Jungs vorbeizubringen. Zu Dirks Überraschung durchschaut Lee ihn sofort und lässt sich nicht vergraulen. Lee ist fest entschlossen, Dirk zu helfen, diese Arschloch-Attitüde aufzugeben und nicht alle von sich zu stoßen. Als ihre Streitereien schließlich im Bett enden, stellt sich die Frage, ob dieses Feuerwerk über einer möglichen Beziehung erstrahlt oder am Ende nur Asche zurückbleibt.

www.dreampsinner-de.com

ANDREW GREY wuchs in West-Michigan mit einem Vater auf, der es liebte, Geschichten zu erzählen, und einer Mutter, die es liebte, sie zu lesen. Seitdem hat er an vielen verschiedenen Orten gelebt und die Welt bereist. Er hat einen Master-Abschluss von der University of Wisconsin-Milwaukee und widmet sich heute ganz seinem Schreiben. In seiner Freizeit sammelt Andrew Antiquitäten, arbeitet im Garten und lässt immer wieder sein schmutziges Geschirr herumstehen – überall, außer in der Spüle (vor allem, wenn er schreibt). Er ist dankbar für eine tolerante Familie, fantastische Freunde und den liebevollsten Partner der Welt, der ihn in allen Lebenslagen unterstützt. Zurzeit lebt Andrew im wunderschönen, historischen Carlisle in Pennsylvania.

E-Mail: andrewgrey@comcast.net
Website: www.andrewgreybooks.com

Veröffentlicht von DREAMSPINNER PRESS
www.dreamspinner-de.com